# 回乡之路

郑局廷◎著

中国文史出版社
CHINA CULTURAL AND HISTORICAL PRESS

图书在版编目（CIP）数据

回乡之路 / 郑局廷著 . -- 北京：中国文史出版社，
2024.8

ISBN 978-7-5205-4686-7

Ⅰ . ①回… Ⅱ . ①郑… Ⅲ . ①中篇小说—小说集—中国—当代 Ⅳ . ① I247.5

中国国家版本馆 CIP 数据核字（2024）第 098957 号

责任编辑：高贝

**出版发行：**中国文史出版社

社　　址：北京市海淀区西八里庄路 69 号院　　邮编：100142

电　　话：010-81136606　81136602　81136603（发行部）

传　　真：010-81136655

印　　装：廊坊市海涛印刷有限公司

经　　销：全国新华书店

开　　本：787mm×1092mm　1/16

印　　张：14.75

字　　数：178 千字

版　　次：2025 年 2 月第 1 版

印　　次：2025 年 2 月第 1 次印刷

定　　价：58.00 元

# 目
# 录

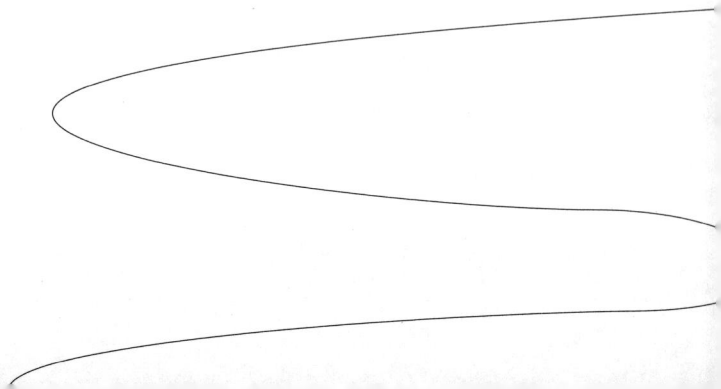

# 彩礼啊彩礼

# 一

　　说出来不怕你们笑话，我就是一个不太成功的小混混。在混混前冠"小"，不是我的谦虚，如果写悼词用"享年"的话，我也应该是二十有七，年龄不小了。而我在混混界，初出茅庐，涉世不深，手段不辣，业绩平平，只能算是新手和小辈，待了不到几年工夫，就把自己混成了犯罪分子，还差点儿混进监狱之中。是法官手下留情，给我"判一缓一"的优待，才免了牢狱之灾，还有难能可贵的人身自由。

　　阳光从窗帘的缝隙中钻进来，正好照在我的脸上，特别强烈，刺醒了我。我睁开双眼，掀开被褥，让自己摊成"大"字摆在床上，思绪飞出去很远很远。

　　我是怎么变成混混并且混成犯罪分子的呢？脑壳中闪过这个问题时，连我自己都吓蒙了。我祖辈十代，自爷爷的爷爷的爷爷那代人从江西逃荒过来，面朝黄土，世代躬耕，可算是纯而又纯的平民百姓，既没有刁民的遗传，也没有混混的基因，不知咋的，在我这一代竟变种异化。一般来讲，混混在人们的印象之中，长相粗蛮、凶神恶煞、心狠手辣，一看就不是个善茬儿。而我身形瘦小、眉清目秀、心善手软，根本就没有当混混的天资和身体。还有一点，混混大都自小顽劣，专干"上房揭瓦、下河捉虾"的事，读不好书，慢慢悠悠地踏入混混行列。而我虽不聪明，但老实听话，能装模作样地如好学生一般，从小学读到高中，并且参加高考，考了211分。老天真的是够"眷顾"我的，我的分数不能上"211"的大学，却要让我考这个分数，至少让我与莘莘学子崇尚的"211"大学搭上了边儿。再说，人家考"211"大学，只能收到一份录取通知书，而我却收到了什么野鸡大学、民办高校等不知从哪儿冒出来的从未听说过的高职高专院校的入学通知书达十张之多，让我过了一次幸福选择的瘾。最终，在父亲的"指点"下，我花里挑花一样地挑中了位于县城的职业学院会计班。父亲说，反正就读个专科，何须费钱费力跑到很远的地方去上？说心里话，我还是挺向往到外地去闯一闯的，不说是读书，看一下风景也不亏。

我翻了一个身，感觉到一些凉意，随手拉过被褥盖在身上，闭上眼睛，想让自己再睡过去，不想这些乱七八糟的不愉快的人生过往。可是，从关进看守所半年，到宣判那天被释放出来，我回到家一睡就是三九二十七天。我慵懒得像一只蚕宝宝，本能地吃着放在嘴边的桑叶，对生活的态度就是蠕动几下，表明自己还是一个活物。瞌睡早就睡完了，没有丝毫睡意，有的只是连连的悔意。倘若我不是出生在贫寒的农村，而是富裕家庭出身，且我父母也稍稍见过世面，他们就会支持我去上外地的高职高专院校，去读电子商务、工商管理、文案策划之类的专业，我也不会读这种我父母认为靠谱、实用的会计班。在他们眼里，村里的贾会计一干就是二十几年，成天提着一只黑提包，里面装有不少钱，要权有权，要钱有钱，还受人尊重。殊不知他们的这种认知害得我发奋努力地考了几年，也没能考取注册会计师资格证。因为没有资格，我在县城找不到正儿八经的工作，只能到一家私人财务公司，也就是小额贷款公司，从而拉开了我步入混混行列的序幕。

当时那是一家新近成立的公司，老板王天山先前一直在云南做木材生意，赚了个把亿，眼看木材生意越来越难做了，便回到县城，在几个朋友的撺掇下，成立了"方便贷公司"。平心而论，王天山本真不坏，没有搞"套路贷"，也没有定"天价息"，公司贷款利率维持在 25～30 点。这在小贷公司应该算是最挨筋伴骨的了。然而，殊不知有实力的人根本不会到你这儿拿款，而到你这里借款的人，都是濒临破产、走投无路、实力不济的没落之人。你想赚他的息，他起心来借钱，就是要吃了你的本。没过两年，公司将近两个亿贷出去，看似收了几千万元的息，可本金却被套进去了，回收无望，遥遥无期。进入公司第一年，我是风光无限、受人尊崇的放贷员。第二年，我成了逢人打躬、低三下四的收款人。公司放出去的款，几乎是有去无回。老板不能眼睁睁地看着这些钱打水漂，在第三年，将全员编入公司"讨债队"，聘请三十五岁的社会闲散人士杜建汉出任讨债队长。杜建汉长相粗犷，满面凶相，出手狠辣，给人不怒自威的可怕感。他从十岁就步入"混"界，一混就是二十多年，混得声名鹊起、远近闻名，什么打追命电话、上门威吓、泼油漆、搞跟踪、绑老赖、虐人质……诸多讨债法门，都是他的"发明"。而我身单形瘦、面善心软、胆小怕事，怎么可能拉得下脸皮去做这种下三烂的事呢？我写好辞职信，去找老板王天山，他接过辞呈，随手一扬，吼道："周志浩，放钱的好事你做了，肉吃了汤喝了，啃骨头就打算开溜了，做人太不厚道了吧。"听完老板的话，我自觉理亏，但我还是强力争取道："王老板，那种讨债的套路我做不来，我怕误事，你还是放过我吧。"王老板早就窥见了我心中藏着的那点儿小九九，降下声调缓着语气劝说道："不是谁生下来就会讨债。你是一个年轻人，要多加历练，丰富人生经验，才能适应社会，才能安身立命。不错，我们有些措施，游走在法律的边界。但是，欠债还钱，天经地义，全国上下都在治'老赖'，我们用民间的手法整治他们，有什么怕的？"老板苦口婆心地鼓劲打气，清除了我心中的一些顾忌。但是，从微信中众多油腻得让人倒胃口的"心灵鸡汤"中，我汲取了一句话："做人只管善良，上天自有安排。"而讨债队的所作所为就是混混的搞法，与善良背道而驰。没有办法，我只能心存侥幸，在行恶使坏的讨债过程中，尽可能地动用我的"善念"，挥洒我的慈悲，让自己不要走得太远。那段时间，我战战兢兢，心里不停地默念和祈祷：不能出事！不要出事！可常在河边走，哪有不湿鞋的？讨债队在扣押一个"老赖"时，终于闹出了人命……

"浩子。"母亲轻声叫道。她的脸躲在门缝后边，生怕打扰了我似的。"午饭烧好了，你起床吃一点儿吧。"

我像没有听见一样，一动不动地躺着。

"早上不过早，午饭又不吃，身体怎么受得了哟……"母亲站在房门口，带着哭腔絮叨，让我听出了近乎哀鸣的味道。顿时，我的心像被电触过一般。二十七岁的儿子，在吃饭睡觉这种小事上让父母操心劳神，看我这出息。我一骨碌爬起身，穿上衣服，在卫生间洗漱过后，坐到桌前。

桌上摆着四菜一汤，看到有我喜欢吃的煎鲫鱼和土豆煨肉，我食欲大增、胃口大开。母亲左手端着一碗饭，右手捏着一双筷子，从厨房走出来，将碗筷搁在我面前的桌子上。

"爸呢？"我拿起筷子，往嘴里扒拉了一口饭，问道。

母亲望了我一眼，迅速挪开视线，小声说道："他到黄湾去黄依依家要彩礼了。"

我啪地放下筷子，极其生气地责备道："我说过了，那个彩礼不能要。爸又是搭错了哪根神经，非要去做这种赊人卖呆的事？"

母亲蹙了一下眉头，很怕触犯我，却又想把话说出来，叹过一声气后，轻言细语道："给黄家的彩礼，不是一分钱两分钱，加上订婚的五万元，一共将近三十万元。对农村人来说，也许一辈子也攒不够这么多。"

我当然知道，在举行婚礼的前一天，我押运着两辆东风皮卡车去黄依依家"上头"，车上除了二十万元现金，还有半边大肥猪、两百斤鲜鱼以及一百多种日常用品，足有两满车，花了四万八。拖到黄家卸下，摊在她家的屋子里，仿佛她家是开超市的。有什么办法，我们这儿女生金贵、稀罕，如果没有彩礼，根本娶不上老婆。我算是走了狗屎运，在读高中时认识了同班同学也是我邻村的黄依依。因为害了一场病，她耽误了高考，毕业以后，她就进到镇上一家卫材厂打工。考上大专后，我勇敢地向她发起了爱情攻势，她没有立刻答应，给了我三年马拉松式的考验。此时的黄依依羞涩清纯、秀雅脱俗，浑身上下透露出一种轻灵之美，说不尽的温柔娴静。在她周边，不乏有钱、有势、有才华、有地位的追求者，但她最终却选择了我。她不仅长相甜美，而且性格贤淑。在她眼里，脸面胜过物质，名声高过金钱。结婚之时，她只要了能给她父母一个交代的必备的彩礼数目，额外的苛求，她只字未提，比如钻戒，比如小汽车，比如在县城买房，等等。也许是受家庭传统观念教育和熏陶的缘故，她把贞操看得胜过生命，我俩在一起谈了六七年恋爱，最开放的"撒狗粮"的举动就是牵手。两人之间，难免有激情碰撞的时候，除了拥抱，她再不会让我有更加亲昵、更加深入、更加出格的举动，像封闭的瓶盖密不透风，让我无虚可乘、无隙可钻。我问她，这是为什么？她总是浅笑不语。直到领取结婚证那天，她让我在宾馆开了房，坐在床头，才跟我揭秘为何领证前不能同居。接着，她极其认真地对我说："今天，我交给你一个完完整整的我。我的一生所愿：结一次婚，跟定一个男人，完整平安地走完属于我俩的人生。如果你违背诺言，我会以死相搏！"她说得很笃定、决绝，眼神之中流露出一种不容置疑的坚毅。我用手抓住她的肩膀，双眼凝望，信誓旦旦道："我就是你跟定的男人，绝不辜负，永不分离！"她从我的眼里读出了真诚、品出了执着，这才宽衣解带，放开自我，与我开始肌肤之亲。

然而，在我发誓不过二十天，并且是在我们举行婚礼的前一天晚上，我被县公安经侦大队的警察带走了。而我出阁待嫁的新娘却还蒙在鼓里浑然不觉，在众多亲友的祝福声中，在一干乡亲的盼望之中，迎不来娶亲的队伍，等不到接亲的新郎……想到这里，我的心有如尖刀刺过一般地疼。痛定思痛，我心怀愧疚道："妈，这不是钱的事。我和我们家对不起黄家、对不起黄依依，那个彩礼咱们不能要。"

"凭什么不要？"父亲佝偻着身子走进屋来，脸上深沟一样的皱纹像覆盖了一层冻霜，"你被关进去不到半个月，他们就请律师来办理离婚，好像你要在号子里关一辈子似的。黄家真的是臭不要脸，不到两个月，又把姑娘嫁给另外一个男人。"

其实离婚是我率先提出来的。当时关在看守所，我也不知道自己犯了多重的罪、会判多长时间的刑，人很消沉，只有黄依依是我唯一的精神慰藉和心灵寄托，而一想到她把名声看得比生命还重，眼前仿佛看到她难堪、痛楚、无助和绝望的神情，脑海里一刻也不停地萦绕着她抬不起头、走不出门、成天以泪洗面的画面。在她的世界里，这是多么丑陋、多么耻辱的事呀！我与她的婚姻关系存续一天，对她的煎熬就会延长二十四个小时，弄不好她真"以死相搏"地走极端。我不能自私地活着，必须快刀斩乱麻，尽快离婚，让她解脱。一周后，公司聘请的律师找我，只是简单地谈了一下案情，我委托他为我和黄依依快速办理了离婚。此刻，我只能还原真相，告知他们实情："爸、妈，离婚是我先提出来的，并且在协议中，我将彩礼补偿给了黄依依。"

"婚都没结，你却把彩礼送给黄依依，你逞什么大方？你是在败家！"父亲指着我，嘴唇气得发乌，身子有些发抖。

"翻年就是二十八了，没有彩礼，到哪里找老婆？我看你只怕要打一辈子光棍了。"母亲给父亲盛来一碗饭，听到我和父亲的对话，抹了一把泛着泪花的双眼，忧心忡忡道。

"行了，你们别操我的心了。娶媳妇、讨老婆的彩礼，我自己赚！"有啥法子呢？为了让父母安下心来，我只能甩长袖说大话了。

"你以为钱是沙炸来的，这么好赚？"父亲停住夹菜的筷子，扳着指头，跟我算账道，"你一个月赚四五千块钱工资，把嘴缝上，至少也得五六年才能攒够。我们家种有五亩地，靠农田收入，起码要二三十年才能存下这笔钱。你是不当家不知柴米油盐贵。在农村，要凑齐彩礼钱太难了。你看，这方圆十里八乡，哪一个村里没有十几二十个讨不到老婆的寡汉条子？"

父亲说得不无道理。前些年，很多家庭不生男娃不收手，为生男娃刮女娃。就像我这个家庭一样，我看似家里的老二，其实，我可能是老八、老九都说不定。因为在我与我姐出生的这几年间隔期内，我的父母一刻也没闲着，几乎是每半年怀一个，两个多月时去把B超一照，带"把儿"的留下，没"把儿"的刮掉，没有余地，毫不留情。小时候，父亲抱着我，双手把我举过头顶，用嘴吻着我的小鸡鸡，满脸自豪带着炫耀道："为了你突出来的这个小玩意儿，我和你妈屡怀屡刮、屡刮屡怀，终于怀上一个带把的。周家总算后继有人了。"殊不知怀上我时，父亲精气耗尽，母亲的子宫被刮得像稀疏的薄膜，医生都不敢下手，怕一碰即破。生下的我，先天营养不足，发育不良，骨骼不大，智力不慧。像我这样的情况，在农村家庭很常见，导致的结果是男女比例严重失调，女孩显得尤为稀贵，无形之中拉抬了女方索要彩礼的价码，很多男人因为出不起彩礼而落下单身。虽然身处其中，但我没有感受到这迎面而来的压力，从家里给我筹措彩礼的过程来看，似乎也没有传说中的那般艰难。我缓和语气，故作轻松道："没那么严重吧，家里为我准备彩礼，好像没怎么费力。"

"那是因为你姐五年前出嫁，我们收了男方家十万元钱的彩礼，一直给你存着。另外的钱，是你父亲……"母亲正要往下说，被父亲拦住，他接过话头，嘟囔道："吃饭，吃饭，别提这些没用的了。"说完，埋头吃起饭来。

我看着父亲，再瞧瞧母亲，似乎有事瞒着我，有话未说，便特意旧事重提道："那二十万元钱，不是父亲在县城摸体育彩票，中了个特等奖得的奖金吗？"

"是的，是的。"母亲忙不迭地打圆场，"像这样的好运气一生都难得出现一回，哪能次次砸中你？"

母亲说得没错，天上掉馅饼的事不可能总是光顾你的头上。沉甸甸的彩礼钱，只能靠自力更生了。


二


秋风拂面，阳光耀眼。二十多天后走出家门，世界在我眼里显得特别明媚、格外清亮。我低头垂眼，蹑蹑独行在湾子前边通往村部的水泥路上，生怕碰见熟人。偶尔抬头瞧一眼村落，不知不觉中已被粉刷修缮，村容村貌焕然一新。路修好了，村子变美了，环境变干净了，可在村里居住的人却越来越少了，整个村子显得十分冷清、缺少生气。

旧有村部连同原小学教学楼都已拆除，规划建设新村部。村里盛产"富硒稻米"，纳入了县域旅游的规划，便将村部与游客接待中心建在一块儿，三层，将近三千平方米。我看了一眼矗立在村部门前的效果图，跟着震撼了一回、激动了一把。村干部临时在靠近左边院墙的一长溜平房里办公，我走到挂着"书记办公室"牌子的屋子门口，瞧见老支书江丙高正坐在椅子上打盹儿。也够难为他的，将近七十三岁了，居然还稳稳当当地坐着这个位置。我轻轻地敲了一下桌子，江书记睁开老花眼，道："来了。"

我点头哈腰，满脸谦恭道："江书记，遵从镇司法所潘所长的指示，专程向您报到。"本来像我这样的缓刑人员隶属镇司法所监管，但潘所长感觉不便，就将我发配到村里。反正于我而言，随便哪个监管都一个样儿，无所谓。

"老潘跟我说了你的情况。"江书记浑浊的眼神顿时变得发亮起来，打开话匣子，谆谆教诲道，"年轻人难免会犯错误，要知错悔改。政府英明，对你从轻处理，你要对得起政府。老老实实待在村里，不要随便外出。如果外出，必须跟我报备。一年后缓刑到期，我要给你出评语。评语出得好不好，就看你的表现能不能让我满意了。"做了几十年的村支书，他怎么会放过这诲人不倦的绝佳机会。

"我知道了，一定按照您的教导，安心接受改造，绝不乱说乱动！"我听父母说过，江书记曾是民兵连长，"斗地主"是一把好手，喜欢听类似的话，于是我就顺遂其愿，乖乖帖帖地说出了这番迎合的话。

"年轻人有这个态度，好！"江书记的脸上，连皱纹里都洋溢着满意，"你有什么打算？"

我向江书记走近一步，满脸堆笑地恳求道："江书记，为了不脱离您的监管，我想在村里找份活干。"

"活倒是有。就这门口的工地上，缺的是小工。"江书记上下打量我一眼，摇头道，"只是你这瘦不拉儿的身板，恐怕受不住这繁重的体力活。"

"我没问题的。"我挺挺身板，很是坚定。此时此刻，莫说是做小工，就是去上刀山，我也只能豁出去了。

江书记似乎很中意我的表现，他走到门口，对着工地大声叫喊道："唐国平，唐国平，你到我办公室来一下。"

不一会儿，走来一个身材魁梧、三十出头的男子，到了门口，像铁塔一样，挡住了光线，屋子里瞬间暗淡下来。

"唐国平，这是刚刚回村的小周。"江书记指着我引荐道，"他愿意到工地上做小工，你安排一下吧。"

唐工头的眼睛扫视我一遍，语含蔑视地问："搬砖、和灰、扛水泥，开巷、挑土、浇混凝土，样样都是重体力活，你这细皮嫩肉、花拳绣腿的，吃得消呀？"说着，一巴掌拍在我的肩膀上。

唐工头不经意的一拍，一阵痛感袭遍全身，但我强忍住，打肿脸充胖子道："不就是使憨劲、出蛮力嘛，我吃得消受得了！"

唐工头与江书记交流了一下眼神，算是认同。唐工头吩咐道："你明早七点半来上工吧。"说完，风风火火地出门而去。

谢过江书记后，走出村部，却见那辆我极为熟悉的"44444"牌照的奥迪车停在村部门口。这不是我前老板王天山的车吗？当时他拿到这个"狠"牌照，甭提有多得意了，认为自己将会人多"势"众、"势"不可当。可我却不以为然，在心里犯嘀咕：这么多的"4"，不出事才怪咧。不承想，一语成谶。王天山摇下车窗玻璃，伸出头跟我打招呼，邀我坐进副驾驶的位置。

两个人坐在车上，眼望前方，各怀心事，不知如何开口。

还是王天山打破沉默，道："放出来这么久了，也不跟我联系。我打你的手机，一直关机。"

"放出来后，我一直关在家里睡觉，心情不好，谁也不想搭理。"我实话告知道。

"我来找你，就是想当面感谢你，在关键时刻能够为我做证。"王天山终于说明来意。

"我不仅在为你做证，更在为自己的良心做证。"我更正道。

"如果早点儿听取你的建议，也许公司不至于走到这步田地。"王天山反省道。

放这些"马后炮"还有什么用呢？当时要是早点儿听我的，怎么会闹出人命？公司怎么会被查封？员工怎么会被拘留审查？本来那个死鬼吴金彪贷了公司五百万元，但他也付了超过百万元的利息。实在是想不出办法了，他才"隐身"躲到外边，既没还本，也没付息。公司讨债队长杜建汉派人跟踪寻找，最后在邻县将他逮到，把他请到公司后边的一间办公室里（实则是一间封了窗户只留一扇门的"黑屋子"）。为了规避"非法拘禁"的风险，在"黑屋子"里关吴金彪一天，不超过十二个小时，杜建汉就带几个人押着吴金彪到宾馆开房住一夜，早上拉他回来继续蹲"黑屋子"。周而复始地折腾几天后，吴金彪变得眼神呆滞、反应迟钝。我感觉到他出现了病态，便偷偷地向王天山作了汇报，建议把吴放了。王天山专门与杜建汉进行商议：可否先放了吴金彪？却被杜建汉一口回绝，说大凡老赖，都会"三装"：装死卖活、装聋作哑、装疯卖傻。放了，等于前功尽弃。如果这笔款你发话不收了，我就把他放了。王天山无奈，只能由着他了。如此而为，持续到第十天的早上，杜建汉带人把吴金彪从车上押解进"黑屋子"后，由我和小蒋在门口看守。仅过了一会儿，胖胖唧唧的吴金彪走到门前，脸上冷汗涔涔、喘着粗气跟我和小蒋求援道："我不行了，快送我上医院。"看他那样子，不像是装病。我倒了一杯水，递给吴金彪，然后去向杜建汉报告。杜建汉眼皮都没眨一下，毫不在意："他的身体打得死老虎，你不要信他'演戏'。"我悻悻地返回，看到吴金彪瘫坐在椅子上，大口呼气，好像只有出气、没有进气。我立刻拿出手机，给王天山通报。王天山听后，让我打120。过了一刻钟，救护车拉着吴金彪进了抢救室，虽然只有一口气在悠，但总算是活人送进医院的。抢救了十几分钟，吴金彪人走了。如果再迟缓半小时，吴金彪可能会死在"黑屋子"里，对公司而言，那将是毁灭性的灾难。

万幸的是，吴金彪与公司的一名小股东是亲戚关系，吴金彪贷的五百万元是那名小股东担的保，关押吴金彪也是那名小股东的主意。吴金彪死后，那名小股东立刻到吴家去做工作，赊账免灾，公司承诺不追讨那五百万元，并给二十万元的丧葬费，吴家答应不再上告。我的婚期逼近，便匆匆回家去筹办婚礼。但公安部门最终还是介入了，听说是杜建汉别出心裁隔制的那间"黑屋子"被检举出来。不早不迟，在举行婚礼的前夜，我被刑拘。这种只在小说中才会出现的剧情，却不偏不倚地发生在我的身上。在案件办理过程之中，杜建汉为了减轻罪责，把什么事都往老板王天山身上推。而我是现场处置的亲历者，证词起到了关键作用。我和小蒋及王天山被判了缓刑，而杜建汉及其两个手下被判了三年有期徒刑。想到这里，我回应道："如果你听我的话，就应该早早辞退杜建汉。而今是法治社会，岂能容忍他的那些做法？"

"现在我总算明白了。所以，今天来找你，除了表示感谢，还有一层意思，希望你跟我回公司，继续帮我收贷。"王天山满眼真诚地望着我，力邀道。

"收得来的，不用费力，人家会主动还你。收不到的，你得动用小混混才能干得出来的非常措施。而我生性懦弱，根本不是一个合格的小混混。所以，你还是另请高明吧。"我婉拒道。

"我给你一万元底薪，另外按你的收款额给你两个点的提成。"王天山频频抛出诱饵，努力做着争取。

我确实很需要钱。二十七岁的大小伙子，面临结婚娶老婆，当家里指望不上时，需要自己去筹措那份彩礼钱。其实还有更为急迫用钱的地方，年初，我向我姐借了五万元，加上自己几年来省吃俭用从牙缝里积攒的六万多元钱，在县城"锦绣江山"楼盘交了首付，购买了一套79平方米的小户型住宅，每月需还房贷一千三百元，我只还了两个月就被关进了看守所，这六七个月，我没按时还房贷。房产证还未到手，人家房产开发公司不打爆电话催促还贷才怪咧，所以，放出来后，我也没敢开机。要是有钱还上房贷，何至于落得这般狼狈？不错，王天山开出的工资很诱人，给出的待遇很优厚，可我实在没有那个本事赚回来。没有金刚钻，揽啥瓷器活？再说，人不能在同一个地方跌倒两次呀！我毫不犹豫地回绝道："王老板，追债讨款这种事，我真的做不来，你就不要赶鸭子上架了。"说完，我拉开车门，跳下车，准备走人。

王天山跟着跳下来，走到我的身边，笑道："我不会强人所难。"边说边递给我一个塑料袋，"这是我给你买的一款新手机，赶紧开通电话，有事好联络。"

我接过塑料袋，说了声："谢谢！"手机我真用得上，所以没讲客套地接受下来。

望着奥迪 Q7 车卷着一路灰尘飞驰而去，一种浓浓的失落感油然而生，拒绝了王天山，我的未来在哪里？

我缓步走在回家的路上。

走到家门口，看到姨妈和姨伯在屋里跟我父母说话谈事，姨妈的语气焦急万分："我们两个来，是想跟你们家借几万块钱。"

借钱？姨妈和姨伯在镇上开了将近二十年的餐馆，生意尚可，家里应该小有积蓄，去年刚刚把小儿子强强扒团了圆，据说花了七八十万元。难不成是为大儿子凯凯结婚的事来借钱？带着疑惑，我走进客厅，与姨妈、姨伯打过招呼后，径直走向房里。老辈人之间的事，我一个小辈不掺和为好。

"姐呀。"母亲深情地叫唤过后，转换语气满腹苦衷道，"你们也知道，我们家浩子今年'三八'结婚，当时，家里把脓呀血呀都挤出来，给他拼了彩礼，没想到突发变故，婚没结成。黄家吃了彩礼，也吐不出来，浩子还丢了工作。我们现在是两手空空、身无分文，日子过得比谁都惨。"

"你们家遭了劫难，真是够惨的。可我们实在想不出别的什么办法了。"姨伯沉默已久，终于开口，"凯凯被丢进看守所，办案的警察说，如果能够尽快把钱还到单位，可以从轻处理。我们只是做点儿小本买卖，一口气哪里拿得出来七八万块钱呢？"

"我很理解你们家的困难，去年刚刚给小儿子强强办了婚礼，人还没缓过气来，凯凯又出了这种事。作为亲戚，我们理应帮这个忙，但我们只是这个家境，手长衣袖短，实在没能力帮你们救这个急。"父亲委婉地回绝道，接着给了一条建议，"要是能到银行贷点儿款，那样拿钱就快捷了。"

父亲也真会来事儿，自己没钱可借，竟然想出这么个馊主意，到银行拿贷款去救人，这也太"奇葩"了吧，银行怎么会同意呢？

没有想到姨伯、姨妈早就尝试过这条门路，姨妈叹息一声，泄气道："我们在镇上的农行找过人了，他们放钱要提供担保。我俩开餐馆的房屋是租的，根本拿不出什么东西去作担保。"

厅里立刻安静下来，仅过了一会儿，姨妈嘤嘤唧唧的哭声，像凄厉的北风呜咽，听得我心里刺痛刺痛的。

"浩子在县城小贷公司干过吧？"姨伯突发奇想，咬牙发狠道，"让他出面去找他的老板，我们拿五万元的高利贷先应急。"

真是病急乱投医！我必须阻止这种事情发生，便从房里奔出来，大声制止道："姨伯、姨妈，高利贷这种东西，万万碰不得！很多人拿了这种钱，被逼得妻离子散、家破人亡。"这话虽然有些危言耸听，但只有这么说，才能让他们彻底断了这种念想。

"凯凯面临判刑坐牢，我们不能眼睁睁地看着，见死不救呀！"姨伯眼里满是绝望，声音带着哭腔。

"想其他办法吧，总会有的。"我劝慰道，然后返身房内，拿出王天山给我的那个塑料袋，递给姨伯，"这是一位老板刚刚送给我的一款新型手机，标价六千五百元，你们拿到店里去退掉，应该可以回个六千块钱。"

姨伯起身接过塑料袋，像抓到宝似的，搂在怀里，姨妈也站起来，拉着姨伯走出门，母亲跟上去，一边相送，一边给予安慰。

父亲面对着我，唏嘘感慨道："你这姨老表凯凯，老实巴交，三棍子打不出一个屁来，活了三十多岁也不见长什么本事。而这次却狗胆包天，挪用厂里七八万元的货款，去给他的女朋友买什么带钻石的戒指。现在的娃们，想媳妇儿想疯了，做事越来越离谱了。"

父亲说，我在听。对我这个表哥凯凯，我还是有所耳闻的。他不仅人老实，而且个子矮，只有一米六不到。谈了几任女朋友，都因为身形瘦小而遭女方家里嫌弃，未能成功。大前年，有人从越南贩回一批姑娘，姨伯、姨妈花二十万元给他买回一个，一家人防贼一样地看护着她，直到她怀孕后，对她的防备才有所放松。可谁承想，在她怀孕九个月挺着大肚子待产之时，却离奇失踪。后来得知，一同来的五个"越南新娘"组团逃走，神不知鬼不觉的，好像早有预谋。前年，经人介绍，又谈了一个女朋友，答应与他结婚，但突然冒出一个男的，提出"在县城买一套一百平方米的婚房、买一辆途观小车、送五十万元彩礼"的条件，女方家里拉开了"比富招亲"的架势，姨伯、姨妈起先还准备与那个男方家里搞一次"军备竞赛"，经权衡掂量，因实力有限，终究放弃。眼看小麦割了大麦还立在田里，弟弟先他结婚成家，他也三十好几了，心里急呀，人一急就容易犯糊涂，做出这种苕事来也就不足为奇了。

# 三

早上六点半，我就起床了，放弃平常所穿的时尚装，换上父亲穿旧的阔腿裤和已经褪色的蓝卡其布中山装，脚蹬一双解放鞋。既然是去做小工，就要摆出干活做事的样子，起码要从穿着上同民工们保持一致。不到七点钟，母亲就烧好了早饭，我狼吞虎咽地吃掉两大碗，把肚子填得饱饱的。七点十分，我一手提着装满凉开水的雪碧塑料瓶，一手拿着一顶草帽，念叨着父亲昨晚教我的"做小工攻略"："小工活，细细磨。磨慢了，工头说；磨快了，奈不何。不紧不慢悠着磨，每天工钱有着落。"来到村部大门口，门还锁着，我只能蹲下，从荷包里抠出那只老得掉牙的"三星"翻盖机，按下开机键，瞧一眼通话记录，除了有几条七个月前的通话，新近通话，没有一条。翻开短信收件箱，也只有几条垃圾短信，一条语音留言和短信提示也没收到。在"锦绣江山"楼盘买的那套房子，购买人栏写着我和黄依依的名字，留着我的电话号码，我只还了两个月的房贷，至今已有七个月没还，公司怎么不打电话追讨、不发短信催促呢？没有发生什么变故吧？

将近八点钟，大门打开，我和一大帮六十岁上下的老头簇拥着唐工头走进村部工地，唐工头站在一处高地，像生产队长派工一样，声粗嗓大地发话道："所有的大工小工，昨天干吗，今天照样干吗。新来的周志浩和吴大牛，你俩的主要任务就是回填。"他指着旁边像小山一样的土堆，"把这些土运进仓里填平屋子。"

被唐工头指名道姓叫吴大牛的人，看起来年岁比我父亲还大不少，他找来一辆手推斗车和两把铲锹，递一把铲锹给我时，顺带跟我讲述了活路的要领。

我俩手持铲锹，从土堆上撮土，倒进斗车里，斗车装满土后，吴大牛双手握住车把在前面拉，让我在车后推。工地上凹凸不平、大窟小眼，斗车走起来很颠簸，特费劲，不一会儿，我被折腾得浑身汗湿。吴大牛倒是挺轻松，他关切地问我："小周，第一次干这种活吧？"我点头道："嗯。"吴大牛很纳闷儿，继续问："现在的年轻人拼着命往城里奔，农村都看不到年轻人，你怎么在乡下待得下来？"如果不说明原委，吴大牛也许还会打破砂锅问到底，我索性挑明道："我犯事了，被判处缓刑，要待在农村接受改造。"吴大牛看了我一眼，不相信地摇头："看你这样子，既善良又规矩，怎么可能犯事呢？"

为了满足他的好奇心，让他不要没完没了地追问下去，我只能原原本本地向他讲述了整件事情的经过。听完之后，吴大牛即发感慨道："女怕嫁错郎，男怕入错行。你呀，错就错在选错了行当，找错了主子。"

吴大牛的嘴很琐碎，说起话来不断纤，但在同他的交谈之中，我淡忘了苦，感觉不到累，一天的时光就这样度过了。下午五点钟，唐工头宣布"散工"，我与吴大牛道别后，相约明天再来。

干活时身体憋着劲儿，还能挺得住，收工后浑身劲散，身体仿佛散架，手酸腿软。我走到家门口，看见母亲坐在厅里用竹梭织着渔网。可怜我的娘亲，一生怀了九个孩子，刮掉七个、生下两个，耗尽了她的精血和能量，加上生下我后，她又被逼着做了结扎手术，留下了后遗症，见不得风，负不了重、拖着个病壳子、背着个"药罐子"，但她坚持洗衣做饭、打理家务，闲暇时刻编织渔网。完成一个渔网得织三千多针，赚八块钱。母亲每天要双手不停地织将近万针，可以挣个二十几块钱，手指头磨破了，她用创可贴绑着。看到这里，我心里涌过一阵难以言说的怜惜。

我在门口现身，母亲便停住梭针，赶紧起身，脸上的皱纹拧得像金线菊一样："浩子，回来了，我这就去烧晚饭。"

我径直走进厅里，把自己丢在躺椅上，随口问："爸呢？"

"他到恒泰米业帮别人晒谷去了。"母亲回答后，走进后边的厨房。

父亲血压偏高，身体也是每况愈下。虽然刚过五十，但明显比同龄人显得更加衰老。平时，父亲种着家里的五亩地，一有空隙，他就出去找工做。起先，他也是在镇上的建筑工地做小工活，但在去年底，父亲在工地发生了两起事故：一次是在浇灌混凝土时，突然昏厥倒地；还有一次，父亲在搬重达五十斤的砌块砖时，连人带砖一起倒在工地，所幸在一楼，而不是在跳板上，否则，后果难以设想。自此，镇上的工地把父亲加入进了禁工"黑名单"，他连做小工的资格都没有了，只能寻一些相对轻松的活路，比如去给粮食加工厂撮谷晒粮、给棉花采购站分类打包，工作一枯天，拿三四十元的工钱。我和母亲曾经几次督促父亲去医院查一查身体，但父亲坚决不从，他说自己的身体自己心里清楚，没事！连续昏倒两次，连傻子都知道，这身体肯定有恙，而我和母亲拗不过父亲，只能由他而去。我当然明白，父亲死活不去医院做检查是惧怕查出恶疾重症。农村人是住不起院的，虽然有60%的合作医疗报销比例，可一旦住院，好点儿的药、管用的针都不在报销范围之内，落下实来，绝大多数医疗费用还得靠自己承担，那不是一笔小数目，弄不好就会因病致贫。所以，他宁愿突死猝亡，也不愿连累家庭，毁了儿子的未来。

等这次做小工赚了钱，一定把父亲拉到医院做一次全身检查，有病早治！我在心里暗暗发誓道。

在接下来的日子里，赚钱为父亲治病，是我坚持不懈的唯一动力。做小工活不仅苦而且累，还很枯燥乏味，更要命的是，有时还加夜班。那天，我用炮车运了一天砌块砖，搬上搬下，累得腰酸背痛、双腿乏力，只想像狗一样趴在地上，掉着舌头，喘下粗气。好不容易挨到下午五点钟，可没有听到唐工头宣布散工，听到的却是"晚上加班"的消息。我好想丢了工具走人，可吴大牛似乎察觉出我的意图，拉住我小声道："小周，忍耐一下，晚上加班，工钱加倍。"我不解："为什么晚上加班付双倍工钱？"吴大牛神秘兮兮地跟我透露："晚上加班是浇顶。本来浇顶都要用商混浇的，老板为了省钱，找来几台拌和机，用自制的混凝土浇顶。"

我的嘴张得可以吞下一个苹果。现在连个人建私房都是用商混浇灌，而唐工头却把公用建筑用自制混凝土浇筑，这胆子也太肥了吧！我着急地问："他们就不怕追究责任？"吴大牛嘻笑一声，道："谁来追究责任？现在搞'美丽乡村建设'，到处都是工地，镇里根本顾不过来，只能捏着鼻子哄眼睛。"我加重语气道："像这种质量，今后要死人的。"吴大牛也变得愤愤然："怎么不是呢？商混的选材应该是高标水泥、青石块和黄沙。"他指着堆得像小山包的原料，"而你看看他们，用的是低标号水泥、青沙和红石块，没一样合格，为了赚钱，也太黑心了。"我突然想到，工地应该有工程监理，便问："搞监理的人呢？"吴大牛透露道："早被买通了，这会儿不知躲到哪儿灌酒去了。"

工地上送来了饭菜，我盛了一碗饭，舀了一瓢菜盖在饭上，跑到村部门口蹲下，一边往嘴里扒饭，眼睛一边瞟着矗立在村部门口的效果图，偷偷记下了镇里负责该项目领导的电话号码。

坚决不能让这种事情发生！正义的呼声在胸间激荡，我扒完最后一口饭菜，扔掉一次性碗筷，走进厕所，掏出手机，在键盘上按下记在心间的那串数字，然后拨了出去，电话立马通了，那头的人问："你是谁？有什么事？"我坦坦荡荡地报出我的尊姓大名，简明扼要地说明工地上正在发生的事情。电话那头的人没有迟疑，立刻表态道："谢谢你的举报，我马上带人过来处理。"

我手扎裤腰带，若无其事地走进工地，随大伙领了两百元加班费，取了一听红牛饮料和一瓶矿泉水，同众多民工一样，打开瓶盖把矿泉水喝了，而把红牛饮料留着，等会儿当礼物带回家去。

三台拌和机轰隆隆地响起来，随着一车车不合格的水泥、红石块及青沙投进拌和机里，经过一阵搅拌，一车又一车不合规格的混凝土泄进斗车，源源不断地送上屋顶，浇倒在铺有钢筋罩子的木板上，我的心越发焦躁不安起来："镇上的人怎么还不来呢？"我的眼睛时不时地斜睨着大门口，热切地期盼着。

终于等到了，一辆小汽车射着两束耀眼的光柱来到村部门口，从车上下来三个人，为首的人走到唐工头跟前，大声责令道："唐国平，迅速停工！"跟在旁边的一位随从递给唐工头一张纸，郑重告知道："这是《停工整改通知书》，请你签字查收。"

唐工头的脸由惊愕变为沮丧，他接过那张纸，手在发抖。

我扔下手中的铁锹，随民工一道，走出大门，四下散去。

推门进屋，惨淡的灯光下，父亲和母亲有如两尊枯木头墩子坐着，面色晦暗，很是无奈。

我找了一个空凳坐下，父亲开口道："你姑姑来过了，刚走。"

姑姑回娘家，算是走亲串戚，很正常呀，何至于让两个老人变得如此沉闷和阴郁？我带着疑虑问："姑姑家没出啥事吧？"

"你姑姑家能出啥事？"母亲回应道，"她为你的事而来。"

我从桌子上的茶壶里倒了一杯凉开水，一口气喝干，道："我的事有头有脑的，不需要她操心。"

"她给你介绍对象来了。"父亲终于开宗明义说出要点。

"我现在还处于缓刑期，怎么可以结婚？"我只能拿这个理由搪塞。

"你也不要诓我们两个老的。"父亲看来找懂法律的人咨询过了，他言之凿凿道，"判缓刑的人与我们没判刑的人一样，结婚生娃不受半点儿影响。"

"爸、妈，我现在这个情况，真的不宜结婚。"我带着哀求的语气道。其实，我的心里一直没有放下黄依依，尽管她又嫁了人。

"你已经二十七了，不光为你自己结婚，更是在为我们这个家庭履行传宗接代的义务。"父亲立刻把我的婚姻提升到一个高度，把一种神圣的使命感和责任感强加到了我的头上，压得我有些喘不过气。

"是呀，你离三十岁也叫得应了，越往后越难找。你把周边看一看，哪个村里不是剩余一二十个光棍？都是像你这样拖出来的。"母亲晓以利害，接着隆重推介道，"你姑姑介绍的这个女的，二十六岁，比你小一岁，去年'五一'结的婚，男的在春节期间出车祸死了，没有小孩，模样长得周正不说，关键是贤淑、德行好。男人死后，她一直生活在婆家，规矩检点，没闹一点儿绯闻。是公爹公婆在托人给她找结婚对象。"看得出来，母亲很中意这个还在哪里哪里的儿媳妇。

"没兴趣。"我一口拒绝道。

"你好歹领过证，属再婚男人，何况你是一个'破脑壳'，能找一个没有'拖油瓶'的寡妇，还那么贤惠，是你前世修来的福分，你必须好好把握这次机会。"父亲冷静、客观地摆出我不太光彩的现状后，用家长的口气命令道。

我越听越听出了逼婚的味道。我心里本来烦得要死，很想发通脾气，让他们闭嘴。但一看到父母可怜巴巴的样子，我的心顿时软了下来。别无他法，我只能使出"拖"字诀："好吧，你们容我考虑一下。"说完，我站起身，准备进房。

父亲拦下我："你姑姑说了，马上得定下来。人家上门提亲的排着长队咧，不少你这个金宝贝。"

"需要彩礼吗？"我冷不丁地抛出这颗"核弹"。我心里很清楚，我们家拿不出彩礼。

"现今这个社会，托姑娘生的，就俏上了天，是女不贱嫁。"母亲道，"彩礼二十万元，一分不能少。"

"我即便答应，我们家也拿不出彩礼呀。"我反将一军道。

"只要你答应，我们拱破天眼，也会想出办法。"父亲早有考虑，蛮有把握道，"我和你妈手里可以凑个两三万元，准备向你姐家借个五万元。还有十几万元，我打算到黄依依的娘家去追讨。"

父亲怎么不设身处地为黄家想想？结婚前一天晚上，我被警察带走，连我们老周家都感到颜面尽失、无脸见人，更何况黄家，还有黄依依，该要承受多少戳戳点点和飞短流长？想到这里，我就感到负疚和自责。"爸，我已经跟您说过很多次了。"我再次重申道，"我和黄依依离婚时签有协议，因为是我对不起她，我就把彩礼送给她了，您没有理由去追讨的。"

"五万元的订婚礼金，二十万元的彩礼，四万八的物资，花了将近三十万元，却连人都没有迎娶进门，为什么不去追讨这笔钱？"父亲"一根筋"，执着地在他的胡同巷里不管不顾地迅走，"黄家要是通情达理，就应该退给我们。"

"爸，不说三十万元，花一百万元也是别人家的了，您不要去丢我们老周家的人，行不？"我有点儿歇斯底里地恳求道。

"老子去追讨自己的钱，正当合理，不偷不抢，丢什么人？"父亲生气了，霍地站起身，拍了一下桌子，怒喝道。他很想表现得男人一些，可腰却挺直不起来，身子在微微颤抖。

我本想硬怼几句，打消父亲去黄家追讨彩礼的想法，可看到弯腰驼背、日趋苍老的父亲，便心生痛惜，再也说不出半句责备的话，只能闪身走入房里，一头扎在床上，提亲的事激发起我的原始冲动，我又想起了黄依依，下身顿时紧绷绷的，憋得难受，现时现境无法解决，只能在梦中逍遥取乐了。

# 四

"吃家饭屙野屎的东西，既然有狗胆举报，就该有狗胆承认，有种的就站出来！"唐工头站在他每天派活的那个高地，身后立着两个彪形大汉，他一扫昨晚的颓势，威风凛凛地训斥道。

我和大伙站在一窝，肃穆而立。

唐工头走下高地，在每个人的面前停留片刻，用杀人的眼神刺探，好像要透视你的五脏六腑。

"昨晚的事情，让我平白无故地损失了几万块。几万块呀！"

唐工头重回高地，痛心疾首地咆哮过后，发飙赌狠道，"我必须揪出这个吃里爬外的'内鬼'，让他赔偿损失！"

大家漠然视之，没有任何回应。

"既然没人出来承认这件事，那我损失的几万块钱只能由你们各位平摊。月底结算，我会从每人的工钱中扣除八百元，弥补我的损失。"唐工头绕了一圈，终于亮出了他的花花肠子。

人群中顿时爆发出不满的声浪。

世界上竟然还有这么臭不要脸的人？自己偷工减料破坏规矩，被抓现行，受到处罚，居然把本该他承担的损失转嫁到别人身上，让这些辛苦劳作的工友买单。天理何在？良心何在？义愤直冲我的脑门盖，冲动驱使我奔出人群。我目光坚定、敢作敢当道："唐国平，举报之事是我干的，有什么事你冲我来！"

唐工头没有料到有人会站出来接招，他愣了一下，看了我的小身板一眼，脸上露出一缕阴笑，努嘴发令道："给我上！"

两个彪形大汉正要跑过来擒我，抢他们之先，我顺手操起一把铲锹，双腿呈马步形，手握锹柄，锹口朝上，天不怕地不怕地挑衅叫嚣道："谁上，老子就一锹砍死他！反正老子现在是个服刑犯，大不了去吃'花生米'。"

两个彪形大汉被我的气势吓得进退不得，唐工头恶狠狠地吼骂道："他这个样子，长不像鳝鱼，短不像泥鳅。你们两个废物，还怕他不成？赶紧给我把他拿下！"两个彪形大汉交流过眼神后，从两个侧翼向我包抄过来，我好像夹在两座山头之间的一棵小树，随时有可能被灭了。我在思忖：要不要挥锹自卫？

"住手！"村部门口开进来一辆巨型商混泵车，从车上跳下一个老板模样的人，在很远的地方大声制止道。

老板模样的人紧走几步，赶到唐工头站着的高地上，伸出粗壮的大巴掌，对着唐工头的脸重重地扇了一记耳光，低声吼道："滚一边去！"

我有些蒙了，老板模样的人，似曾相识呀，果真是他吗？

老板模样的人转身面对大家，躬身道歉道："唐国平在村部建设中掺杂使假、投机取巧，险酿大祸，让我羞愧难当，现在我正式给大家赔个不是。"说完这些，他顿了顿，即刻变了一副神色，换了一种腔调，赌咒立誓道，"'美丽乡村建设'是国家战略，是政府项目，是民心工程，不能出丝毫问题。今天我当着镇领导、村干部、监理员及各位工友的面，郑重承诺：保质保量完成工程建设！作为飞腾公司的董事长，我给各位发誓：如再出现类似质量事故，国家拨下来的项目资金我一分不要。我们飞腾公司坚守的理念是，'宁可钱多花，不做豆腐渣''即使不赚钱，质量要优先'！"

当老板模样的人说出是飞腾公司的董事长后，我得以确认，面前这个人就是林明轩。两年前，林明轩的一位张姓朋友在我们小贷公司贷款两百万元，由林明轩提供担保，起先几个月，姓张的按月付息还算正常，可半年之后，姓张的老板突然人船不见，杳无音信，仿佛人间蒸发一般。公司无奈，找不着姓张的借贷人，只能找担保人林明轩。杜建汉带人把林明轩请到那间"黑屋子"里，逼他写还款协议。林明轩只是担保者，不是借贷人，虽然有责任，但也不能当冤大头呀，所以只能与杜建汉打太极，既不承诺还贷，也不推脱不还。挨到晚上七点多钟，杜建汉去吃饭了，留下我与小蒋看守。过了不久，待在"黑屋子"里的林明轩脸色煞白、嘴唇显乌、虚汗直冒、身子发抖，一副快要撑不住的样子。我赶忙给杜建汉打电话报告情况，杜建汉正在喝酒，很是不屑地教训我怎么如此经不住事，并叫我不要理睬他。可我越看越觉得不对劲儿，便问林明轩哪里不舒服。林明轩嘴唇已不听使唤，抖索道："糖。糖。糖。"我飞奔下楼，在超市买了一包糖，剥开外包装，将糖果喂进他的嘴里。他狠狠地吮了几口，这才恢复了一些活气，但依旧手脚发软、浑身无力。我一边给老板王天山打电话陈述现场情况，一边自作主张地和小蒋将林明轩送到医院。医生诊断后，跟我和小蒋通报："病人有极其严重的低血糖症，幸亏送医及时，不然要危及生命。"林明轩的妻子赶过来，我便和小蒋告辞，林明轩躺在病床上打着吊瓶，他充满情义地跟我说："我与你有一颗糖的情谊。"

林明轩的演讲果然了得，引来阵阵掌声，得到了镇领导和村干部的复工许可。

巨型的商混泵车安置妥当，商混罐车也停泊就位，林明轩安排好人手后，把我和唐工头叫进工地办公室，他拖出两把椅子，让我坐一把，他自己坐一把，指着立桩一样的唐工头，训斥道："说你苕，你苕得脑壳搬了家。这'美丽乡村建设'的项目，千百双眼睛盯着呢，你以为这样就可以随随便便糊弄过去了？"

唐工头捂着被打得留有五指红印的脸颊，不服地申辩道："舅，我昨晚把所有事情都安排好了，要不是出了他这个'内奸'，我都接近成功了。"说完，他恶狠狠地盯着我，"我恨死你了！"

"我的傻外甥哟，你怎么能恨他？你应该磕头作揖谢他才是。"林明轩用教训的口吻，掏心掏肺地阐释道，"要不是他及时举报，你用自制的混凝土浇顶成型，质检站肯定要来打孔取样，检验出混凝土质量不达标，会责令我们推倒重建。那样的话，就不是只损失几万块了，而是要损失十几二十万元。"

"舅，你别吓唬我。我深入考察过几个做'美丽乡村建设'的工地，都在挖空心思地偷工减料，哪家没有从中发财赚钱？"唐工头满脸羡慕嫉妒道。

"张口闭口就是钱、钱、钱，年纪轻轻的，怎么钻进钱眼爬不出来了？"林明轩语含讥讽地贬损道。

"舅，正是年纪轻轻，才特别需要钱呀。"唐工头正告道。

"舅给你的钱还少吗？"林明轩逐一翻出旧账，质问道，"大前年结婚，我给了你十万元，去年离婚，你向舅要了五万元。今年再婚，你张口又是十五万元。给你这么多钱，难道还不够你花吗？"

"舅呀，您给的钱我都作为彩礼付给女方了，远远不够咧。"唐工头瘪着嘴，诉苦道，"这次结婚，女方要了三十万元的彩礼，我还扯了十万块的债，包括五万块钱的高利贷，现在债主逼得我鸡飞狗跳不能安生。"

这个活宝胆子比砂钵还大，居然拿高利贷去送彩礼，为了结婚，连命都不要了。然而他说的这番话让我产生了些许的共鸣，感受到了时下年轻人的不易，心里不自觉地对唐工头萌发了一缕同情。

"君子爱财，取之有道。债主逼得再急，也不能做昧良心的事赚黑心钱。"林明轩苦口婆心教导道，"人要走正道。"

唐工头苦着脸、瘪着嘴，没敢吱声。

训诫完唐工头，林明轩这才回过头与我搭讪，他开门见山直奔主题："小周，我承建的顺通河护坡工程即将启动，我想聘你帮我看管现场。"

"就凭我们有一颗糖果的友谊？"我半开玩笑地说出他曾经说过的那句话，停顿一会儿，有意提醒道，"我不仅是个缓刑犯，而且我从未管过工程。"

"舅，这么有油水的活路，您不能给这个吃里爬外的'内鬼'，应该交给我去做。"唐工头终于憋不住，自我举荐道。

"你给我住口！"林明轩吼完唐工头后，脸转向我道，"你不仅有一颗善心，还有一腔正直，更有一种责任，我看好你！"说着，充满信任的眼睛笑眯眯地望着我。

"我试试看吧。"此刻唯有谦逊应答，夸夸其谈地表态说那些空话、大话，我羞于启齿，说不出口。

"唐国平，你把小周这个月的工钱结了。"林明轩发话道。

唐工头闷闷不乐地咕噜道："知道了。"

林明轩把手搭在我的肩上，既讲哥们儿义气又带知心暖情地通知我，每月工资八千元，项目顺利完成另给奖励。接着又跟我说，把项目建设指挥部设在我家，公司每月出两千元租金。最后还交给我一项"肥差"：让我拍板定夺中标的公司。哎哟，一切的一切都来得太突然了，正应了乡下人常说的那句话：好事涌来了，门板都挡不住。我心里清楚，所得到的这一切均源于我的那颗"糖果"，说白了，都是我的那点儿小善带来的运气。当然，与我的特殊身份也有关系，住过"局子"的人，好比胸前挂着军功章，能镇得住人，能按得下事。

我结了四千一百元的工钱，这是我做二十六天小工的报酬，捏在手里，有厚厚的一沓，让我感到很踏实。本来，我在县城"锦绣江山"小区按揭买的房子亟须还贷，但我还是打算先用这些钱带父亲去做个体检。父亲的身体越来越差，不能再拖了。

我走在回家的路上，包里的手机破天荒响了，我掏出手机接听，电话那头传来一个年轻人紧急而沉闷的声音："浩子哥，我是黄炼炼，伯父从我们家走出来后，在隔壁人家的门前摔倒了，我已经打了120，你赶紧往镇卫生院去。"

我跑回家里，骑了一辆自行车，像踩风火轮一样地飞向镇卫生院，放下自行车，我如苍蝇撞墙一般地扑向住院部，却又接到黄炼炼的电话，他说镇卫生院不敢领手，正往县人民医院送。

我跑到公路上，拦了一辆返程的士，司机把我送到县人民医院，我一口气跑到三楼抢救室，黄炼炼坐在门口，搓手顿脚，很不自在，人未立稳，我急问："我父亲是怎么摔倒的？"

黄炼炼看了我一眼，我从他的眼里读出了一丝闪烁不定，他一边思考，一边不慌不忙地跟我复述着事情的经过："伯父到我们家后，我爸又是倒茶又是让座，对老人家蛮客气的。知道伯父是为讨要彩礼而来，我爸便拿出你和我姐签订的离婚协议书给伯父看。伯父仔细读过之后，长吁一口气，以商榷的口吻跟我爸说，前亲家，孩子订婚给了你们家五万元，'上头'给了你们家二十多万元，媳妇却没娶进门，可谓人财两空。现在孩子要再娶，又得筹措彩礼，我家家庭条件不好，你能不能可怜可怜我，退还一点儿给我？我爸停顿许久，说，你们家送来的彩礼钱，我只是过了下手，都给儿子炼炼结婚送彩礼了。你看我这家境，被两个儿子结婚掏得空空的，像水洗过一样。我也不是那种不通情理的人，你的要求也不过分，要是能够拿得出来，我还用你说呀！伯父说，你想想办法呗。我爸说，为了把两个儿子拉扯团圆，我身上背了债，亲友见了我开躲，哪个还敢借钱给我？我真的是想不出办法。伯父站起身，唉声叹气地走出我家的门，我爸送他出来。伯父没走多远，一头栽倒在地上，人事不省……"

急救室的门被推开，脸戴口罩、身着防护服的男医生走出来，我赶到他的跟前，医生扯下口罩，遗憾地向我宣布："患者脑部大面积出血，抢救无效已经死亡。"

父亲躺在抢救床上，被白布遮盖，我握着父亲枯槁、冰凉的手，哽咽无语，黄炼炼抱着我的肩背："我去叫车把伯父运回家。"

一个小时后，殡仪馆的车来了，随车而来的有镇里分管信访维稳的领导、驻村干部和村里的江书记。我们一起将父亲的遗体抬上车。直到车在殡仪馆五号吊唁大厅门口停下，我才知道，父亲没被送回家。黄炼炼真够藏心机的，他趁机把我父亲非正常死亡的信息报告给了镇里。真的让人感叹啊！父亲生前见到的最大干部就是村里的江书记，哪承想死后却惊动镇里的头头脑脑，还让镇里组成维稳专班，这种重视程度何其荣光？只是这种荣光，对父亲而言，只能在阴曹地府享用了。

母亲来了，接着姑姑来了，又接着姐姐来了，她们扑在棺椁上放声大哭，泪水横流，哭得凄厉痛彻，哭得撕心裂肺，整个吊唁大厅沉浸在一片悲泣惨戚的氛围之中。

六点多钟，亲友们去吃饭了，我陪母亲守在灵前。母亲抓住我的手，流着眼泪问我："知道你爸为啥坚持去黄家讨彩礼钱吗？"我蒙圈不知。母亲耸了耸鼻腔，声音发哽地说道："去年年前，你和黄依依订婚，日子订在今年'三八'，订婚花了五万元，家里只有你姐出嫁时男方家给的十万元彩礼钱，还有我和你爸积积攒攒的几万块钱，按行情还差一大截。为了你能顺利地结婚，你爸到县城去了一个月，把一只肾卖给了一个患尿毒症的远房亲戚，换回了二十万元。怕被人小瞧，你爸便谎称买体育彩票中了二十万元的大奖。"母亲说完，禁不住呜呜地哭起来。

原来如此！为了儿子的婚事，您把身上最珍贵的器官卖了，用生命为儿子筹措彩礼！难怪您身体发虚，一夜变老！难怪您总像跪久了腿立不直的人一样！我他妈的就不是人！无视您的付出，轻视您的大爱，鄙弃您的举动。内疚、羞愧和着悲痛喷薄而出："爸，我对不起您！"我手捶棺椁，号啕大哭起来。

夜深了，我的叔叔、舅舅和姑父关在吊唁大厅的一间小屋子商议事情，达成一致意见后，他们让人把我叫进去，拥我坐在中间的椅子上。叔叔开口道："浩子，你爸死得不明不白，很是冤屈。我同你舅舅、姑父商量过了，准备明早抬尸游行，先游到黄家，再游到镇政府，逼他们赔偿一笔钱。"

"我爸没有死在黄家，更没死在镇政府，以尸讹钱，没有道理吧。"我有些反感这种做法，说道。

"死人就是天大的道理！黄家得了你五万元的订婚费，又要了你家二十多万元的彩礼钱，人没娶回来，黄家却将姑娘嫁给别人了，又收了一笔彩礼，吃了桐油就要呕漆！你父亲是为追讨彩礼去的黄家，不受气挨骂，他怎么一出门就栽倒在地？还有镇里，这也管那也管，为什么不管管彩礼的事？要是他们能压下这股歪风邪气，怎么会发生这种死人夺命的事？怎么会出现那么多的光棍汉？他们是不是该负责任？是不是该赔偿损失？"叔叔口若悬河，唾沫横飞，一连几问，说得舅舅和姑父频频点头。

叔叔的话初听好像在理，细思却是一派胡言。看看这三个人，叔叔从年轻时就是个游手好闲的"二流子"；舅舅因为计划生育超生曾被罚款，对政府抱有极深的成见；姑父原来当过村干部，因经济问题被革职，对镇里一直心怀芥蒂。名曰为父亲沉冤昭雪、寻求赔偿，实则他们想借"尸"发挥、宣泄不满，我怎么能够同意呢？我警告道："叔叔，父亲生前说过，'闹人的药不吃，违法的事不做'。我不想违背父亲的意愿，去触碰法律红线。"

"违什么法？我们只是在维护正当权益，遗体不过是我们的道具。用好这个道具，力度才大、影响才大，继而收获才大。"叔叔大手一挥，拿出一副总指挥的派头，道，"浩子，我们知道你还在服刑期，所以不要你掺和进来。这件事由我来牵头，你舅舅、姑父具体负责，组织全体亲友参加，力争演绎一出'抬尸游行'的经典大戏，为你争回一部分彩礼钱。"说完，叔叔把我推出屋子，他们三人关上房门，又去密谋具体细节了。

对于逝者，最大的尊重，莫过于让他安安静静地离开，不扰其身、不惊其魂。三位长辈近乎疯狂，要将我父亲的遗体搬来弄去颠沛流离，我作为晚辈岂能容忍？在我们这个地方，我没有结婚成家，不具备当家理事的资格，这件事情只能由长辈说了算。我虽然阻止不了，但可以借助外力。我立刻想到镇上的维稳专班和村里的江书记。

# 五

确定顺通河打护坡的施工单位，我以为是挺美的一件差事，哪想到惹上了满身狐臊，弄得我不堪其扰。有的送来烟，有的孝敬酒，有的上贡茶叶，都被我一一拒绝。而有几家建筑公司借口送资料给我看，在档案袋里放了红包，每个包里装有两万元现金。等我发现时，他们都已经走了，让我无从退还。我虽不是什么公职人员，但我受聘于飞腾公司，心里清楚这种拿好处、吃回扣的事做不得，搞穿头了也要吃官司。钱收了退不出去，我当即给林明轩打电话说明了情况。今天，他来现场察看过后，要听取我确定施工队的情况汇报。在我家的客厅，我摆好了桌椅，备好了茶水。

林明轩在图纸设计员的陪同下走进厅里，我赶忙把林明轩拉进房里，将装有六万元钱的一个牛皮纸袋交给他，像交出了一个烫手的山芋，人顿时轻松了许多。他接过纸袋，装进公文包里，道："小周，你做得对，他们的钱收不得，我会找时间退给他们。跟你明说吧，能够中标拿下施工资格的队，你得了他的钱，他今后在施工中偷工减料，你怎么管？没有中标的队，你得了他的钱，他心里会不平衡，会四处告状，那个麻烦可就大了。"我只知道这笔钱不能收，但没想到这里面的深奥，从中我又长了一分见识。

没一会儿，唐工头也来了。人员聚齐，林明轩讲过开场，我便把几家建筑公司的优劣好坏及标底进行了比较分析，最后，我说出了自己的决定："用两家建筑公司施工，一家护南坡，一家护北坡。"

"我舅明确说了，只中标一家建筑公司，你故意要用两家，是什么意思？"唐工头用发难的语气挑唆道，"外面传讲，你周志浩收了建筑公司的红包，我起先不信，现在还真信了。你肯定是收了人家的好处，要对人家有个交代，才多定一家呗。"

"你不要在这里胡说八道。"林明轩狠狠地剜了唐工头一眼，当即澄清道，"他不仅没收钱，连人家送的烟酒茶叶都退了。"

"我认为定两家可以考虑。"陪同林明轩一块儿来的图纸设计员表示赞同道。

"说一说你的想法。"林明轩摆出一副洗耳恭听的架势，跟我努嘴道。

我平时做了功课，心中早有谋划，便有理有据地说了三点理由……

"言之有理。"林明轩面露微笑，首肯道，"你通知这两家建筑公司，明天上午到我办公室去签合同。"说完，他收起本子装进包里走出大门，我和唐工头送他来到车边，上车前，林明轩指着唐工头，教训道："你也三十多岁了，做事情要像小周一样，多想办法、多动脑子。"

小车咻溜而去，唐工头和我走进屋，他盯着我，诘问道："你真的没收建筑公司的钱？"

我笑道："我收了呀……"未待我后边的话说出来，唐工头捉贼抓赃般地断定道："人家说得有眉有眼的，你收了钱！我说嘛，哪有猫不吃荤的？"

"我是收了。"我云淡风轻地解释道，"但是，我一分不少地交给你舅了。"

"交给我舅了？"唐工头像看怪物一样地看着我，"你就是一个缓刑犯，收了就收了呗，又没谁来追究你。"

"良心。"我清晰明白地说出了这两个字。

"良心能值几个钱？"唐工头满脸轻蔑，既像在作总结，又像是在发感叹，道，"看来你我不是同一个世界的人喽。"

我深有同感。面前这个人，身心已被金光浸染，灵魂已被铜臭锈蚀，为我所不齿。我碍于情面，笑道："也许是吧。"

"我舅很器重你，但我却怎么也看不惯你。"唐工头坦率直接地表达道，"而今我俩都为飞腾公司做事，今后需要精诚合作。所以，我这个做哥的不计前嫌，今儿晚上请你下馆子，咱哥儿俩痛饮一场怎么样？"

"让你花钱多不好意思。"我故意扭捏道。其实我很想多与他交往，以缓和两人之间的紧张关系。毕竟他是林明轩的外甥，为了能在飞腾公司立足，我不能得罪他。

"你就不要客套了。"唐工头站起身，拉着我，一同走向村头的"五香卤菜馆"。我曾听说，他酒量不大，但就好这一口，每天下工后，人家是往家里赶，他却往酒馆跑，不把自己灌个半醉不肯归家。

两人找了一个用帘子隔出来的包间，点了卤土鸡、卤牛肉、卤花生米、卤藕和一碗西红柿鸡蛋汤，要了一瓶十二年的"白云边"，用两只玻璃杯掰了。我俩边喝边聊，甚是开心。只要是避开钱的话题，我们之间还是有得一聊的。

眼看杯里的酒喝得快要见底，唐工头有些把持不住，他赤红着脸、弹着舌头问我："你是黄依依的前夫吧？"

突然提起如此私密之事，让我甚感诧异，他是怎么知道的？他想干什么？我满眼疑惑地望着他。

"我是黄依依的现任丈夫。"唐工头没待我回答，开诚布公道，"俗话说得好，不是冤家不聚首。"

我大惊失色，世界兜兜转转真的好狭小，前任和现任居然碰到一块儿喝酒？我心中充满好奇，但我表现得极其淡泊："黄依依还好吧？"

"好个屁！"唐工头的内心已经失守，嘴上也没把门的，"还是你小子福命好，没有同这个女人结婚，不然，你要悔恨终身。"

黄依依是那么本分、那么纯善的一个小女人，怎么在唐国平的眼里却如此不堪？我用探询的语气问："黄依依怎么不好了？"

"我他妈的花了三十万元彩礼，是要找一个陪我睡觉、让我开心的老婆，可她每天把自己排到中班，下班后直接住在厂里，根本不回家，老子要这样的女人当摆设呀。"唐工头越说越气，酒气和着涎液齐飞，溅了我一脸。说完，他端起酒杯，一饮而尽。

我不能发表任何评论，便自个儿端杯，仰起头，慢品细咽地喝干了杯中之酒。放下杯子时，却不见唐工头的人影，放眼寻找，原来他倒在了桌子底下，醉得一塌糊涂。

我买了单，然后艰难地搀扶起他，慢慢走向村卫生室。

第二天上午，林明轩与两家建筑公司签了施工合同，我和唐工头做了见证，中午在"一品轩"摆了一桌，几方人士在一起喝了齐心酒。坐在从县城返镇的大巴上，唐工头一直倚着靠椅睡觉，快要到站时，他才惊醒过来，抹了一把沾在嘴边的口水，突然向我求助道："浩子，唐哥想请你出面为我做一件事。"我毫不犹豫地答应道："有事你说，只要能办的，我在所不辞。"他直截了当道："我与黄依依的关系亮起了红灯，我想尽力挽救一下，请你出面去劝一劝她。"说实话，别的什么事我都可以去做，做这种事很让我为难，清官难断家务事，更何况我有这个尴尬的身份。我心里打起了退堂鼓，便摆出困难退却道："我只是一个前任，她恨死我了，只怕见都不肯见我。"他继续争取道："你们毕竟谈了六七年恋爱，有感情基础，能说到一块儿。"接着他装出一副可怜巴巴的样子："浩子，也只有你能帮我了。"处在这种境地，我只好硬着头皮答应下来。

下午，我向黄炼炼要了黄依依的电话号码，给她发了短信，约她晚上一见。她的短信很快回复过来："我晚六点接中班，只能五点多钟见面。"我打开发件箱，写上"老地方，五点半见面"的文字，发了过去，她回了一个 OK 的手势。

初冬时节，太阳五点钟就落山了，黄昏降临，我来到镇人民广场的西边，那里静静地躺着几百亩见方的"碧潭"。从石砌台阶上漫步走向沿潭而建的观水平台，我欣赏着一潭秋水，想着那些美好的回忆。

"浩子。"黄依依站在广场西边，向我招手，我沿观水平台向她站立的地方赶过去。不知是怕耽误时间，还是为了尽快见我，她一改昔日的矜持和内敛，没有绕路去走石砌台阶，而是迈过溜坡的草丛，直达平台，在落地的刹那，她的脚底一滑，快要摔倒之时，我用双手接住了她的身子。

还是那种熟悉的味道，还是那张邻家女孩让人贴心而温馨的脸，还是那股清新得像冰镇柠檬汁一样的气质，还是那副纤瘦而紧致的身段，只是多了一缕淡淡的忧郁，我好想好想就这样搂着她。但是，她已嫁作人妇，岂能造次？我像被开水烫了一样地迅即缩回手。我俩面朝碧潭，望着蓝汪汪的潭水发愣。

许久，黄依依才开口说话："知道自己这么快就能出来，为什么要那么急急忙忙地离婚？"听得出来，她柔柔的语气中含有责备和懊悔的意味。

"我人关在里头，唯有一个念头，那就是尽快让你解脱。"我实话实说道。

"从你关进去那刻起，我的世界便已坍塌。"黄依依满面忧伤、语调幽怨，好像在诉说一个旁不相干的人似的，"一个痛苦、无助、绝望的女人，只能自暴自弃地任由父母把她当成一个赚钱的工具卖了，逼她嫁给一个三十多岁的二婚男人。"

我的心像被重锤击过一般，疼痛不已。我没有想到，她会主动提及这段经历，让我能够顺利地忠人之事。我忍着心痛，劝诫道："既然已嫁，那就好好过日子呗，没必要折腾了。"

她杏眉横瞪，剜了我一眼："我怎么好好过日子？我的身体已经奉献给了跟定的那个男人，怎么可以给别的男人去碰？你记不记得，我曾经跟你说的那句话？"说完，她头也不回地走了。

怎么不记得？那句话已经沁入骨髓、融入灵肉，"我一生所愿：结一次婚，跟定一个男人，完完整整地走完属于我俩的人生"。望着她远去的背影，眼泪从眼眶中漫溢出来，模糊了我的视线。对不起，依依，我不仅伤了你的心，更毁了你的人。

护坡施工正式启动，两家建筑公司的设备和人员已经进场，一连几天，我从早到晚待在工地，马不停蹄地穿梭在河岸两边，协调矛盾，监管质量。

一天早上，母亲让我送她回趟娘家。母亲坐在后座上，我一边骑着车一边问母亲："这不年不节的，回娘家去干吗？"母亲告诉我，你堂舅伯家的那个大表哥昨晚喝农药死了。我急问何故。母亲便给我讲出了一段故事。

"堂舅伯家是村里的特贫户，因为出不起彩礼，又加上你的两个堂表哥读书不多、本事不大，一个三十七、一个三十三，落成了两条光棍。今年初，你堂大表哥恋上村里大他几岁并拖着一双儿女的姓梅的寡妇。梅寡妇看你堂表哥本分老实，还能出得一身憨力，对他还比较上心，两人定好了结婚的日子，好像就是最近的哪天。可闪忽之间，窜出一个年近五十、死了老婆的男人，他送给梅寡妇二十万元的彩礼，还承诺把梅寡妇娶到县城，安顿两个孩子在县城念书。条件一比，好坏便知，梅寡妇二话没说，一脚蹬了你堂大表哥，跟那个五十岁的男人订了终身。你堂大表哥想不开，昨晚就服毒自尽了。"

听完以后，我内心很不平静。有钱真好！不仅可以明码实价地"挖墙脚"，而且还能明目张胆地"抢婚"。农村剩男的悲剧呀……想当初，当男娃走俏时，那是提着辫子选，现如今世道变了，女娃稀罕，则是排队叫号挑，价码越来越高、条件越来越苛刻，有一首顺口溜怎么说的？女婿去见准岳母娘，准岳母娘连发四问："有没有车？有没有房？有没有四十五岁的爹和娘？有没有三十万元彩礼存账上？"女婿听完，赶紧掉头，溜之大吉。谁能想到那位准岳母娘的"四问"成了而今农村女娃的择偶条件。对照检查，我自惭形秽，一条都不合格，让我这个二十七岁的大龄"单身狗"产生了一种深深的危机感。

前面有一截烂路，我捏住刹车，赶紧跳下，推着车子前行。母亲满脸忧戚地担心道："浩子，你也二十七了，千万不要把自己弄进了那个行列。"我宽慰道："妈，不会的，我马上给你找个媳妇回来。"说出这话，连我都感觉是在用阿Q精神麻醉自己，母亲会相信吗？

接近堂舅伯的家门口，我停住车，把母亲搀下车，让母亲自个儿走过去，我不想跨进那个门槛，亲戚那么多，一个一个地打躬，麻烦。再则，我不愿看到堂大表哥尸摊堂屋死不瞑目的惨景。我掉转车头，伸腿正要跨上车座，被堂小表哥叫住，他把我拉进乡下人办红白喜事在门口搭建的帐篷里，指着一位约莫四十岁的男人，炫耀似的跟我介绍道:"这是我们村光棍协会的常会长。"

"不是光棍协会,是'脱单协会',意思差不多,但名称有讲究。"常会长瞅了我一眼,纠正道。

而今社会组织多如牛毛,没有想到寡汉条子光棍汉也成立了协会,真的让我长见识了。我充满好奇地坐在了常会长的身边。

"我哥死得很惨。"堂小表哥声音发哽,"梅寡妇口头承诺嫁给我哥,找算命瞎子连结婚日子都择好了,我哥高兴得几天几夜没有合眼。可眨眼的工夫,她却投进那个出了彩礼的男人的怀抱。"

社会缺少契约精神,好多人签了合同都不作数,何况只是个口头承诺?临时变卦是再正常不过的事情。造孽呀,我的堂大表哥竟把这种事情当真,用生命去殉葬,有必要吗?值得吗?我看着堂小表哥,提示道:"现在的人很现实,只认钱不认人。"

"你堂大表哥三十七岁,是我们'脱单协会'里最有希望走进婚姻的一个标杆,本指望他的示范引领给协会其他成员一番鼓舞。然而,却被梅寡妇无情无义地悔婚,等于给我们协会的二十七个会员头上浇了一盆冰水,大家更加感到婚姻无着、生活无望、前途迷惘。"常会长慷慨陈词一番后,强势安排道,"这件事不能就此罢休!我准备带着全体会员去找梅寡妇'闹一出'。"

只要死人就想"闹",现在的人真让人"闹"不明白,好像不闹气难消、理难平、心结难解、郁闷难除似的。我小时候认识的乡亲们的那种驯善、质朴、低调呢?真的一去不复返了?我倒要看看,他们能闹出什么幺蛾子来,便装作很感兴趣的样子问:"你们准备怎么闹?"

常会长正要开口讲话,却被我堂小表哥抢先说了:"我们打算召集二十几个光棍汉直捣梅寡妇家,逼她前来为我哥披麻戴孝送上一程。如若不从,我们就剪她一绺头发,夺她一双鞋子回来,为我哥陪葬。'活不能同房，死必须同葬。'"说完，目光切切地望着我，期待我的点赞。可我听完以后，内心一阵一阵地发紧，这是在玩枪走火呀。我必须郑重其事地及时提醒："你们做的这一切有悖于梅寡妇的意志，是违法犯罪行为。"

"你也不要拿大屈吓老月母子。"常会长不以为然，毫不在乎地强调道，"我们这班人，寡骨溜精，一无所有，一人吃饱，全家不饿。我们就是踩点儿法律的红线又怕什么？巴望不得公安警察把老子们捉进去，可以免费吃住咧。不瞒你说，现在没有人管我们的死活，老子们就是要把动静闹大，闹出声势、闹出风波，让社会关切，让人们关心，让官员关注。"

这班被爱情"屏蔽"、被婚姻抛弃的弱势群体呼唤无音、呐喊无应，准备用这种自戕自毁的方式求得注意，使我的心内霎时涌过一阵悲凉。

"浩子表弟，你也是见过世面的人，牌头大、名声响，婚姻不幸，正处于单身。你加入进来，会让我们的阵营如虎添翼。"堂小表哥热烈地邀约道。

为了蛊惑我加入，不惜给我戴"高帽子"。我见过什么世面？无非是在县城多待过几天，如果他们是井底之蛙，我至多是小湖里的一只王八。我当然清楚，他们看中的是我蹲过看守所，吃过"砂子饭"，头上罩着让人惧怕的"光环"。哼！想得美，想让一个缓刑犯再去冲锋陷阵当"炮灰"，门儿都没有，老子又不是一个憨头猪脑的傻×。但是，堂小表哥的眼光紧紧地盯着我，眼里有乞望、期许和求助，让我不忍心回绝。

仅过了一会儿，村里二十多条光棍陆续抵达，篷内挤得满满当当。他们一个个身强体壮、热血沸腾、精力旺盛，眼里冒着火，胸间憋着气，心中贮着怨。他们需要情感释放，更需要生理发泄，可出口呢？出口在哪里？我偷偷瞅了瞅他们的目光，看出了一些异样，让我感到不寒而栗。

我被他们拥在中间，难以开口，无法脱身。难道就这样同流合污地陪他们去了？在我为难、纠结之际，母亲从屋里走了出来。她哭过丧了，双眼通红并略带肿意。她叫道："浩子，你出来，把我送到你舅舅家去看看外婆。"

母亲为我解了大围。我艰难地从光棍堆里挤出来，把母亲扶上车后座，推着自行车，缓缓驶向后湾的亲舅家。走出老远，母亲警告道："浩子，你千万不要与他们搅在一起。这班人躁狂、变态、冲动，什么事都做得出来。"

我当然不想与他们为伍，可时光却在把我往他们堆里推，由此及彼，我好像看到了我的未来。我不敢朝前去想，总预感到有大事要发生。

把母亲送到舅舅家后，我打了声招呼，便匆匆忙忙赶回工地。两个建筑公司的现场负责人拿着图纸来到我跟前，说要缩小底座面积，并将修改过的图纸递给我。我接过图纸，没看一眼，气愤地扔在地上，明确告知他们："底座面积不能减！"现场负责人把嘴拢到我的耳边，告诉我这是唐国平的意思，我大发雷霆道，"我是现场监管人，你们只能听我的，必须按原图施工！"

安排好工地这边，我火烧屁股地骑车来到村部工地。唐工头坐在办公室抽闷烟，我关上门，怒气冲冲地斥责道："你知不知道，护坡的底座就是撑脚，撑脚小了，极易翻覆，上面的护坡就会下垮和崩塌。这是实行终身负责制的项目，你这样做，不仅在砸飞腾公司的招牌，更是在把你舅往监狱送。"

唐工头稳坐钓鱼台一般，他拉我坐下，不紧不慢道："不要小题大做，硬把蚂蚁说成大象，有那么夸张吗？"

"唐国平！"我直呼其名，警告道，"你是搞工程的，'基础不牢，地动山摇'。这个道理你比我更懂。"

唐工头欲言又止，一副有苦难言的样子，搁不住我的目光盯视，嗫嚅道："我何尝不晓得那底座的重要。"

"既然知道，那你为什么还要收工程队的钱，让他们偷工减料缩小底座？"我不依不饶地追问道。

唐工头猛地吸一口烟，纸烟烧去半截，他把烟蒂狠狠地揿在烟缸里，一五一十地跟我叙说了原委："今年结婚时，三十万元的彩礼怎么也难凑齐，我只好去地下钱庄拿了五万元的高利贷，不承想陷进'套路贷'，钱不是越还越少，而是越还越多。这几天地下钱庄的混混又来逼债，要卸我的胳膊、剁我的手。出于无奈，我就打起了两家建筑公司的歪主意，想出缩小底座面积、降低工程成本的由头。两家建筑公司一听，感觉既省工又省钱，很划算，便各自送了两万块钱给我，让我在地下钱庄那儿应了急。"

"你呀，怎么能碰高利贷这种东西？"我轻声责备道，接着提示他，"这件事终要穿帮，你得做好还款准备。"

"千万别让我舅知道。"唐工头叮嘱道，"你严格按图纸要求施工就行了。至于这几万块钱，我只是过个桥，应个急，会想办法还上的。"

为了筹措彩礼，唐国平冒险拿高利贷，拆东墙补西墙，绞尽脑汁地想出这种损招，做出这种烂事，让我深感意外。本来唐国平这件事做得极其差劲、极为不妥，但我内心对他并没太多的责怪，相反却生出些许的同情。我宽容似的支招道："先想办法还掉两家公司的钱。你舅那儿，我会帮你顶着。"

唐工头舒展一下紧皱的眉头，痛下决心道："我受够了！我要离婚！我要起诉黄家，讨回三十万元！这样，我就有钱还了。"

"你无缘无故起诉离婚，黄依依会不会同意？法院会不会判？即使法院判了，彩礼钱能不能讨得回来？你要慎重。"我一连摆出几个问题，提醒道。

"黄依依名义上是我妻子，却不让我近身拢边，老子连最基本的性生活都不能保证，要这个骚货有什么用？"唐工头大爆粗口恶声辱骂后，斩钉截铁道，"我要起诉黄家，送一兜外观好看、内心空虚的烂白菜给老子，坑骗老子三十万元。我希望你加入进来，一块儿起诉黄家。一个姑娘许两家，骗你二十多万元，为他的大儿子结婚凑足彩礼，又骗老子三十万元，为那个续弦来的'拖油瓶'结婚凑齐彩礼。他妈的，黄家就是彻头彻尾的大骗子！"

唐工头满腔气恨、头脑发狂，如果手上有刀，他会挥刀去把黄家的人砍了。此刻，我不能火上浇油，只能和声细语地稀释他的情绪："唐哥，我是局中人，可以相信你说的话。但是，到法院起诉，法官能信吗？必须找到证据。再说，你让我参与起诉，也是没有道理的，因为我跟黄依依离婚，是签了协议书的。"

唐工头腾地站起来，手指戳着我的额头，愤然激将道："你知道社会上怎么说你这个窝囊废吗？你父亲割肾卖了二十万元给你去送彩礼，人未娶进门，等于是白送了。你父亲去黄家追讨彩礼，合情合理，黄家却对你父亲恶语相向，极尽侮辱，才导致你父亲急火攻心，暴病而亡。这种仇、这种恨，你怎么就能忍受下来呢？你完全可以借你父亲之死，起诉黄家，追回彩礼！"

对于唐工头的义愤填膺，我应该激昂回应才是，毕竟父亲是为筹措彩礼而割肾，毕竟父亲是为追讨彩礼而死亡，要说对黄家没有一些气恨，那是违心之话。但是，我真正气和恨的是社会风气助长了攀比之风，把彩礼抬得畸高，封建婚姻观念沉渣泛起，助推彩礼泛滥成灾。黄家有错吗？有，但是没有大错。他家两个儿子娶媳妇，正是用了我和唐工头送给他们家的彩礼，像咔串水一样，他们也没落手，像跑接力一样地将"接力棒"送给了别家。冷静思考过后，我理性劝解道："唐哥，起诉黄家，我们缺乏理据。除非你能拿出黄依依有什么背叛你的证据，法院判你离婚后，你才可以追诉，讨回彩礼钱。"

"我有证据。"黄工头拉开抽屉，拿出一沓照片，递给我，"对不起，只能让你顶包垫背，为我牺牲一次了。"

我接过照片一看，顿时傻眼，脑子一片空白。我好心好意地为他去做劝导工作，却跌落在他精心设计的"陷阱"之中。被人卖了，还替人数钱，真是憋屈！那天我与黄依依在碧潭见面的片段都被他派人偷拍下来，尤其是黄依依从坡上下到平台上快要摔倒、我用双手接住她身体的照片，很像是我搂着她。这要是举证法庭，黄依依的出轨就会坐实。

"你怎么能这样？"我愤怒得心头发颤，但我表现得相当平静，不轻不重地诘问道。问过之后，我站起来，抽身而逃。

"你帮我这次忙，只要能讨回三十万元，我给你两万元作为补偿。"唐工头追身许诺道。

就知道钱、钱、钱，不给他一点儿教训，他是钻不出钱眼了。不知道老子曾经当过混混吗？老子有的是办法治你！我一边走一边思虑着惩戒之策。

# 六

领了八千元的工资，又零零巴巴地找了几千块钱，凑够了偿还九个月房贷的资金，我来到"锦绣江山"售楼部办证中心，查询户名为"周志浩"的房子的还贷情况，客服小姐微笑着跟我说，一切正常，房产证会在明年三月交给您。我很是纳闷儿地问，我不欠房贷吗？客服小姐又点开电脑细查一遍，告诉我不欠房贷，这九个月的房贷是一位叫黄依依的女士在还。

原来是黄依依在默默还着房贷，我除了惊喜更是担忧，要是唐工头知道了，这件事又将成为他起诉离婚的一大铁证。既然黄依依还念着这份情，作为男人，我得给予保护，不能让她受到任何伤害。倘若唐工头将我与她相搂的照片公之于法庭，我能想象，能言善辩的律师会编造出"妻子纠缠前夫，丈夫被戴绿帽"的狗血剧情，一盆屎尿会被无情地扣在我俩头上，对于把名声看得比命还重的黄依依来说，不啻致命一击。绝对不能任由唐工头这样胡来，必须以毒攻毒、以邪制邪。

我原来的同事小蒋，现在开了家经营摄影器材的小店，他曾经是"装探头、搞偷拍、搜证据"的一把好手。我找到他的店里，跟他说了我的思路和想法，他起先不是很乐意做，但搁不住我的苦苦哀求，最终还是答应了。临走，我甩给他一万块钱，让他去做安排。

八点钟，是法庭审判常会长及堂小表哥一班人的开庭时间，出门之前，母亲特意嘱咐我，让我一定抽空去旁听一下，代表家里，尽一份做亲戚的爱心。那天母亲把我叫出来后，常会长和堂小表哥带着协会的二十几条光棍闯到梅寡妇家闹了一出。法律会对他们进行严判，只是社会不为这些极度饥渴的男人找到"出口"，只怕这样的悲剧还会在别的村落重演。

将近十一点，我赶到法院审判厅，人已散去，大厅空空如也，而我的心却被塞得满满的。

几天以后，公司在县城召开年度总结大会，我和唐工头相约，一起乘公共汽车到县城参加会议。坐在车上，唐工头把手搁在我的腿上，问我想通了没有。我未置可否，笑着劝他，能否不走法律程序，协议离婚。他说只有上法庭，法官看到她出轨的证据，才能判决离婚，才有可能追回三十万元的彩礼钱。他出手果断毒辣，让我看到了他的另一面人性。我顺着他的意思，恭祝道："但愿你心想事成。"他拍拍我的肩膀："这才像我的好兄弟！"

开会的空当，我偷偷溜出来，给小蒋打通电话，通知他即刻去做准备工作。

中午公司安排加餐，我和唐工头坐一桌。起开白酒瓶盖，我先给他倒了一杯酒，他一点儿都不客套，任我往杯里倒。我紧接着也给自己倒满一杯。吃完喝完，他已经很有醉意，我邀请他到天府宾馆午休，并享受一下按摩服务，他点头说好，还一个劲儿地称我讲哥们儿义气。我俩勾肩搭背地走进天府宾馆。

小蒋等在那儿。唐工头走进小蒋特意安排的房间，我和小蒋走入隔壁一间房，等候着这边房间的动静。

我的乖乖，一出好戏正在上演。

两个小时后，小蒋将一段视频用微信转发给我，千叮咛万嘱咐道："这段视频切莫公之于众，只能作为与他谈判的筹码。"我当然知道这其中的利害关系，鸡啄米似的直点头。

我迅即给黄依依发了一条短信："唐国平准备到法院起诉与你离婚，你有何打算？"她好像早有预料，很快就回复过来："离婚是我俩的必然结局。我不怕他起诉，因为我手上不仅掌握着他虐待我、家暴我的证据，而且还留有他与一名女子露骨出格的微信聊天截屏。要说错，是他有错在先。"我心里底气更足，立刻写下"我会阻止他和你对簿公堂，促使他同你协议离婚、和平分手"发了过去。随即她回复了两个字："谢谢。"

　　四点钟，估摸唐工头已经睡醒，我将小蒋转给我的视频发给了唐工头。龟孙子，够你喝一壶的。你想栽赃老子为你充当污点证人，太小瞧人了。老子也是一个混混，老子也有下作的治人办法。正在暗自得意之时，隔壁房间里传出摔杯砸桌的轰响，门被呼地拉开，唐工头气急败坏的恶骂之声呼啸而来："周志浩，你个狗杂种，做出这种下作之事阴坑老子，你卑鄙、卑鄙、卑鄙！"

　　我奔出房间，来到唐工头面前，瞪过他一眼后，义正词严道："古人说过一句话，道高一尺，魔高一丈。对于你这种卑鄙小人，我只有采取更加卑鄙的手段，才能让正义现身。"

　　唐工头双手揪住我的领口，扭曲的脸上铺满愤怒，像露出狰狞面目的黑猩猩，他咬牙切齿地威吓道："想跟老子玩儿，我看你是活腻歪了。"

　　随着他用劲使力，我的领口被勒得紧绷绷的，像在喉咙上套上了一道紧箍咒，气都喘不过来。我使劲地掰开他的手，推搡着他走进房里，毫不惧怯地迎击道："姓唐的，老子是个缓刑犯，是个小混混，杀无肉剐没皮，老子不怕你！"

　　唐工头松开手，猛地把我推倒在床，怒不可遏地问："你狗日的到底想干什么？"

　　我从床上起身，拉抻了一下衣服，盯着唐工头，一字一句道："老子要替黄依依讨回公道！"

　　"你劝她离婚，咱俩法庭上见，由法官判决，既公平又公道。"唐工头说得冠冕堂皇，接着愤然斥问道，"黄家害死了你父亲，黄依依无情地抛弃了你，你却还要帮仇家的人，你有没有一点儿男人的血性？"

　　我没有被他的挑拨转移视线，继续着前一话题，低声反问道："黄依依只是一个牺牲品，她有错吗？你为啥要栽赃她？"越想我越不服气，便使出"撒手锏"，一击必杀，"她的手机里有今天的视频，只要呈堂证供……"

"要是这样，我的三十万元彩礼就要泡汤，绝对不能让这种事情发生！"唐工头急得蹦起来，号叫："万恶的彩礼，害得老子东躲西藏，有家难回。"

"你还想要回彩礼，做梦吧。"我当头一棒，穷追猛打地揭露道，"黄依依嫁给你，本想好好与你过日子，可你一天一个醉，不仅虐待她、家暴她，还与其他女人不清不白。更为可恶的是，你还背着她嫖娼。你自己说说，在法院判决，你能胜诉吗？"

"不管怎么着，老子要离婚，要追回彩礼钱还债。"唐工头情绪瞬间低落下来，跌坐在床上，语调低沉地唠叨道。

"没人阻止你离婚，但你要想清楚这个婚该怎么离。"我坐到唐工头身边，理性建言道，"为了不致你的丑事公之于众，让你自取其辱，我建议你与黄依依协商离婚，好说好散。"

"我也想这样，但我怎么要回彩礼？高利贷的洞如何补上？"唐工头像在经历着一场噩梦，胆战心惊道，"我只贷了五万块，已经还了六万块，现在连本带息却又涨到了八万块，追债的人寸步不离，快要把我逼疯了。如果再不还上，只怕小命难保。"

"如果你把实际情况说出来，我相信黄依依会筹措十万元钱为你救急。"我抛出我的"设计"，逐渐降低着他的心理预期，让他服服帖帖地往我的布局里走。

"我打过多次电话，可她始终不接。你替我跟她说：我同意离婚，三十万元的彩礼，我只要她退还十万元就行。"果不其然，唐工头急不可耐地降下价码，仿佛卸下千斤重荷一样，"沾上这高利贷，老子就没过过一天舒心的日子。只要还掉这笔阎王债，老子就可以自由自在地生活了。"

"如果你是这个态度，我可以给她发短信试试看。"我摸出手机，翻出黄依依的电话号码，避开唐工头，打开发件箱，稍加斟酌，写道："唐国平同意与你协议离婚，只有一个条件，尽快退还十万元钱给他偿还高利贷。"逐字逐句检查一遍后，我发了出去。

只过片刻，我的手机就收到短信进入的提示音，是黄依依回过来的短信："我知道他为彩礼借钱举债，他怎么能糊里糊涂地扯上高利贷？只是这一时半刻，我凑不齐十万元钱，怎么办哪？"从她的回复之中，我感觉到了她的着急。

"在县城'锦绣江山'小区，还有一套房子可以处理。"我回复道。

"那是你的。"我刚发出去没一会儿，她的短信就回过来了。

"那也是你的。"我没作停留地回了过去，极其麻利和快捷。我要让她看出我的坚定和用心。虽然细思感觉自己有些不厚道，有点儿像半路打劫的匪徒，但我有什么办法？在彩礼虚高难承其重的当下，花十万元钱，既能解救黄依依于水火，又能挽回我丢失的婚姻，是我"脱单"娶妻的最好时机。阿弥陀佛，我似乎看到我家的祖坟冒出了青烟。

在等待回复的当口，唐工头突然回过神来，他手指戳到我的额头，眼露凶光，嘶吼咆哮道："周志浩，你这个狗杂种，与黄依依狼狈为奸，想黑掉老子二十万元，没门儿！反正老子现在已经变得人不像人、鬼不像鬼，早就不想活了，大不了与你们同归于尽！"

流氓不可怕，就怕动砍杀。我倒退一步，竭力否认道："没有，没有。"连我自己都觉得话说得心虚气短，好在黄依依的短信回过来了，长长的一大段，我急切地阅读起来："为了给继母带过来的那位弟弟筹措彩礼结婚，父亲收了唐国平的三十万元，将我'卖'给了唐家。用金钱成交的婚姻，悲剧无可避免，结局可想而知。只维持了六十七天的婚姻，短暂而且荒唐。他扯了高利贷，急着还钱，我不能趁火打劫。即便与他离婚，我也准备一分不少地还他三十万元的彩礼钱。我不想被人视为诈钱骗款的'婚托'，我要体体面面地退出。"

如意算盘全部落空，我的婚姻何在？在她的硬朗和大气面前，我心里的那点儿小自私顿现原形，脸臊得像贴上了两块红萝卜皮。唐工头抢过手机，迫不及待地看起了短信。

上帝既然不给捷径走，我只能自己努力去赚那份彩礼钱了。虽然前途坎坷、路不好走，但有她在，就是希望还在。

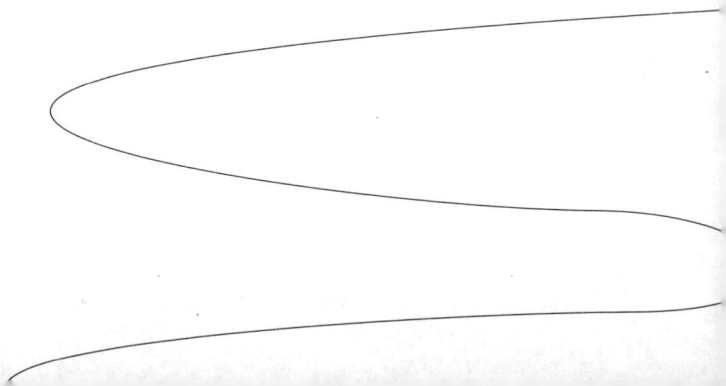

# 我是真的有两头牛

## ——贫困青年的逍遥日子

<h1 style="text-align:center">一</h1>

我带着沈剑光和谢芸芸两名队员，赶到了局里的扶贫点上。吃过晚饭，我独自走出何口村村部，心里对刘副县长送的两头牛一直记挂于心。刘副县长分管农业农村工作，春节前，自掏腰包三千元，让局畜牧科的同志到河南去买回两头牛崽，专程送到何口村，交到了贫困户何兆业的手上。

昨天下午，局长找我谈话，让我带队来何口村扶贫，特别交代我把刘副县长送的两头牛照护好，还要求我由此做出一篇精彩华美的文章。我这个人憨笨愚钝，一点儿头绪都没有，很是犯难地抵触道："照看好牛就行了，还要做啥文章呢？"局长直截了当道："你儿子在局系统安排工作的审批表，报给刘副县长了。"只是轻轻一点，正好捅中我的腰眼，让我无话可说。想想我那儿子二十七八，三本院校毕业，高不成、低不就，窝在家里不出门，真怕他憋出什么病来。为了儿子有个工作，我只能迎合局长违心表态道："在局长的领导之下，力争在两头牛身上做出一篇绝好文章！"

所以，我得找到何兆业，亲眼看到两头牛才能安心。

何兆业的家住在村西头。村里绝大多数人家盖起了楼房，只有为数不多的几家居住在残破矮小的平房里，何兆业家就是其中之一。走到近处，唯见何兆业的"塌皮屋"深陷在楼房之中，一眼望去，就是一个实心"凹"字。

走进屋子，凹凸不平的地上，鞋靴随处乱扔，霉味刺鼻。稻草、纸屑、胶袋满地可见，邋遢一片。小时候从课本上读到的贫苦农民"家徒四壁、一贫如洗"的生活写照，用在何兆业家恰如其分。何家也是够不幸的，儿子何小光患有先天性羊角风，每月发病一次，每次发病持续两天。去年好不容易娶了个媳妇，前不久却又不声不响地跑了，留下一个不足周岁的小女孩儿。探头前房，我看到何家小孙女在摇窝里熟睡，何小光也躺在床上呼呼大睡。来到后边厨房，何兆业的妻子佝偻着身子正在往灶里添稻草，烟雾弥漫，她的眼睛被熏得通红。我问她何兆业哪儿去了，何妻用袖口擦擦眼睛，走到我面前，小声小气地告诉我，他昨天就出去了，一直没回来，不晓得在不在滩上。

何口村地处东荆河边。翻过东荆河大堤，便是广阔无垠的河滩。东荆河不是每年发大水，滩土肥沃，收成颇丰。住在河边的人家都在滩上建有一个窝棚，便于照看庄稼。

凉风习习，繁星满天。我越过大堤，来到何兆业的窝棚前，推开虚掩的门，但见里面黑咕隆咚。我巡视四周，既没见人也没见牛，顿时慌了：何兆业一去几天，干什么去了呢？人外出，牛应该还在呀？怎么不见两头牛呢？

大堆疑问叠在脑际，挥之不去、驱之不散，闹得我翻来覆去，几乎一夜未眠。

第二天上午，村支书何祖明向我们报告了十五家贫困户产生的程序及过程，斩钉截铁地跟我说："全村贫困户就是这十五户，绝对没有漏户！"村主任何小山赶紧印证道："为了这份名单，我们梳子梳、篦子篦，拉网一样地排查，虾子小鱼全兜进来了。"

村支书和村主任把话说得如此之满，看似底气甚足，但是，我心里还是不踏实。村干部的话，我一向是听一半、丢一半，不可不信，也不可全信。所以，我望着何书记和村主任笑笑道："我得打打老豆腐，再去核查一下。"何书记自告奋勇道："我陪你去吧。"我摇头道："不用不用。"为了不扫何书记的兴，我立马给他交代一个差事："刘副县长送给何兆业的两头牛，我昨晚去找了，没找着。你今天再去看看。"何书记点头道："好的。"

我把沈剑光和谢芸芸叫到身边，吩咐他俩按县里扶贫工作培训会上的要求，把宣传工作抓起来，主要是把标语贴出来，把横幅拉开来，把"扶贫攻坚作战示意图"挂起来。两个年轻人爽快地答应下来。安排完他们的工作，我便走到小卖部，买了两包烟搁进口袋。

我所寻找的座谈对象多是六十岁以上的老大爷、老太太，他们对村里的情况熟，同时这个年龄段的人喜欢倾吐。从一组到五组，我找了十几二十个人，从他们口中所说出的贫困户，全部在村里提供的那份名单上。忙活半天，一无所获，看来只能无功而返。

正巧，我路过何圣光老师傅的理发铺，看到里面没人，便走了进去。何老师傅见到我，寒暄道："郭队长，又是你带队来扶贫，辛苦你了。"我递给何老师傅一支烟，笑道："辛苦一点儿无所谓，关键得把对象找对，也不知道村里公示的那份名单准不准。"何老师傅接过烟，拿出火机将烟点燃，和我对吹一口后指点道："你搞事一向认真负责，每家每户进屋瞧瞧，吃得怎样？住得怎样？一目了然，不就什么都知道了。"

老人话中有话，让我引起了警觉。我假装自言自语道："我从东到西、从西到东走了好几趟，怎么眼睛前边像遮了块布，没啥发现呢？"

"那是你还没有深入进去。"何老师傅点醒道，然后指着东边，"最东头那家叫何叔平，应该算是村里最穷的。"

我很是惊诧地问："那村里为啥不报他家呢？"

何老师傅哼了一声，愤愤不平地给我揭开了谜团。原来，何叔平在镇上兴办无纺布厂，招收的大多是何口村的人。在办厂中，难免会出现资金周转不畅的情况，何叔平便仿效其他工厂的做法，让职工领大半工资，小半工资留存厂里入股分红。运作两年多，大家都很满意。谁知 2008 年美国次贷危机爆发，何叔平的工厂主要为美国客户加工，首当其冲遭受打击。顶不住这种压力，何叔平便携款"跑路"。村里有七十多人，包括书记、村主任的家里都有人在他工厂里打工，入股资金一百多万元，全成了"吊死账"。何叔平的妻子、一双儿女以及年老的父母现在蜗居在一间十几平方米的厨房内，女儿上初中，儿子上小学，父亲中风瘫在床上，母亲也病恹恹的没个好身体，全家人的花销仅靠付晓芳一个人在镇上打工赚取。

按照何老师傅的指点，我来到村东头，目睹了何叔平家的惨景，比何老师傅的描述有过之而无不及。

回到村部，我把村支书、村主任找过来，心平气和地问："付晓芳家是咋回事？"何书记理直气壮道："没咋回事呀，她家是罪有应得！"

听到这句话，我很为震怒，但我依旧耐着性子反问道："何叔平跑了，理应治罪。但是，他妻子有什么错？他的那双儿女有什么错？还有，他的父母有什么错？"

村主任立马道："何叔平卷着我们的血汗钱跑了，我们找不着他，只能拿他的家人撒气呀。"

我瞪大眼睛，责备道："这不是旧朝代，这是在新中国，绝对不能搞'连坐'！"

何书记推诿道："老百姓举手通过，要惩罚他们家，我们有啥办法阻止？"

我冷静地示意两位坐下，自己也坐下来，然后压低语调郑重其事地问："我打一个很不恰当的比方，如果你们两位杀人潜逃了，是不是该你们的妻儿和父母当'替罪羊'帮你们顶罪？"

两位低垂着头没有回答。我继续开导道："何叔平只是跑了，人未亡、债没销，起码还有找回的希望。而村里对待何家的态度，是不是做得太出格了呢？医保不让参与，粮补不给发放，福利与他家不沾边，连选举也不让他家里人参加。你们严重侵犯了人权，是在违法犯罪呀！"

"这大帽子扣得也太离谱了吧？"村主任不屑一顾地咕噜道。

"可悲的是，你们完全没有认识到问题的严重性。"我悲观失望道。

过了好久，何书记才认错道："当时大家都在气头上，所以有些事的确做得过分了点儿。"

"知道过分，那就迅速整改呗。"我当即鼓励道。

"如果把何叔平家列为贫困户扶贫，只怕村民要造反闹事。"村主任吓唬道。

面对威吓，我毫不退缩地驳回道："即便村民造反闹事，也不能剥夺把他们家列为贫困户接受扶助的资格！你们村干部，要全力做好疏导工作。"

"做通村民的工作很难很难。"何书记信心不足道。

"再难也要做！"我不容置疑道。

# 二

处理完付晓芳家的事，我的心又惦记起两头牛来。局长有过特别嘱托，让我在两头牛身上做点儿文章，而现在两头牛都不见影儿，这让我心急如焚、坐立不安。

我问何书记，何兆业那边情况如何？何书记告诉我，何兆业回到了窝棚。我拉上沈剑光，和何书记一道，匆匆赶往河滩。

何兆业和两个人坐在窝棚的板床上斗地主，像瞎子见了鬼似的没有理睬我们。我巡查四周，没有看见牛的影儿，心里有些发忧。再次来到他们面前，三个人依旧斗得挺欢，完全没有收手之意。我恼火了，伸手去收已经出过的搁在床上的牌，被何兆业挡住，他望着我，哀求道："郭队长，就剩这盘，马上出完。我输了两毛钱，这一盘我拿了一手好牌，有四炸，刚好可以把我输的钱赢回来。"

我的手缩了回来，而那两人趁机将手里的牌丢进床上的牌堆后，悄无声息地溜了出去。何兆业死死地捏着牌不肯放手。许久，他才依依不舍地丢掉手中的牌，冲着两人的背影骂道："狗日的们，耍赖。"接着，他收起摆在面前的一摞一分硬币，装进一个像香囊一样的小布袋里，然后勒紧袋口，拴在腰上。

何兆业身着一身蓝装，这是二十年前县公安局在村里扶贫时送给他的。当时县公安局管辖的保安大队要换新服装，所以一次性地送了他三十套淘汰的保安服。他一年穿一套，至今家里还有存货没有穿完。他从床上爬下来，套上脏兮兮的黄军鞋，这也是十几年前县人武部在村里扶贫时送给他的"军转民"球鞋。

"斗一分钱一盘的地主，亏你坐得下身子，为啥不多想想自己脱贫的事？"何书记不满地训斥道。

"五十岁的人，黄瓜打锣去了大半头，已经习惯了过这种日子，没什么可多想的。"何兆业扯扯衣襟，一副无欲无求的模样。

"老何，刘副县长送你养的两头牛呢？"我迫不及待地问。

"你们怎么知道我回来了？嗅觉挺灵的。"何兆业答非所问道。

"郭队长在问你那两头牛在哪儿。"何书记拍拍他的肩膀，加重语气道。

"刘副县长把牛送给我养，说明牛是我的，你们有啥好过问的？"何兆业梗着脖子反问道。

何兆业始终不肯告知两头牛的行踪，更加剧了我的担忧。但是无论如何，我要知晓两头牛的下落。我耐着性子，阐释道："老何，刘副县长送你的两头牛是扶贫牛，我们肯定要过过目才放心。"

"扶贫扶贫，越扶越贫。"何兆业无所顾忌道。

三双眼睛齐刷刷地把目光射向何兆业。何兆业躲过大家的目光，念叨道："你们别拿看怪物的眼神看我，老百姓编的顺口溜，你们没听过？"

我当然听过那段顺口溜："扶贫工作队，尽把牛皮吹。目标刺破天，实际行动没。形式一大堆，效果像个鬼。一阵风吹过，工作队撤回。"连我自己对那种蜻蜓点水似的扶贫也颇为不满。上级红头文件一下，地方政府一转，动动嘴皮、走走过场，真像一阵风吹过一样，没有任何实际效果。但这次的确与以往不同，能够真真切切地感受到上头动真格、来硬的了，我满怀信心地鼓劲道："老何，你说的那是过去式，这次扶贫，必须让你脱贫摘帽！"

"吹呗，继续吹呗，反正吹牛不上税。我的耳朵都被你们每年的豪言壮语磨出老茧了，脑壳被你们的指示精神鼓动得麻木不仁了，也不在乎多听几句。"何兆业玩世不恭道。

"跟您说了，我们这次扶贫是来真的，您怎么那么固执己见呢？"沈剑光实在听不下去，激愤埋怨道。

"来真的？哼！"何兆业满脸鄙夷，冷笑道，"副县长自己掏钱买两头牛，送给贫困户喂养，使我何兆业一举脱贫。这要是宣传出去，会是多么感人的故事啊！可惜呀，我看不惯你们搞这种驴子拉屎外边光的形式——我把牛卖了。"

"卖了？你怎么能这样？"我怒火万丈，手指着何兆业的眼角，嘴唇发抖地质问道。

"副县长送来的东西，你不经允许就卖掉，胆儿太大了，你摊上大事了！"何书记捶胸顿足道。

"副县长自己花钱买牛给您喂养，是想探索一套脱贫致富的模式，您怎么能够随随便便把牛卖掉呢？"沈剑光义正词严地诘问道。

"你真是说的比唱的还好听。什么脱贫致富？什么狗屁模式？尽是搞些吊人胃口的假东西，把我往泥巴塘里推，让我越陷越深、越变越穷。"何兆业委屈地回应道。

"此话怎讲？"我有些丈二和尚摸不着头脑，低声问道。

何兆业蹲下身子，双手抱头，像个闷葫芦一样不发一言。我给何书记使个眼色。何书记在何兆业身边蹲下来，慢慢细细地劝他说出实情。

憋了许久，何兆业才道出原委。接到刘副县长送的两头牛后，他也很兴奋，感到自己有脱贫致富的希望了。所以，他悉心喂养着两头小牛。然而没过几天，两头牛开始轮番生病。村里没兽医，他只能到镇上去请。请一次不仅要付药费，还要付车费，得花几十元。本来他手头就拮据，又要在两头牛身上砸钱，实在难以支撑下去。两个多月前，他就想放弃了，但考虑到是领导送来的牛，自己穷死难死也得保证两头牛的健康。拖到现在，他掏光了家里几百元的积蓄，又借了几百元，实在弄不到钱了，才把牛牵去卖了。

"天下的牛都是一个喂养办法，怎么到了你手里，就生出这病、那病？"我不分青红皂白地指责道，眼睛望着沈剑光，希望他从专业知识上给予我支持。

"郭队长，河南牛到我们这儿存在水土不服的问题，如果不科学养殖、合理喂食，是会经常发病的。"沈剑光实事求是道。

"他小学没毕业，自己家的几亩地都种不好，还谈什么科学养牛？太难为他了。"何书记一边为何兆业开脱，一边直指要害地训诫道，"兆业哥，两头牛卖了，你也没牵绊了，可以没日没夜地斗地主了。可每天这样，能过出好日子来吗？"

何兆业垂下脑袋，有些理亏，没再狡辩。事已至此，我还有啥说的呢？下午，我赶回局里，当即向局长作了汇报。

"你是工作队长，怎么把领导送的两头扶贫牛都照看不住？我看你的责任感存在严重问题。"局长严厉批评过后，接着追问道，"怎么会出现这种结果？"

"这两头牛要是交到一个精明强干的农民手里，可能会收到我们预想的结果。可这两头牛是交给了一个脑筋死板而且好逸恶劳的贫困户，当然会是这种结局了。"我满腹苦衷地解释道。

"这该如何是好哟？"局长在办公室里踱起了步子。

"这还能有啥法子？跟刘副县长说实话，报实情呗。"我在一旁支着儿道。

"你儿子不想安排了？"局长狠狠地剜了我一眼。

"怎么不想？我老婆每天打电话都唠叨呢。"提起这事儿，我就焦虑。

"要想安排，得开动这个。"局长点点脑袋，轻言慢语道，"领导兴致勃勃地自掏腰包买两头牛送给贫困户喂养，除了希望贫困户就此脱贫致富，也希望探讨一种适宜本地的脱贫模式。当然，更希望这件事传讲出去，成为一段扶贫佳话，为他在换届选举中积累政治资本和民意声望。如果就此打住，不仅不能实现领导的愿望，捅出去后，还会成为一个大笑话。"

不得不佩服局长考虑问题深刻！虽然只是两头牛的小事，却涉及了政治、升迁、名望等大是大非的问题，说得我茫然无措。我将求助的目光投向局长："你发指示吧。"

局长嘿嘿笑了两声，为自己已经想好了妙计高策而暗自得意："何兆业把河南牛卖了，咱们再买两头本地牛送给他，资金从我给你的扶贫资金中解决。这样我们就可以继续在两头牛身上做文章了。"

我不太放心地问："要是何兆业不接受怎么办？"

"做工作嘛！除了要让他接受，还要教他把牛饲养好，更重要的是，你得想方设法让何兆业家脱贫致富！"局长面授机宜地指示道。

我只能硬着头皮接受下来。

三

周末，我一个人守在村里。没有接到县里的电话通知，镇里也没有预先通报，刘副县长在周六下午四点多钟轻车简从来到何口村。

刘副县长背着手沿村部广场走了一圈，然后，走进村部办公室，简单翻阅了贫困户的建档立卡情况，以及我们召开会议的各类资料。

刘副县长眉头深锁、面色沉郁，让我心里七上八下，不得要领。我小心试探道："领导如对我们的工作不满意，可以提出意见，我们改正。"

刘副县长摇头否认道："没有没有。这些基础性工作，即'规定动作'，县里不检查，你们也会准备得很到位。其实我更看重的是如何出真招、实招，让贫困户完全脱贫，创造一套能够解决问题的'自选动作'。"

刘副县长说出这等话来，让我对他有些另眼相看。他在会议桌边坐下，招呼我坐在他身边，和蔼可亲地说："老郭，把你的想法说来听听。"

我深知，在领导面前宁可闭口不说，也不可随口乱说。我笑着推却道："出主意、拿办法是领导们的事，我们这些虾兵蟹将只管做事，哪里想到那么多。"

"你老郭长期驻村蹲点，是个'农村通'，肯定有与众不同的思路和想法。我们当领导的，长期浮在上面，自以为对下边了解，实际只知皮毛。我很想听听你的真实意见。"刘副县长鼓励道，真诚地直视着我。

领导如此诚恳，如再推托，似乎有些不识好歹了。我紧开口、慢开言道："精准扶贫，除在对象上力求精准、不落一人外，更重要的是在措施上确保精准，要扶到点、扶到根，切忌出现'穿新鞋走老路''拿新瓶装旧酒'的状况，不能像过去一样，搞一次性扶贫，做'授人以鱼'样的扶贫，玩数字游戏式的扶贫。要因村施策、因户施策、因人施策。"

"嗯，有见地。"刘副县长当即予以肯定，接着指示道，"你作为我的联系点上的工作队长，要结合村情，找对让贫困户能够真正脱贫的'路子'，给全县提供可供借鉴、能够复制的经验。"

"好的，按领导说的办。"我诚恳接受道。

刘副县长站起身说："带我去看看那两头牛吧。"

我顿时慌乱起来，因为那两头牛已被何兆业卖掉，不复存在了。而局长让我买两头牛充数，刚刚吩咐下去，还没到位。我稳住情绪，支吾道："何兆业把那两头牛放在滩上喂养，要翻过河堤，路挺远的。"说到这儿，我望着刘副县长的脸色，小心翼翼道，"要不，我陪您坐车过去？"

"算了，改日抽时间再来。"刘副县长把公文包递给司机，给我指点道，"老郭，你刚才讲到'因人施策'，很好！对于何兆业这类群体，你们要找穷源、挖穷根、断穷路，不能让他们把穷困的帽子世世代代戴下去。"

刘副县长能够说出这番话，表明他心里的确装着扶贫，让我充满好感。我还没作表态，刘副县长又叮嘱道："要在两头牛身上下点儿功夫。"

牛、牛，就记着两头牛。局长要做文章，刘副县长要下功夫，真是让人烦透了！对刘副县长的那点儿好感瞬间荡然无存。但我装得恭恭敬敬，唯唯诺诺道："领导放心，我们将像保护大熊猫一样保护那两头牛，并通过那两头牛让何兆业家脱贫。"

过了几天，局长带着全体机关干部到村里来"送温暖"，给每个贫困户捎来了米、油、肥料和八百元慰问金。

走访完毕，我给局长汇报了周末刘副县长来村里调研的事。局长单刀直入地问：刘副县长提没提出要看那两头牛？我说提了，被我掩饰过去了。局长再次强调：你不仅要把两头牛迅速买到位，更要让何兆业家脱贫！我申辩靠两头牛何兆业家不能脱贫。局长奚落我是榆木脑袋、不会变通，提醒我想其他办法让何兆业家脱贫，再把功劳记在两头牛身上。我有些不乐意，心里嘀咕着准备驳斥，局长悄声密告道："刘副县长在换届选举中可能要升任副书记，但竞争很激烈，我们要助他一臂之力。他上去了，你家小孩就业，乃至于今后要解决个级别什么的，那不就是他一句话的事吗？"

只要提到小孩就业，仿佛就点到我的软肋，抗争之类的话都被生生地咽回喉管。

"你的主要工作是围绕两头牛抓扶贫，要突出中心、把握重点，抓住要害、促进落实，不要东一榔头西一棒子！"局长重申过后，大手一挥，小车呼呼而去。

对全村的普查和对十六家贫困户的走访调查业已结束，由谢芸芸主笔，形成了《村情报告》。我逐字逐句看过后，感觉到数字精确、理据充分、结论合理，便通知何书记及村干部在村部开会，商议扶贫的具体事宜。我已经考虑过了，村里的扶贫工作抓得好不好，体现在工作队对局长的指示精神落实得好不好，表现在牛身上做文章做得好不好，而要让何家脱贫，却唯有让何兆业和何小光有地方打工赚钱。显然他们外出打工不太现实，只能在村里办个小厂，吸纳他们进去。解决了何兆业家的问题，也解决了所有贫困家庭的问题。我把想法跟两个年轻人进行了交流，他们很是认同。

我让谢芸芸把《村情报告》读了一遍，盯着何书记问："你觉得该怎么扶？"

何书记慢吞吞道："十六户贫困家庭中，有两户智障者家庭，我想村里从其他收入中拿出钱来，每户补贴一点儿钱。对于大病、重病、久病的七个人，我们村里向上打报告把他们的医疗报销比例上调。"

"还有呢？"我继续盯着何书记，"十六户贫困家庭共有贫困人口近七十人，你只解决了十几个人的问题，多数人的扶贫如何解决？"

"我还没考虑清楚呢。"何书记推诿道。

"小沈、小谢，你们说说看。"我望着两个年轻人说道。

沈剑光早有准备道："何口村人均只有一亩三分地，并且土地沙化严重，种地收粮只能糊口果腹。要让贫困户脱贫，发展农业这条路走不通，必须从别的方面突破。"

谢芸芸提议道："何口村有三百多人外出务工，打工赚钱是村里人收入的主要来源。如果村里能够借助镇上兴旺发达的无纺布企业的辐射，兴办一个小型加工厂，把贫困户吸纳进去，扶贫的事就迎刃而解了。"我及时为她送去了赞许的眼神。

何书记不乐意了，他嘲弄道："真是娃儿讲娃话，说得轻巧！办工厂可不是小孩子过家家。"

我沉下脸，轻声责问道："何书记认为小谢提的建议不妥当，那你为啥不说出你认为靠谱的话呢？"

"不管怎么说，我是不会办厂的。"何书记急赤白脸道。

我提高音调步步紧逼道："何书记，你们不愿办厂，那么让以何兆业为首的几十人脱贫，你准备怎么过关？"

"哎呀，何兆业有刘副县长送的两头牛对付，还愁不能过关？其他人嘛，像原来一样，报个数字，不就都过关了嘛。"村主任口气轻松，不以为意道。

"郭队长来我们村扶贫，是带着票子来的，反正农业农村局有的是钱，每年拨个十几二十万元，每户发点儿钱，又省事又能检查过关，何必要劳神费力地投资办厂？"另一个村支委附和道。

"扶贫，也算是小儿科，还值得这样大动干戈？我们邻近几个村已经商量过了，准备都用这种'混混式'的搞法。"何书记语调轻快地说道。

村支部一班人一个鼻孔出气，把扶贫当儿戏，让我很是震惊。想到十六户贫困户的脱贫没有丝毫进展，想到局长交办的要在两头牛身上做一篇绝好文章的事毫无着落，我的屁股好似针锥火燎一般。我猛地站起身，正要怒声斥责几句，话到嘴边又咽了回去。我考虑到脸皮不能撕破，工作需要他们去开展，立马转怒为笑，轻描淡写地敲打道："你们不想办厂，我也不勉强。但我得提醒你们，要想检查过关，必须得贫困户和我签字，你们看着办吧。"

村主任连忙拉我坐下，打圆场道："郭队长，我们也想真扶贫，想顺利过关，只是我们不想办厂，担心村里拉债扯债，又背上沉重的包袱。"

"谁让你们拉债扯债？谁让你们背上沉重包袱？我的话还未讲完，你们就众口一词地全盘否定，还让不让人讲话了？"我连珠炮似的诘问道。

"莫非郭队长已有高招？"何书记面色缓和地问。

我不想和他们兜圈子，便直截了当道："我从局里带来了二十万元扶贫资金。村小一直闲置，我准备装修出两间教室，添置几件必备的小型无纺布加工设备，办一个后整理车间。"

"那得有活路呀？"村主任显得比我还要着急。

"你们村里的何阳生在镇上开无纺布厂，干得不错，前些天我和他探讨过这件事。你们去请请他，应该可以成事。"我胸有成竹道。

"郭队长，你早说呀，只要不让村里出钱办厂，我举双手赞成。"何书记一拍大腿，笑逐颜开道，"这主意好，我马上带着全体村干部到镇上去请他，用八抬大轿把他接回来。"

只要加工车间办起来，何兆业和何小光就可以进去打工，他们家脱贫就指日可待，两头牛的文章也能顺利往下书写了。

傍晚，我从乡间散步归来，住处门口站着一个中年女人。看到我后，她主动自报家门姓付名晓芳："郭队长，我婆婆攒了几十个土鸡蛋，我代表全家谢您来啦！"说完，便把手中装着鸡蛋的竹篮往我手里塞。我不肯接受，两人像打架似的你拉我扯。最终，敌不过她的坚持，我只能作罢，接过竹篮。

我转身准备进屋，她轻声地唤了一声："郭队长。"我回头，看到她一动没动地站在原地。我关切地问："还有事吗？"她有些难于启齿，欲言又止。我望着她的眼睛说："有困难就直说，我们一起想办法。"

许久，她才说道："我家那个死鬼昨晚给我打电话了，他想回来。"我立刻祝贺道："好事，好事呀！"她愁容满面道："哪有那么容易就能随便回来的？"我安慰道："既然他要回来，一定是想好了办法，你就不必操心了。"她无奈地笑道："但愿如此。昨天他还说，想先找一个可靠的人谈谈。我考虑了很久，觉得还是您可靠，于是把您的号码发给了他。在你们约定谈话之前，希望您……"

我明白她的意思，马上保证道："你放心，我会保密的。"

女人舒了一口长气，望着我莞尔一笑，静悄悄地走了。

# 四

历经千辛万苦，两头牛终于买了回来。

不是我们这个地方缺牛，而是根据局长的指示，买回来的两头牛必须与刘副县长送来的两头牛个头儿长得差不多，即便刘副县长今后再来探望，也看不出什么破绽。好在村里有饲牛高手，他根据刘副县长送给何兆业两头牛时的时间及牛的体重，推断出新买牛的体重，再按这个体重，踏勘问访乡间村头，用时半个月，花费三千多元，买回了这两头"宝贝"。

两头牛既然买回来了，得赶紧送到何兆业的手中。刘副县长随时有可能抽空来看，早送出去早安心。

我走在前边，沈剑光和谢芸芸一人牵着一头牛跟在后边。我们翻过东荆河大堤，再次来到何兆业滩头的窝棚前。

不出所料，何兆业在窝棚里的板床上和两个农民斗地主，好像不是上次那两人。我走近何兆业，调笑道："斗地主的'玩伴'挺多的，人缘不错呀！"何兆业没有回话，沉浸在激烈的牌局之中。

谢芸芸实在看不下去，对着何兆业大声叫嚷道："何大叔，我们给您送牛来了，劳驾您接见接见我们。"

那两人识趣地收牌，立刻溜掉。何兆业将面前的分币收进小布袋，勒紧袋口，扎在腰间，不满地嘟哝道："每次你们来，我都是输钱，今天又输了两毛五，真是遇见'灾星'了！"

我没有理会他的不快，而是正儿八经道："老何，按照领导的安排，我们又给你送来了两头牛。"

"郭队长，你做好事，这牛我是绝对不要的！"何兆业手一挥，大声推却道。

"好生生的两头本地牛，为啥不要？你没吃错药吧。"我很是不解地骂道。

"领导送牛，那是有任务要完成的，我为啥要把自己捆绑上去？上次刘副县长送牛给我养了六个月，我可是担惊受怕了半年，一门心思花在牛上面，生怕弄出个不是来，但还是没养好。所以，领导送来的牛，我肯定不会再接受！"何兆业态度强硬地回绝道。

"这两头牛就当是刘副县长送的那两头牛，你喜欢怎么养就怎么养。"为了让何兆业接受这两头牛，我低三下四地放弃了所有"条件"。

"郭队长，我知道你带队扶贫有压力。如果你心里实在过意不去，不如留个念想，就像当年县公安局那样，送三十套淘汰的保安服，或者像县人武部一样，送二十双'军转民'的球鞋，再不就像棉花公司那样，送十床棉絮也可以。这些东西我用得着，而牛我受不起也养不好。求你们行行好，不要再为难我了。"何兆业双手合十，辞谢乞求道。

"何大叔，您就接受下来吧。养牛的知识我来教您，保证您把牛养好。"沈剑光在一旁承诺道。

"你们不用再费口舌了。牛，我坚决不要！"何兆业说完，扭身就走。我朝沈剑光努努嘴。沈剑光快步冲过去，把何兆业拽了回来。

"何大叔。"谢芸芸柔声叫道，"领导花钱买来的牛不是送不出去，专门送给您喂养，是希望您由此脱贫致富。您可不要好心当成驴肝肺了。"

"哼！好心？"何兆业不屑地冷笑道，"恐怕不是为了我脱贫致富，而是为了领导增加光彩吧。再说，喂两头牛就能让我脱贫致富，坟茔上烧纸钱——鬼信咧。"

"不能一次性脱贫致富，但起码对您没有害处吧。"沈剑光劝道。

"害处多着呢。"何兆业擤了一把鼻涕，用袖口擦擦鼻孔，打开话匣子，一说就没完，"我接受两头牛，等于责任上了身，我得全心全意照护，不能让它们出问题，我哪还有精力干别的事？再就是，我要应付各级领导来检查参观，人不断线的，忙得我脚不沾地屁火烟起。还有，虽然我不是个东西，但我这个人讲脸面。我已经把刘副县长送的两头牛卖了，如果再接受这两头牛，出了啥差错，不仅村民们要骂我不知好歹，而且关键的是要辜负领导们寄予在我身上的脱贫期望，我可担待不起！"

这样扯下去不是办法，只会越说越僵。我只能另辟蹊径劝其接受。我拉何兆业在板床床沿坐下，关切地问："你儿媳出走之后，你们去找了没有？"何兆业摇摇头："到哪里去找？人家说她跑到深圳打工去了，深圳那么大，不是大海捞针吗？"我劝导道："老何，你孙女不满周岁，没娘咋带？还是让儿子再找一个吧。"何兆业长叹了一口气，摇头无望道："哪有这么容易的事？儿子有病远近都知，加上我们家境贫寒，哪个女人瞎了眼睛来当后娘？再说我那儿子一条巷子走到黑，心还在跑了的媳妇身上。"我跟着叹息道："都是贫困惹的祸呀！如果你老何家继续保持这种家境，我看那媳妇八成是回不来的。"何兆业盯着我，怒气冲冲道："既然你知道我的家境，为啥还拿两头牛来忽悠我？那些大领导不清楚，你老郭应该是心中有数呀，从牛娃长到成牛，得三四年时间，我只有投入，没有回报，只怕是困在穷窝里，永远都爬不出来。"

绕来绕去，始终绕不开两头牛。不得不承认，何兆业的话虽尖锐，但颇有道理。我们的领导，美其名曰送牛扶贫，营造了一个良好开端，又预设了一个完美结局，而艰难又漫长的过程完全被忽略了。我满怀愧疚道："老何，有些方面我们考虑不周。但是，只要你肯接受这两头牛，我们一定从其他方面帮你脱贫。"何兆业的头摇得像拨浪鼓："这样老调门的话，我听腻啦。"

"这次是真的。"沈剑光极力印证道，"村里正在装修车间，过几天就要招工了。"

"你们拿两头牛糊弄我，工厂招工哪还有我家的份儿？"何兆业瘪嘴泄气道。

"这个车间就是为你们这些贫困户开的，当然有您家的份儿。"谢芸芸确认道，"前天郭队长和我们商量，准备向厂方推荐您做门卫和仓库保管，您儿子做货物搬运。"

"还有这等好事？"何兆业怔怔地望着我。

"是的！"我认真地点头道。

"我儿子小光可以去打工，但我走不开。"何兆业冷静下来，喃喃道。

我心里明白，他心里始终放不下那桩事，便一语点穿道："你是为了斗地主而走不开吧？"

"现在社会上流行的幸福观是'白天有说有笑，晚上睡个好觉'。我的幸福观是'白天斗斗地主，晚上睡得舒服'。你让我去给人家守门，我怎么受得了那种拘束，我还不如斗斗地主找找乐子呢。"何兆业嬉皮笑脸道。

"老何，你这种活法不行！想想你的儿子、离家出走的儿媳、未满周岁的孙女、快要倒塌的烂屋，你还能这样混世度日下去吗？你要彻彻底底地改变！"我苦口婆心地正告道。

我的话点到了何兆业的痛处，他抿着嘴，眼里有眼泪打转，但他依旧死鸭子嘴壳硬地回应道："我要改变什么？我就是我，独一无二！"

"还独一无二？我看你是狗屁一个！像你这种人，给脸不要脸，给盐不知咸，鬼都不缠！一生穷困潦倒，做人无羞无耻，亏你还有脸活着？要是我，早就拿根绳子吊死算了。"请将不如激将，我得当头一棒、猛喝一声，让他幡然回头。

没想到，何兆业的眼泪簌簌直往下流，哽咽道："谁不想脱贫？可一直以来，你们哪个真正在管我家的脱贫？"

"何大叔，这次大家都是真心帮您。只要您配合，您家里一定能够脱贫致富。"谢芸芸趁热打铁地鼓劲道。

"何大叔，做门卫当保管，让您拿工资挣收入，是在特别照顾您！"沈剑光直接把话说白了，"这还不是真正在帮您哪？"

何兆业抬手用衣袖揩去眼泪，颇通情理道："我不苟，从你们的行动，我感受到了一些诚意。但我不能立刻就相信你们，我还要继续观察。"

"既然这样，那就把两头牛接受下来，一边喂养一边观察呗。"我顺势说道。

何兆业担忧地问："我和小光都到加工车间打工，接受了两头牛，谁来照护呢？"

"我已想过了，你的父亲从小就是放牛娃，照看两头牛应该没问题的。"我大胆建言道。

"郭队长，这条路只怕走不通，我父亲现在大多时间躺在床上静养，像个瘫子，怎么可能照护两头牛？"何兆业推诿道。

这个何兆业，为了拒绝两头牛，满口假话。我当面戳穿道："你不要睁眼说瞎话，几天前我还和你父亲在村部见面打过招呼呢。"

"这人躺久了总要出来放放风，那不等于就能干活。他身上的零部件都出毛病了，得用药保着。"何兆业吓唬道。

"行了，我给老人家每月解决两百元药费。"为了两头牛，我懒得和他掰扯。

"哎呀，郭队长真是好人一个。"何兆业即刻变脸，笑眯眯地把我恭维一番后，继而欣然表态道，"牛呢，我就接受下来。"

"要是别人问起来，你一定要说这两头牛就是刘副县长送的那两头牛。"我特别嘱咐道。

"虽然不是一句真话，但也没假到哪儿去，我会这样对外说的。"何兆业平心静气地答应下来。

费尽周折，总算把两头牛"塞"给了何兆业。

# 五

加工车间由两间教室装修而成，一个月内顺利完工，从十六户贫困家庭中招收了三十名职工。何阳生厂长派厂里的后处理车间主任付晓芳回村，既当车间主管，又当师傅帮助训练职工。

加工车间选定在八月二十八日正式开工。我早就把开工日期报告给了局长，希望局长能够如期光临。然而不巧，局长在这一天有公事缠身不能出席，原先准备的开工仪式流产，我的愿望落空。虽然我心里失落，但走进加工车间，看到那些职工在付晓芳的指导下井然有序地忙碌着，失落之感顿时消失殆尽。

村里的扶贫工作自创特色，得到了各界的好评。镇里在这里召开了现场推进会，与会代表参观了加工车间，观看了刘副县长送的两头牛，何书记在会上作了典型发言。会后，我们的工作相对轻松下来，主要任务是接待全县各地前来学习取经的考察组。

然而，这种悠闲日子没过几天，村里出大事了。

事情发生在周六下午。我正在县城家里休息，何书记在电话中向我报告了事件的原委。

为了照护好两头牛，何兆业专门在自家屋后的菜地里搭了两间牛棚，让其父亲坐在后门口守着，几个月下来，相安无事。可在今日中午，两头牛吃完草后，在栏里狂蹦乱跳，极不安生。何家父亲知道，牛关得太久，也得出栏活动活动，便打开栏门，手牵牛绳，放两头牛出来。谁想到两头牛一出栏就朝野外狂奔，何父怎么用力也拉不住，只能颤颤巍巍地被两头牛拖着跑。跑到一条沟边，两头牛跳进沟里，把何父也一同带翻进沟里。身体虚弱的何父无力从沟里爬出来，溺死在了沟里。

我叫了一辆出租车，迅速赶到村部。几名村干部坐在会议室里商议，等我坐下，便向我汇报了何家目前处理后事的动向。

何兆业父亲的治丧大事由他的一个叔伯弟弟何兆丰牵头操持。何兆丰在镇上教书，是一个"蚂蟥听不得水响"的激进人士，听到两头牛的经历后如获至宝，要求工作队以及县里赔偿二十万元。同时，还把本家一个在省报当记者的侄儿何金成也请了回来，威胁不达要求就写出文章上网见报。

事情紧急，我走出会议室，便给局长打电话，告知了整个事情的经过。局长听完后，即刻指示道："首先，不能把老人之死与两头牛扯上半点儿关系！这个时候，万万不可给刘副县长添乱。第二，绝对不可拿现金赔偿。第三，对于何兆丰和何金成，村里要组织人员分化瓦解。我这边会找相关部门领导组成工作组，配合行动以平息事态。"

听完局长的话，我感到自己有了靠山和后盾。

"一个子儿也不能赔！"我回到会议室，果断拍板道，"何兆丰和何金成都是本村人，都姓何。书记和村主任，一人包一个去做化解工作，用车轮战的方式，不让他们聚在一块儿再生事端。"

何书记和村主任带着村干部分头行动了。

不大一会儿，一名村支委急急慌慌地跑回来，喘着粗气道："郭队长，何兆丰要带人把老人的尸体运到县政府，找刘副县长去请愿。"

"啊！"我大惊失色，但马上镇定下来，"走，带我去看看。"

匆匆赶到何兆业家门口，一眼就看见何书记带着几名村干部和何兆丰等一班人相互拉扯、激烈交锋。

"你们到底想干什么？"我大声质问道。

"我们要抬着尸体上县政府请愿！"何兆丰走到我面前，凶巴巴地叫嚣道。

"何老师，吃甘蔗要吐皮，说话要讲理，你们抬尸到县政府得讲出道理。"我压低声音道。

"郭黑皮，刘副县长送两头牛害死我伯，这个理由还不充分吗？县里必须给赔偿！"何兆丰理直气壮道。

"刘副县长送牛给何家，是希望何家脱贫，本心不坏吧？更何况两头牛已经送出，何兆业已经收下，持有关系发生改变，你再去找刘副县长，说得过去吗？"我尽可能地以理服人道。

何兆丰有些急了，强词夺理道："郭黑皮，你不要皮黑心也黑。两头牛害死我伯，这是无可更改的事实！人命关天，你们必须赔偿。"

站在何兆丰旁边的一班人激愤地跟着吼叫。何兆丰大手一挥，发令道："跟我上！"

一班人推开村干部，七手八脚地把灵柩强行抬到时风车上。我急中生智，扑到时风车前。何书记带着几名村干部挨着我坐下，手挽手、身贴身，似一道铁链，横亘在时风车前。

"姓郭的，你给我死一边儿去！"何兆丰恼羞成怒，跑过来，想动手拉我。

我手指着何兆丰的眼，咬牙切齿地警告道："你敢动我一根手指头，别怪老子不客气！"

何兆丰一班人虎视眈眈地望着我，恨不得一口将我吃掉。

虽然喷口涎瀑子镇住了这帮人，但我的心里还是直打鼓。要是他们借助人多势众行横使蛮地把我们几个人掀开，开着时风车拖着灵柩去县政府，我还真只能干瞪眼、无对策。正在我焦急不安之时，局长请来的援兵及时赶到，救了我的"大驾"。县委宣传部的一名副部长把何金成带到一边单独谈话，县教育局的一名副局长将何兆丰请进隔壁民居内个别训诫，派出所所长也把何兆业拉进屋里宣讲法律……

工作组的及时介入，摧枯拉朽般地攻克了何兆丰一班人看似铁板一块的堡垒。何兆丰骑着自行车灰溜溜地回镇上了，据说那位教育局副局长答应为他解决一个副高职称名额，算是了了他的一桩夙愿。何金成坐宣传部副部长的车一同回县城了，副部长允诺为他化三万元广告赞助的缘。何家老人的死倒成了这两人攫取利益的筹码，真是滑天下之大稽！只有何兆业被派出所所长训诫谈话后，耷拉着脑袋，像个闷葫芦一样不吱声。我走到他的身边，心情沉痛地期许道："老何，老人突遭不幸，我们都很难过，希望你用正当方式处理好老人的后事。"

何兆业剜了我一眼，赶紧声明道："害命的药不吃，犯法的事不做。你放心，我何兆业不会无理取闹，更不会拿我父亲的尸体去敲诈政府。"

我的心算是放了下来，喃喃念叨道："这就好，这就好。"

"我父亲死了，不是无缘无故地死。我们穷家小户，不敢对抗政府。但我们长了嘴，可以说明真相呀。"

"你想干什么？"我警觉地问道。

"省里有一个什么'红辣椒网站'的记者找我了……"何兆业说一半留一半道。

谁给他支出这阴毒的一着？如果关于两头牛的经过被挂到"红辣椒"网上，其后果将不堪设想。我急忙制止道："不可，万万不可！"

"我也知道这么做不太厚道。但是，人死就是天大的理，并且是两头牛害死的。我不能随便发丧呀。"何兆业加重语气道，"如果我这么稀里糊涂地把父亲葬了，父亲不会闭眼，我心里不能平衡，村民们也会笑话我是傻子一个。"

不搞硬抗，采取软拖。我一眼就识破了他的小伎俩，赶紧催问道："你想要什么？"

"不是我想要什么，而是你们应该考虑给什么。"何兆业稳稳地把皮球踢到我的脚下。

"我们没有任何考虑！"我断然回绝，但又担心事态出现反复，便松下口气道，"不过，你家这种境况，可以提点儿小要求。"

"我说嘛，郭队长是个明白人。瞧瞧我这家里，像被大水冲过似的……"何兆业眨巴着眼睛，抬头往屋顶瞅了一圈。

他要翻修房屋！我正准备一口拒绝，但转而一想，这个要求并不过分，也就几万块钱的事，何况翻修房屋不同于现金赔偿，既能平息事态，又能给予这个贫困家庭一点儿补偿。最重要的是，刘副县长送了两头牛，年终是要出成果、出经验的。为他家翻修房屋，到时可以把功劳记在两头牛身上，经验也就来了。这么好的事，何乐而不为？为了不致他反悔，我叮嘱道："我们为你翻修房屋，你得顺利安葬老人，闭口不谈两头牛的事。"

何兆业肯定地点头道："如果为我家翻修房屋，我保证屁都不再放一个。"

我走出屋，给局长打电话，感谢他派来的工作组所做的工作，接着开诚布公地恳请道："局长，虽然我们把几个'好头鸭子'收服了，但何兆业这边又提出了一点儿小要求。我有一个想法……"

"你有想法直接提。"局长许可道。

"现金不能赔，但我们可以采取别的途径给予他家一定的补偿。你管着十几家二级单位，可否让每个单位捐资五千元，集并起来为何家翻修房子？他家的房子四面漏风，实在不能住了。"我声音哀婉地提议道。

电话里出现了短暂的静默，几秒过后，局长答应道："按你说的办，你必须把这件事处理得平平稳稳，不留隐患。"

我保证过后，便挂了电话，重回屋里，对何兆业郑重承诺道："我跟局长汇报过了，你按照惯常把老人的丧事办完，绝口不再提两头牛，我立马筹资为你家翻修房子。"

两只男人的手紧紧地攥在一块儿。

到第三天早上，何家终于发丧，将老人遗体送往火葬场。一场风波总算有惊无险地处理下来。出殡后的第二天，我收到了局下属二级单位为何家捐资建房的七万五千元钱。我没落手，迅速转给了何书记，让他组织人手用一个月时间，为何兆业家翻修房子、添置家具。同时，我将何小光媳妇的简历、照片发给了深圳一个做老板的朋友，委托他打探消息。

两夜未合眼皮，人累得瘫在床上只想睡觉，何书记敲门进来，告诉我两头牛又不见了。我有气无力地问道："是被盗了还是走失了？"

何书记摇摇头说："何兆业说两头牛被盗了，但据可靠消息，他把两头牛宰杀办丧宴了。"

"真是烂泥扶不上壁，无可救药！怎么能这样呢？"我气愤难耐地说道。

"他自认为是两头牛害死了他父亲，不想再看到两头牛而伤心。再就是不处理掉两头牛，谁来照护呀？所以，他就痛下杀手了。"何书记分析道。

我想了想，商议道："何书记，这件事最好不要声张，咱们暗自处理下来。"

何书记点了点头。我继续点拨道："河滩上有一家养牛场，去那儿买两头个儿差不多大的牛，晚上不知不觉地牵给何家。"

何书记灵机一动，献计道："不必牵回来，反正何家现在无人照看两头牛，不如寄养在那里，咱们出点儿寄养费，等需要的时候再牵回来。"

我竖起大拇指道："妙！这样还能掩人耳目呢。"

# 六

把两头牛寄养在养牛场，真是个好主意，让我免除了许多烦忧。这边处理妥了，而加工车间却出了状况，前两个月活儿多，职工大多可以领取一两千元的工资，而从第三个月开始，活儿明显不足，到了第四个月，活儿变得断断续续。

我站在走廊上，把付晓芳叫出来，询问加工车间怎么会出现这种问题。付晓芳苦笑着透露道："前两个月我们车间出的一批货因为卫生检验不达标被退货，厂里因此损失了二十万美金。出了这种情况，厂里当然要严格把关了。而且前几天，仓库又发生过一次小火灾。有些产品被烧坏了，蒙混着送到厂里，被检查出来了。"

"还有这种事？"我不敢相信自己的耳朵，"是谁肇的事？"

"还有谁？仓库保管何兆业呗。"付晓芳附在我的耳边密告道，"在门卫室里，他不敢斗地主，便在半夜偷偷摸摸地约人在仓库里斗，烟蒂乱扔，点燃了堆放的货物。好在扑救及时，损失不重。"

我的牙咬得嘣嘣直响，怒吼道："这件事不能就此了结，必须追究责任！"

"何厂长都没说啥，你还有什么可说的呢？"付晓芳息事宁人道。

"看来这加工车间前景不妙呀。"我颇为悲观地预告道。

付晓芳点头道："郭队长，村里的加工车间和工厂两头吊着，终究不是长久之策，迟早要垮掉。如果能招到一个老板，借助学校教学楼兴办一家无纺布加工厂就能解决问题了。"

我瞬间蒙了。如今有钱的老板贼精贼精的，一窝蜂地往城里跑，稍差一点儿的也是往镇上那个无纺布工业园去投资。有谁会吃错药到这儿投资办厂呢？

走出车间，我碰到何小光坐在走道上发呆，便问家里修房子住哪儿。何小光说，在门卫室时和父亲挤着睡。后又悄悄地跟我说，他把父亲装零钱的小布袋藏起来了，但他父亲昨晚又偷偷跑出去斗地主，快天亮才回来。我宽慰道，你父亲本性难移，我们得多点儿耐心。

何兆业呀何兆业，你斗地主造成火灾，还没找你算账呢，你却不思悔改，依然故我。看来不给点儿颜色瞧瞧，你真不认得红黑了。

我马不停蹄地赶到县城，找到局下属的农业行政执法大队，向大队长说明来意，大队长心领神会地派了两名身着制服的执法人员跟我来到村里。我让人把何兆业带进村会议室，他还立足未稳，我便板起脸，严肃地通报道："何兆业，县里派人查办前几天半夜仓库失火一事，请你老老实实配合调查！"何兆业哪见过这种阵势？他浑身筛糠似的乱抖，双腿发软跪到地上……

虽然"冒牌"执法，上演的是一出"糊涂官打糊涂百姓"的闹剧，但收效甚佳，震慑住了何兆业，他乖乖地写了一份绝不再斗地主的保证书。

招人办厂的事急得我寝食难安，后脑勺上的头发更见稀少。钱投进去了，车间修起来了，贫困职工招进来了，舆论也造出去了，红火了不到两个月，立马陷入这种尴尬的境地，不仅会让那些贫困家庭的脱贫希望幻灭，答应局长让何兆业家脱贫的事将变成空话，而且在两头牛身上做足文章的事更是无法交代，唉！

为了搜信息、找投资，我俨然一只无头苍蝇，好不容易找到了一些有意向的投资线索。我带着小沈和小谢一一拜见了几位有投资意向的老板，好话说尽，嘴巴嚼干，人家笑而不答、推而不拒，看似有希望，实则无指望。

加工车间彻底关闭，付晓芳被厂里收了回去。我陷入一种极度的绝望之中，连想死的心都有。

几天之后的早上，我的手机收到一条短信："上午9点，如果方便，上岛南山厅见面。何叔平。"看完信息后我细细一想，何叔平做无纺布生意多年，他认识这方面的朋友多呀。我立即打通何叔平的手机，告诉他，我按时赴约。

敲门走进"南山厅"，一个四十多岁的男人走过来迎我坐下，他自我介绍是何叔平。我俩东拉西扯地寒暄了一阵后，我便直接破题道："你找我有啥事尽管说。"他抿了一口咖啡，慢条斯理道："听我妻子晓芳说，你是一个好人。我知道你目前遇到一点儿小麻烦，我想帮助你渡过难关。"

"你能帮我？"我的两只眼睛睁得比铜铃还大。"是的。"他沉着稳重地点头道。"你、你——"我结结巴巴道。

"郭队长一定疑惑重重，一个'跑路'多年的老板能有实力投资办厂？"何叔平自嘲自答道，"其实当年我不是'跑路'，而是追债到香港。2008年，美国次贷危机爆发，美国康润公司破产，我的工厂通过香港高德公司出口到康润的订单，有两百五十万美元的货款顷刻化为乌有。我找高德公司，他们让我等，我便守在那儿，一等就是半年。我想，钱收不回来，与其回家破产，不如等在那儿兴许还有活路。银行看我不回来，以为我'跑路'了，便向公安经侦大队报案。我索性隐姓埋名，办了一张假身份证，一边追债，一边利用我原来搭建的关系做无纺布贸易生意。这七年，我追讨回了一百万美金的货款，也通过做生意赚了几百万元。我不能总是这样背井离乡、漂泊在外呀，便萌生了回家的念头。"

哦，原来是这样。弄清这个男人一别多年的缘由后，我更担心他回来后面临的处境："你清楚你的债务状况吗？"

他点头道："那本账一直藏在我心里，每天翻阅烂熟于心呢。我原有的土地和厂房抵给银行绰绰有余。我欠原料款近两百万元，欠职工股本金两百多万元，包括何口村那些人的一百多万元。所以，我准备拿五百万元还本，再用五百万元办一家小型无纺布加工厂。"

"你需要我帮什么忙？"我心里有底了，赶忙问。

"需要你帮三个忙。第一，到公安局为我销案，这样才能恢复我的正常身份；第二，我这次只能还本，利息得等我办厂赚钱后再还，请你做一做化解工作；第三，我要借助村小教学楼办厂，收购你办的那个加工车间，优先解决贫困户家庭的就业问题。只是我的信用已被刷黑，麻烦你向上为我争取相关扶助资金。"何叔平早有准备，一气说出。

我在心里掂量了一下，除第一条我能力难及外，其他两条应该可以做到，但想到沈剑光的爸爸是公安局副局长，请他出面解决这个问题应该不在话下。我像捡到金元宝一样，眼睛发光，心儿透爽，欣然答应道："这三个忙我来帮！"

"行，只要你帮了我这三个忙，我会在十二月底前把厂办起来。"何叔平信心十足地许诺道。

元月份，市委政研室的《政策研究》上专门刊发了县委政研室撰写的《何口村扶贫扶到了点上》的调研报告。何口村不仅是县里的示范，也成了市里的典型。一时间，参观的、学习的、取经的，纷至沓来，络绎不绝。关于刘副县长和两头牛的故事更是不胫而走，声名远扬。

省报要推出一组家庭成功脱贫的系列报道，县扶贫办把最为感人的两头牛的故事报到市里，市里又推荐到省里。省报记者找到刘副县长进行采访，刘副县长推托不过，便把记者交给局长接待。

局长是何等精明之人，立马用专车带着记者来到何口村，作过介绍后，局长望着我，意味深长道："省报记者专门来采访两头牛的故事，你知道的……"

我怎么不知道呢？

我让记者稍等，赶快跑到门卫室，通知何兆业和何小光迅速回家，先从滩上养牛场把两头牛牵回来，再把家里收拾一下。最后，我郑重地交代何兆业和何小光："事关重大，你们知道的……"何兆业哼哼哈哈道："嗯，嗯。不过，郭队长，我现在经常要接待参观组、考察团，你看我这穿得也太寒碜了吧。"我嗤之以鼻道："去——"何兆业小声申诉道："人家上电视录视频都有服装费。为了配合做好两头牛及刘副县长的宣传，我跟我的家人得穿隆重点儿，不然会给你们丢脸。所以，你得给我家每人购买一套新衣服。"我大声拒绝道："我没这笔开支！"他一脸坏笑道："你别怪我不配合哟……"

公然讹诈，我一时语塞，竟无言以对。谁叫我被两头牛绑架了呢？时间急迫，我只能违心地妥协道："你们把今天的采访完成，如果表现好，我给你们解决服装费。"他捻捻手指，涎着脸问："多少？得给个准确数字。"我迎头喷道："给你三千够不够？"唾液溅了何兆业一脸，他毫不在意，拿手一抹，脸上笑得像绽放的野菊花一般灿烂。

何小光对他父亲的做法也嗤之以鼻，我再次叮嘱何小光一会儿如何回答记者提问。

安排妥当后，我带着记者参观了何叔平的无纺布加工厂，并让记者特意采访了几个贫困户职工。磨蹭了一会儿，才领着记者赶往何兆业家。记者拿出相机，先拍了何家刚翻修的新房及新购置的家用设施，又拍了何小光和他媳妇抱着女儿甜蜜相偎的全家福，还重点拍了两头牛。到采访环节，记者提问，何小光答。临了，何小光感激涕零地讲道："前年底，刘副县长自己掏钱，买了两头牛送到我家，我们不敢怠慢，认真饲养，通过养牛脱贫致富。现在全家每个月有几千元的收入，不仅翻修了新房，添置了家用设施，过上了幸福日子，而且我离家出走的媳妇因家境改善也回归了家庭。刘副县长送的两头牛是我家的福音和救星，不仅让我爸戒掉了斗地主的恶习，也使他改掉了懒惰的毛病，更是彻底斩断了我家延续几代的穷根。两头牛，为我家带来了希望，带来了信心，带来了好运，带来了财喜……"

记者兴高采烈，满载而归。圆满完成了局长布置的任务，我怦怦乱跳的心才平静下来。

几天之后，我接到了刘副县长司机的电话，说刘副县长找我有事。我忐忑不安地走进刘副县长的办公室。刘副县长放下手头的文件，从桌上拿起一份稿件，默默地递给我。

我接过稿件，是一份省报的清样，标题是《刘副县长和两头牛的故事》，我迅速浏览下来，正是按我所编排设计的那样写的。

"我送的两头牛有那么神吗？"刘副县长眉头紧皱地问道。

"有哇！我提供的素材全是事实。"我一口咬定道。

"我怎么听说何家把我送的两头牛卖了，你们局出资给补了两头牛被他宰杀了，村里又出钱买了两头牛。"刘副县长抽丝剥茧地盘问道。

"不是，不是。"我感觉自己面红耳赤，但我还得顶着。

"老郭，你是个做事认真的实诚人，何兆业家迅速脱贫是靠两头牛吗？何况两头牛只喂养了一年多，而等到受益得三四年呢。"刘副县长不讲情面地揭穿道，接着他披露了自己送两头牛给何兆业的初衷，"何兆业是几十年来政府一直在扶助的贫困户，为啥始终不能脱贫？据我所知，他除干点儿农活外，一有闲暇就找人斗地主。玩物丧志，怎能脱贫？万般无奈之下，我便想到送两头牛，主要是想拴住他，让他手头有事混着。时间长了，也可以给他家提供一点儿收入来源。而你们倒好，罔顾事实、弄虚作假，这种作风要不得呀！"

刘副县长送两头牛是这般用心，却被我和局长完全曲解，马屁拍到了马腿上，真的让人羞愧难当！我皮黑肉糙，一副死脸壳子，只能乌龟垫床脚，硬撑着："何兆业家已经脱贫，这是事实！我觉得，何家因为有您送的两头牛，才能突现转机脱贫致富。"

"你还嘴犟。"刘副县长顺手从文件堆里抽出一张表，公然摊牌道，"这是你们局打报告为你儿子解决就业的申报表，你要让我签字呢，就跟我说真话，反之……"

我无地自容，不知如何是好。

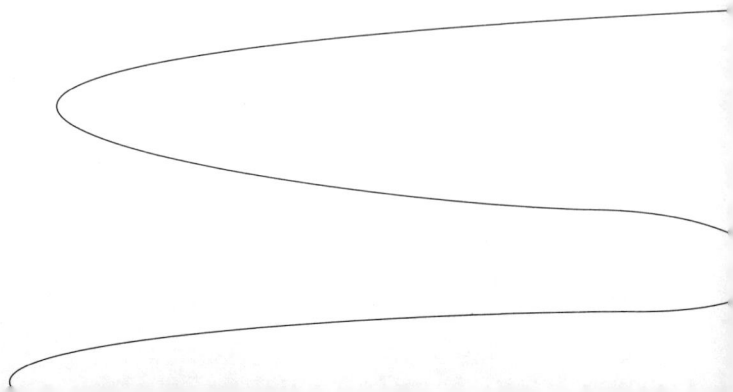

# 回到十八线小地方

## ——逃离大城市之后

## 一

　　"丁零零······丁零零······"

　　讨厌的闹钟响了，把我从酣梦中刺醒。我蜷曲如虾米的身子变换了一个姿势，呈"大"字摊在床上。缠人的瞌睡意犹未尽，像水蛇缠绕一般，让人迷迷糊糊睡意难退。

　　人就是欠睡，像欠奶的孩子，总想着那一口。哎——生活所迫呀，昨晚做兼职赚外快，平常都是12点前结束，谁知守到11:40，我都没接一笔单，正准备无功而返打道回府，"优代驾"公司的调度电话打进来了，让我赶到"天地钱柜"送一位客人回蔡甸。像这种活路都是职业代驾干的，我一个做兼职的，白天还要上班，折腾上半夜可以接受，哪搁得住熬下半夜？本想推掉，但听到跑一趟可赚两百元，还是在犹豫之中接受下来。我的客人长得矮墩墩的，秃顶，赤红的面颊及头顶泛着油光，就像街道路口的"红灯"，亮闪闪的。我把客人扶到车后座坐下，自己坐进驾驶位，第一次侍弄这款大奔豪车，心里还略显紧张，点火也慢，启动亦慢，行驶更慢。待逐渐适应，便驾轻就熟了。真是一分钱一分货，德国制造就是牛！车到蔡甸城区，我问客人住哪儿。客人含混不清地告诉我住在城郊，打开导航没他说的那个位置。我停住车，问到底怎么走。客人醉眼蒙眬地瞎指挥，一会儿东、一会儿西，搞得我也辨不清东西，最后只能打他老婆电话，告知我行进线路。车子七弯八拐的，终于在远离城郊的一旮旯找到一处乡间别墅。我把客人搀到客厅沙发上躺下，客人家小娇妻不满地嘟哝道："天天灌，天天灌，总有一天要泡死在酒里。"说完便去挪车，我贴近车窗口，面带微笑问："我怎么走出去呀？带一脚呗。"黑灯瞎火的，对来时的路，我还真记得不那么清晰了。在这偏僻乡野，让我走迷宫一样地步行到城区再乘出租，只怕要搭上一夜了。小娇妻没理会我，面带愠色道："去去去，怎么来的就怎么回去！一个小代驾，还想让我送你出去，没门儿。"说着从车内中控盒里取出一百元钱，很不耐烦地塞到我手里。我是要钱吗？小代驾怎么了？小代驾大半夜把你老公送回家，你起码讲点儿人情味，把我送出这交通不便的荒郊野外，而你居然是这副嘴脸，是打发乞丐？还是差鸡赶狗？有钱就能这样任性？他娘的，向这种货色讨人情，老子真是大傻子一个。我将手里的钱揉成纸团，狠狠地砸向她的脸，然后头也不回地向外走去……

想到这里，我感到格外解气。虽然我从别墅走到蔡甸城区花了将近一个小时，乘上出租车后从蔡甸返回武昌用了四十分钟，浑身疲惫、腿酸脚软地躺到床上已过凌晨三点，但我不觉得后悔，因为我捡回了一个年轻无产者的自尊。

瞥一眼闹钟，时针正指向"7"，不能赖床了，我一骨碌爬起来，来到卫生间，接了一杯凉水，挤上牙膏，一边漱口，一边对着马桶小便。七点一刻必须出发，从我的住处武昌光谷地带到位于汉口吴家山的公司上班，顺溜时也得个把小时，如遇突发状况，就要上班迟到。绝对不可以上班迟到了，两年前在晋升主管的考评中，因为有三次迟到记录，我未能坐上主管的位置。一同进来的三个人，唯有我掉下，教训可谓惨痛。公司上上下下都在传言，这几天会有三个像我这样的客服代表晋升为主管。只要能够成为主管，工资可以从现在的每月三千五百元涨到六千二百元，虽然没到白领的水平，但对于我这样一个普通的本科生来说，也是不错的交代了。最为关键的是，成为主管后，再也不用披星戴月、辛辛苦苦地兼职做代驾赚外快，从工资中完全可以撇出一块偿付房子的按揭。

心中有了这个小愿望在跳跃，好比跳跃的琴键奏出美妙而和谐的乐声，让人向往和激荡。我在面对镜子剃须梳头时，张大嘴巴做了个怪脸，发现自己面色红润，并没有因为每天熬夜欠睡而疲惫颓废。我不由自主地又哼起了汪峰的歌："我要飞得更高，飞得更高，狂风一样舞蹈，挣脱怀抱……"

收拾停妥，我提起公文包，换上球鞋，手正要扭开锁柄，"叮咚"，门铃响了。哟，真是稀奇，谁这么早来拜访我这狗窝？我没有犹豫，打开门，面前站着一位保养得体、风韵犹存的阿姨，把我镇住了。我有些结巴地问："您，您是——"

阿姨眼睛都没睬我一下，径直走进屋，盛气凌人道："想查户口呀，不急，等会儿你就知道我是谁了。"

看这阵势，我已经猜到几分，心里暗自埋怨开来：谢琪呀，你让我准丈母娘暗访，得提前通知我一声，不能搞突然袭击呀。

阿姨缓缓地从客厅走到厨房，又从厨房转到客房，然后又在卫生间门口站着向里窥视一番，像一个风水大师一样，把我这不足八十平方米的简装房里里外外、上上下下瞧了个遍。我有如一只跟屁虫，老实驯服、尾随其后。她突然转过头，先发制人道："房子很小嘛。"我如实答道："只有七十九个平方。"她眼睛盯着我问："是全款还是按揭？"我好像心里藏鬼似的，小声道："按揭。"

她的眼睛一刻也没离开我，继续问："按揭多少？"

我知道瞒是瞒不过的，索性满足她的好奇心，一五一十地禀报道："房子花了将近一百万元，首付三十万元，我父母没钱，由我姐资助的。"

"房贷七十万元，可不是一个小数目呀！"感叹过后，她又问，"你一个月工资多少？"

我像做贼被人捉住一样，羞于启齿那几个枯燥却令我无比汗颜的数字，扎下头，咕噜道："三千五百元。"

"哼！"阿姨轻轻地冷笑一声，念叨道，"三千五百元，是还房贷，还是吃饭？还是零花？"

工资委实少得可怜，也就是一个普通本科毕业生的平均工资，我能有什么办法？我只有这个文凭，只有这个能力，只能达到这个工资水平。此时让我着急的不是阿姨的盘问，而是偷瞄时钟，已过七点半，关键时刻焉能迟到？而阿姨的考核和盘查不是一时半会儿能够结束的，这该如何是好呢？我急中生智，充满正能量地表态道："阿姨，我还年轻，经过努力，'面包会有的，一切都会有的'。"

"一个年轻人，居然说出这种老掉牙的话，谁还相信这种精神毒药？你们农村来的，本身与城里孩子相比，就输在了起跑线上，等你有了，别人有的会更多、更好。"阿姨毫不留情地驳斥我。

宛如一瓢冰水迎面泼来，浇得我直打冷战。我何尝不知呢？为什么一定要直不笼统地点破？我整个人像被霜打过一样，蔫不拉几的。

"年轻人，我不反对你谈对象，但是，要掂量自己有几斤几两。这男女之间，不说完全门当户对，至少不能太过悬殊吧。"阿姨望着天花板，咄咄逼人地教训道，"我们家谢琪从小生活无忧，你让她嫁过来就变成房奴，是不是太自私冷酷了？还有，她住惯了宽敞明亮的大房子，你让她蜗居在这简陋狭仄的鸽笼里，她怎么能够幸福、能够开心呢？"

她怎么不幸福、不开心啦？每周，她都会来这儿疯上半夜。她喜欢裸身在屋里来回走动，展示她白缎般光滑的肌肤及婀娜曼妙的身姿，她说在这间小屋里能够放松自己，安全而紧凑。每次缠绵过后，她都会让我的头埋在她的胸前，娇羞嗔嗔地吻着我，既是告白又是承诺道："我是一个很传统的人，在我的潜意识里，第一次给了谁，我就要和他厮守到老！"那种如痴如醉的幸福感和无与伦比的快活感弥漫着整个小屋，连空气都变得蜜蜜甜了。脑海中瞬间闪现过这组画面，消退了我本想反驳的意念，为了谢琪，我得忍着，不能冒犯未来岳母，我笑着回应道："阿姨，我和谢琪彼此相爱，在一起很幸福、很快乐！"

"爱？你是什么身份爱我女儿？你拿什么地位爱我女儿？你有什么资格爱我女儿？"阿姨脸色突变，语气激烈地质问道，她的火气震慑得我有些不寒而栗。

也许是感觉到自己情绪失控有些不妥，阿姨和缓一下脸色，苦口婆心地劝道："小吴呀，你和谢琪是没有未来的。"停顿片刻，她披露道，"前天晚上，谢琪把你俩的事跟我和她爸摊牌了，她爸的血压噌噌上升，急得住了院。"

"叔叔的病不要紧吧？"我不自觉地掉入她悲情的节奏，赶紧问。

"住 ICU 了，你说严重不严重？好在谢琪很懂事，这两天关闭手机，在医院专心照料。只要你和谢琪断绝往来，她爸的病很快就会好起来。"阿姨话里有话地敲打道。

难怪有一两天没有谢琪的消息了，打她电话总是关机，原来如此！明白了谢琪关机的缘由，我厚着脸皮继续争取道："阿姨，我不会永远这么不堪。我会努力工作，寻求改变！"

"不是你不堪。从谢琪嘴里，我们听出来，你是一个很不错的小伙子。"肯定过后，阿姨细说原委道，"我们只有一个独生女儿。她爸从年轻时就做包工头，奋斗到现在，有建筑公司、建材公司、装修公司等多家企业。时间做久了，他早不想干了，一直想招一个上门女婿接班。"

"我可以倒插门。"我自告奋勇主动请缨道。

"我何尝不愿意呢？"阿姨无奈地解释道，"对招女婿，她爸极其重视，既要为企业的发展着想，又要为谢家的后代考虑，从三年之前就开始劳心费神，又是找专家咨询，又是找大师测卦，最后定了三条意见……"说到这儿，阿姨顿住，用眼睛望着我。

我听谢琪提过她爸设定的三条标准：第一，武汉本地人。第二，身高一米八以上。第三，国家"985"大学攻读投资、金融、管理类的硕士生。这些仿佛"私人定制"的条款并不严苛，但我却一条也吻合不上。我出身于农村，身高一米七八，本科毕业，还是一个"二本"院校，连"211"的门都没摸着，就更甭谈什么"985"了。我宛如被扒光衣服，暴露在阿姨面前，何其瘦小和羸弱，一种深深的自卑感油然而生。我倒吸一口凉气，心理防线开始坍塌。但是，我又不想轻易放弃，抱着一丝侥幸继续表白道："阿姨，您家是招女婿，不是聘CEO，这样设定条件对号入座，不可能找到谢琪的意中人，更找不到像我这样死心塌地爱谢琪的人。"

"这个家是她爸说了算。她爸一向是说一不二，根本没有我们娘儿俩开口的份儿。"阿姨大倒苦水过后，直白地劝导道，"小吴，有一种爱叫放手。既然你真爱谢琪，为了谢琪，为了我们这个家，你就做一次牺牲吧。"说着说着，眼泪从她眼里奔涌而出。

女人的眼泪就是管用，融化了我心底残存的那点儿赌气的想法和抗争的意念。是的，握不住的沙，不如扬了它。谢琪是谁呀？她是大城市蜜罐里浸泡出来的傲娇公主，更有"暴发户"的家庭背景。而我自己呢？不过是从农村走出来的孩子而已，并且文凭不硬、地位不高、实力不济、前途不被看好，既无"肌肉"可秀，也无"佩剑"可亮，怎么高攀得起？怎么匹配得上？爱情固然美好，每个人都有追求的权利，但是，如果在追求之中不顾一切地去影响人家的家庭、伤害人家的亲情，那不是一种自私和无德吗？即便追求到了，一份不被认可、不被祝福的爱情又有什么意义？自卑、自怜、自叹、自省，一时间五味杂陈，我只能举白旗投降。我假装豁达地说："阿姨，我力争退出吧。"

"别打太极了，不是力争退出，而是必须退出，并且还要赶紧退出！"她的眼神凌厉，不容置疑地强求道。

我从小就比较淘气，听多了父亲要我这样、要我那样的话，导致我有些叛逆，听不得谁发号施令地命令我。再说我已经妥协了，有如一只"落水狗"，痛打过后，还要撵得远远的吗？我反之挑衅道："我不退出了，我要和谢琪长久好下去！"

"你这个人怎么出尔反尔？"她怒目而视，口不择言地骂道，"像个泼皮。"

我这一副身架、一身皮囊，靠的是谢琪的爱在支撑，而今这爱即将逝去，不等于是一具行尸走肉，我还有什么可顾忌的？为了空空躯壳里那丁点儿的自尊，为了给我苦情的人生抹上一缕快乐，我只能死缠烂打地当回无赖，黑色幽默一把。我一字一句地正告道："爱，是我的权利，你没有资格对我指手画脚！"

"不可理喻。"她气急败坏地剜了我一眼，急转走向大门，甩下一句话，"小心有人来收拾你！"

"我等着！"追着高跟鞋款款而去的声音，我大声叫道。吼过这"华阴老腔"一嗓后，我有些后悔了。如果我想挽救和谢琪的这份感情，为什么要在准岳母面前如此放肆、毫无教养呢？即便和这段感情拜拜，也不至于这样呀！也得表现出极富涵养的矜持和举重若轻的大度，让他们觉得，舍弃我这样的女婿，是一种错误。

时间过八点了，我慌不迭地走出门，坐电梯直到地下车库，唯有我那辆老旧的帕萨特孤零零地停在下面。这台车还是我姐淘汰给我的，她买了宝马，我就成了旧帕萨特的下家。我美其名曰有房有车，但房、车的购置与我没半毛钱关系，人家"啃老"，我是"靠姐"，想起来都让人羞赧。

我点燃发动机，系上安全带，反正是迟到了，也不在意那几分钟了。我拿出手机，拨出谢琪的号码，要先入为主地把今天和她妈妈的交锋情况给她通个气，然而，手机依然是关机，我很不甘心地又连续拨了 N 遍，听筒里总是那个女生毫无感情色彩的声音："您好，您拨打的用户已关机，请稍后再拨。"

难道她真的变心了？怎么会变得这么快呢？即便是"断交"也得事先"知会"一声呀！带着一脑子疑惑，我启动车，不紧不慢地往单位赶。八点多钟，正是上班高峰，各类小汽车如蚂蚁云集，密密麻麻不见头尾。我只能顺着车流，走一步停两步地像蜗牛一样爬行。

九点半钟到达单位，同事小朱抬起头，惊愕地责备道："你怎么偏偏今天迟到？会都开过了，又有三个人晋升主管。"论资历我晋升是十拿九稳的事，迟到一下应该不会有多大影响。我稳坐钓鱼台地问："除了我之外，还有哪两个晋升了？"小朱默着脸摇摇头，努嘴道："你去找梅经理吧，他在办公室等你咧。"

难道情况有变？我的心里咯噔一下，感觉到了一种异样。不可能啦，进公司五年，在这些客服代表中，我是当之无愧的"元老"。两年前，和我同进公司的另外两个人都升为主管了，我因为有几次迟到被拒之门外。去年，我也有升迁机会，但公司把唯一的一个升迁名额给了一个"官二代"，因为他为公司拉到了一笔两千万元的大单，加上我被客户投诉了一次，只能靠边站了。事不过三，就是排队也该轮到我了……

我带着一腔怒气来到梅经理的办公室。梅经理的做派像个"娘炮"，说话娘娘腔，打扮也很娘们儿，人家背地里叫他"梅姨"。我从心底里厌恶至极，但他毕竟是我的顶头上司，我得装出一副尊重的样子，压住火气问："梅经理，我想知道今年晋升主管的三人名单。""梅姨"岔开话题，软声软气地批评道："今天开会又迟到，怎么总是关键时刻掉链子？总公司的副总来了，就是我想让你晋升，总公司也不会答应啦。"看来这次又黄了，我心有不甘地问："没我的份儿，那么是哪三个人？""梅姨"站起身，扭扭腰，伴在我身边，拍拍我肩膀，轻言慢语道："王军、马亮和陈敏捷。"王军、马亮是晚我一年进的公司，晋升主管我可以接受，而陈敏捷是去年才进来的，他凭什么不到一年就捷足先登？我愤愤不平地诘问道："陈敏捷有啥资格晋升？"

"梅姨""哎哟——"一声过后，娘腔娘调道："你没参加早上的会议就不知道精神吧。根据总公司的要求，今年的晋升标准是按去年年度业绩完成情况来定，你刚好排在第四名，而陈敏捷高居首位咧。"

陈敏捷有个在某高校后勤当处长的爹，他利用这个关系为公司拉了多少活路，我能比吗？公司是一年一个新花样，变着法子来压制人。前不久，公司人事部的小田曾提醒过我，让我处理好与"梅姨"的关系，不要顶撞他，要主动讨好他。我不以为意地笑道："我做好自己的本分就行了，没必要曲意巴结奉承吧。"小田推心置腹地提醒我："你和我是从农村来的，没后台靠山、没社会资源，如果在处理人事关系上不精明一点儿，我们还能混得下去吗？告诉你，现在这个社会，身份歧视可厉害了。"这会儿想起来，小田一定是听到了什么话在给我暗示。其实我也知道，我们那一拨客服代表，大多是城里的孩子，家庭条件都不错，逢年过节时都喜欢给"梅姨"送点儿小礼，还有些家长时不时来公司请"梅姨"吃顿饭，顺带捎点儿当地土特产，那个关系处理得融洽着咧。而我父母连公司的门朝哪儿开都不知道。我呢？更是大傻瓜一个，木讷迟钝、桀骜不驯，当然就是这种结局。我不能就此服输，抗争似的质问道："公司的晋升标准应该相对统一，而你们一年一个标准，这不是在故意打压我吴光军吗？"

"你怎么能这样说呢？""梅姨"吞了一口冷涎，板起脸，训诫道，"如果你工作足够努力、表现足够优秀、业绩足够出彩，我们打压得住你吗？人呀，要多从主观上查找问题。"

哼！你们阴整老子，还要老子从主观上查找问题，真的让人憋屈死了。为了这份工作，老子起早贪黑，兢兢业业，不敢怠慢，辛辛苦苦干了四五年，依然在小职员的岗位上原地踏步，到了二十八九奔三十岁的年纪，却还要与新进来的大学生同处一窝，情何以堪？脸面放哪儿？越想越委屈，越想越愤怒，我抓起办公桌上的笔筒，狠狠地摔在地上，笔筒碎了一地，铅笔、圆珠笔散落四处。我咬着牙，怒不可遏道："姓梅的，老子除了来自农村，在你们眼里低人一等，找不出自身存在任何问题。告诉你，老子受够了，不同你们玩了！"说完，对着大惊失色的"梅姨"，我呸地吐出一口恶涎，然后扬长而去。

二

初春的太阳从厚厚的云层中偷偷地露出了半张脸，给"倒春寒"的天气增添了一丝暖意。我开着车，不停地按着喇叭，疯狂地向前行进。我急匆匆地找到谢琪的工作单位，同事说她请假了。在与她谈恋爱期间，我从来没进过她的家门，只是每次把她送到江汉关那里，而江汉关周边有多少楼盘、多少住房，要找到她家岂不是大海捞针？单位没了，我在这个大都市里什么都没了，只有她是我的唯一挂念。我把车停在一僻静处，在江汉关周边转悠起来。我像一个踩点的小偷，贼眉鼠眼、东张西望；更像一个无聊的闲人，漫无目标、东游西逛。在这滚滚人流之中，我抱着万分之一的侥幸，希望谢琪能够出现在我眼前……

然而，奇迹终究没有发生。

下午四点多钟，城市变得灰蒙蒙的，好像黄昏提前来临，起雾霾了，我的喉头发燥发痒，不自觉地咳嗽起来。人就是没这个福命，适应不了这种流行的大城市病。

我买了几个"庆丰包子"填饱肚子，拖着疲软的脚步，坐进小汽车，然后关紧车窗，驶向武昌。我要赶过去，正经工作没了，兼职工作得做，要挣钱活命、挣钱还贷。

车驶上长江二桥，手机响了，瞥一眼号码，是"优代驾"公司的。我心里瞬间流过一缕慰藉，是呀，上帝为你关了一扇门，却又迅速为你打开一扇窗，真是太及时了！我赶忙拿起电话接听，"吴先生，今天中午有客户投诉你昨晚服务不好、态度粗暴。根据合约，公司下午经研究决定解聘你。你交的定金，公司将通过微信支付的方式转入你手机。"

我的心宛若掉进"冻窖"之中，紧缩一团，寒凉如冰。

我无精打采地回到住处，洗也没洗便躺到床上。回想这一天，我是彻底地陷入了"费斯汀格法则"的怪圈之中，虽然没有控制好始发端的事情，我完全可以通过调整心态克制行为决定接下来发生的事情，但是，我没有做到，正可谓一步走错，步步跟错，满盘皆输。

我好比一个探险走失的驴友，身处大山之中，浑身疲惫，困在原地，不知何去何从。我没日没夜地奔波，尽其所能地工作，不知疲倦地耗蚀，我得到了什么？自由、快乐、幸福，似乎一样都没有。我曾经热爱阅读，每年至少要读十几本书，而现在的我，在急匆匆、忙乎乎中生活，一年一本书都不能读完。我对大千世界的了解就靠那一目十行的网上浏览，或者是当一闪而过的"标题党"。疏远了灵魂，让我的精神世界匮乏得有如一条干涸的小溪，好像一根蜿蜒而去飘向远方的枯藤。

其实，我的心里曾经冒出过一缕火苗，从春节那阵子就有了，只是像萤火虫滑行的轨迹一样，时亮时灭。

今年春节，我回老家过年，同村的几个发小聚在一块儿喝酒聊天。考上"三本"职业学院的赵志坤，从上学那阵子就开始在村里租地种葡萄，现在也有几百万元的身家了。他亲口透露，准备转让葡萄园，到县城去发展。

我还犹豫什么呢？在这大都市里，我都混成这等模样、这般尴尬了，还赖在这儿有意义吗？我为什么要在一棵树上吊死，不去开辟我新的战场？与其消极应对，不如主动出击！此时此刻，那缕火苗又跳跃起来，让我看到了一线生机。

然而，我又断然否定。因为，我无法面对我的父母，尤其是我的父亲。我的这份已经辞掉的工作是我的父亲给我找的。二十世纪七十年代初，当时管村叫大队，父亲是大队长。武汉有三名知青下放到我们村，父亲把三人安置在家里住下，让我祖母给他们做饭洗衣，专门照顾，对待他们亲如家人。三人返城后，一直与我家保持着密切联系。三人之中有一个叫张大川的，在2009年坐上了我所在的这家公司董事长的位置，我2011年毕业，父亲一生不曾求过人的，但为了给我找工作，破天荒地打电话求了张大川，张大川欣然接纳了我。上班之前，父亲千叮咛、万嘱咐，要我珍惜岗位，勤恳工作，努力上进。从小就受他"红色基因"的熏陶，"心灵鸡汤"被灌了不少，让我这个人很阳光向上。如若回家，父亲知道我辞掉了他给我找的工作，不打折我的腿才怪咧。父亲做了一生的村干部，当村支书当了一个大小伙子的年龄。能做这么长时间的村支书，秘诀就是听镇里的话，坚持原则、做事顶真，这样无形之中就得罪了不少人。时至今日，有的还在背地里诅咒父亲是"孤老"，"不得好死"，谩骂父亲"后代必遭报应"，等等。所以，父亲特别看重一双儿女能够考上大学，并且在大都市里立足、嫁娶，成为新都市人。一方面可以远离村落不与那些人为伍，另一方面，通过儿女在大城市里的幸福生活让那些诅咒的人闭嘴。如果我逃回老家，那不是在打父亲的脸吗？他能饶过我吗？虽然我已成年，但是父亲依然是我心中的"雷公"，让我感到惧怕和敬畏。

我不得不掐灭心中跳跃的那缕火苗，直面现实，赶紧起床，打开电脑，进入58同城招聘网，逐条逐条地阅读起来。我学的是工商管理，也就是那种万金油似的专业，稍微有点儿技术含量和专业知识的招聘都让我望而却步。因此，我从海量的招聘信息中遴选出三个，都是当场面试的。我制作了三份简历，并贴上照片，然后找出如何应聘的书翻了一阵。

第二天起了个大早，吃完早餐后，我就开车上路了，从住地赶到汉口古田路一家台资企业，已经超过十点了。我找到人事部，人事部经理在小会议室里接待了我。他一边看着我的简历，一边问了我几个问题，等我答完，他便站起身，彬彬有礼道："吴先生，如果公司需要，会给你打电话的。"我当然知道这是推托之词，便悻悻地回到车上，又开车往汉阳沌口赶。

在沌口的某科技公司，我吃了闭门羹，人事部部长告诉我他们公司已经招聘满员，连我的简历都不肯收。我赖着脸皮把简历塞给他，然后马不停蹄地赶往武昌庙山。

庙山的这家公司招聘的职位是行政管理和文秘服务，与我所学专业比较对口。我信心满满地敲开人事经理的门，恰好一个背着挎包的青年人从门里出来，和我擦肩而过。我向人事经理呈上简历并做了自我介绍，人事经理取下眼镜，瞪大眼睛细瞅我一眼，不无遗憾地告诉我："小吴，你来晚了一步，刚才出去的那个年轻人已经应聘上了这个职位。"我小声嘀咕道："怎么运气这么差呀？"人事经理从我眼里读出了焦急和失望，很是体谅地安慰道："小吴，把简历留这儿吧，如果需要候补，我们会通知你的。"人家友好地给了我一个"板凳"，我还有啥说的呢？谢一声后撤呗。

真倒霉，总是扬叉赶兔子——从叉里过，就没一桩让人悦心的事。我极其沮丧地走向停车场，感觉到天似乎要塌下来一样，又起雾霾了，灰蒙蒙一片。吸到这种空气，我就喉头发痒开始咳嗽。加之郁闷之火堵在喉管，让我出气不畅咳个不停。我扶着车门，弓着腰身，猛咳一声，人差点儿背过气去。

坐进车内，我取出水杯喝了一口水，平缓了一下胸腹，舒出一口长气，这才启动车。

既然这个城市对我没有半点儿友善，我为何还要对这个城市存有丝丝留恋？就像被撮合在一起谈情说爱的男女，感情基础不好、性格迥异，与其在一块儿毫无感觉、别别扭扭，不如尽早抽身、好说好散。哼！此处不留爷，自有留爷处！有什么了不起？人生有多种活法，不等于待在大都市是最适合我的活法，也许我的天地就在农村，那儿空气好、田土宽、门道广，旮旯缝里也能容我七尺之躯。

我从手机里翻出赵志坤的号码，拨过去，通了，打过哈哈后，我询问他在村里的那块葡萄园转出去没有。他告诉我有几个主子正在谈。我好像见到一个宝贝，生怕被别人抢走，赶紧要护在怀里，当机立断道："你也不必和别人谈了，看在老同学的份儿上，你就直接转给我吧。"赵志坤愕然道："你想好了，真要逃脱大都市，回归乡下？"我不容置疑地答复道："我已经做好决定了，等我两天，我来见你。"

挂断电话，我便赶回住地，整个屋里除了一张供我栖息的床，有如被大水冲过一般，寒碜得让人起鸡皮疙瘩。我掀开棉絮，看到房产证复印件和购房合同静静地躺在床板之上，它像一道护身符，默默地伴我一千多个夜晚，让我漂泊游荡的心有了些许的依靠，感受到一种大城市安身立命的踏实。然而，我接手赵志坤的葡萄园需要转让费，接手之后还要投入，只能出售它了。

我准备去找吴光生，他的房地产中介公司开在离我住地不远的珞喻路上。

吴光生与我同宗同祖，大我三岁，算是我刚出五服的本家哥哥。小时候在一起躲猫猫、丢片片还有些交集，之后读书错级便少了往来，但春节一定是要碰上的。在我的记忆中，光生哥风流倜傥、仪表堂堂，而他找的老婆像个"胖墩"，不仅是"二婚"，而且带了个"拖油瓶"，还比他长六岁。我边走边想，蛮替光生哥悲哀的。高中毕业那年，光生哥参加"验飞"，全部过关了，最后因为背上长有一个黄豆大的小肉瘤而被刷了下来。所以，他的身高和长相比很多男模都要气派标准。这两个人是怎么对上眼的呢？我真的是纳了闷了。两年多前，我受邀到华美达酒店三楼宴会厅参加光生哥的婚礼，那个场面呀，真把我震撼到了。光生哥的那些住在乡下的七大姑八大姨，只要能扯上关系的，都用豪华旅行车接到了婚礼现场，把一千平方米的宴会厅塞得满满当当。当又矮又胖又黑又老的新娘在四位漂亮高挑的伴娘的牵引之下走进来，和玉树临风的新郎官光生哥站在一块儿时，我是惊掉了下巴，百思不得其解呀。我坐在光生哥的乡下亲戚中间，从他们的言谈之中，才知晓了一些内幕。原来，在他俩结婚前两个多月，光生哥的父亲因尿毒症住院，亟须换肾，家里没有积蓄，只能指望光生哥，而光生哥大学毕业参加工作没几年，工资不高，哪来什么存款？在这人命关天的紧急时刻，身为光生哥公司总裁的新娘出手相救了，私人掏腰包五十万元给老人做了换肾手术，并在医院对老人陪伴照护，又出钱给二老在农村盖起了两层小洋楼，紧接着他们就"闪婚"了。这时我才如梦初醒、恍然大悟，原来是金钱战胜了爱情。

不可否认，光生哥用金色年华和美好青春换取了安逸舒适和坐享其成。这段婚姻彻底改变了光生哥的命运，不说一步登天，也算焕然一新。这种捷径走得有点儿像于连的味道，招致了很多人的羡慕，而我从心底里对这种不劳而获是不屑和鄙视的。在我看来，尽管大都市里鲜有我们农村孩子施展的天地，但是，广袤的农村自然有养育我们的水土呀，为什么要软弱地顺从、无耻地妥协？

进得门店，没见工作人员，只有光生哥一人坐在柜台后边看电脑。见到我，他起身拉我在旁边的椅子上坐下，问道："今天怎么有时间过来？"我从挎包里掏出房产资料，递给他。他接过资料，笑道："这么快就成气候了？准备卖掉小房换大房？"我摇摇头，极其平静地回答道："我要卖掉房子筹款。"他惊诧地问道："房子可是你在这座大都市里的立身之本，你疯了，谢琪知道这事吗？"我如实地告知："我与谢琪失联了，她家里人强烈反对我俩交往。"

大概听出了事情的来龙去脉，光生哥没有急于发话，而是站起身，从饮水机里倒了一杯热水，搁在我面前的茶几上，然后严肃地劝道："谢琪家有钱有势，人家反对你俩交往纯属正常。你应该坚持不懈，怎么能够遇到一点儿挫折就放弃，甚至还要卖掉房子呢？"

"人都是平等的，我为什么要低三下四地吃人家的'皱眉食'？"我不服气地正告道。

"你的所谓人的平等，只是作为个体在这个社会上的人头数量上的平等，但身份、地位、财富等能够平等吗？市长能和你平起平坐吗？马云能和你平等对话吗？"光生哥很是激愤，一连串地给了我几个诘问后，直截了当道，"像你我这种从农村考出来到大都市工作的孩子，就是低人一等。如果你想扭转命运，想咸鱼翻身，必须不走寻常路，必须与谢家联姻、同谢琪结婚！低声下气受点儿屈辱算得了什么？"

"我做不到。"我固执己见道，"我可不想成为别人眼中'吃软饭'的男人。"

刺到痛点了，光生哥拉下脸，站起身，训斥道："你说这种话，只能表明你浅薄幼稚、少不更事。"说完，他重新坐下来，苦口婆心地劝道："不是每个农村孩子都有你这种狗屎运，能够交到'富二代'的女朋友。要好好珍惜这种机会，不然，你只能在这个大都市里困兽犹斗、苦苦挣扎，永远没有出头之日。"

"光生哥，农村孩子也有春天。你应该看到，很多成功者都是从农村走出来的。"我特别强调道。

"那是从前，当时的身份差别、城乡差别、财富差别哪有现在这么大？每一代人的青春都不容易，但现今时代的青春期却拥有肉眼可见的艰难和'新三座大山'的压力。而今你给我走出一个来看看，只怕是凤毛麟角、万里挑一。"光生哥一针见血地总结道。

"你说得太过绝对啦，不是有句话叫'条条大道通罗马'吗？"我继续驳斥道。

"不错，'条条大道通罗马'，可人家就在罗马，你的终点就是人家的起点。如果不剑走偏锋、另辟蹊径，能追得上人家吗？永远不会！"光生哥极其武断地下结论道。

不得不承认，光生哥的话说得颇有道理，让我难以辩驳。但我不想就此认输，便问出了那个憋在心口许久的问题："光生哥，你幸福吗？"

光生哥咧开嘴角笑笑，拉开一副高高在上的架势，高调炫耀道："在这个城市里，我不仅有宽敞的住房，还有可靠的收入，更有发展的平台。幸福是每个人的感觉，你看我如此快乐开心……"说着，他故作优雅地扬了扬头，又随手拿出一个黑色真皮手夹，摊开，里面装的全是 VIP 卡，像一堵墙上全是镶嵌着的奖牌，让人眼花缭乱。真是厉害了，我的哥！

装！所有这些都是外在的东西，并且都是靠出卖色相出卖青春得来的，让我的心里充满鄙夷。从他的言行举止之中，我没有看出半点儿由内而外散发出来的那种轻松和快活，更让我对他的虚伪产生了一种怨愤。我索性单刀直入地追问："光生哥，你和嫂子在一块儿真心幸福吗？"

愣了一会儿，他回应："我们什么都不缺，有啥不幸福的？"也许觉察到自己的回答不太妥当，他赶紧重申，"我们相互爱恋，现在过得很幸福。"越描越黑过后，他继续阐释，"即便今后过得不幸福，对我而言，那也是暂时的。我处在这个平台，拥有了该拥有的，随时随地可以去追寻新的幸福。"

真是卑鄙，连后路都想好了，狐狸的尾巴终于暴露出来。我心里明镜似的，婚姻只是光生哥从城市的底层跃升到高层的"跳板"。他的灵魂已经不再纯正，人钻进钱眼里难以爬出。认清了他的面目后，我觉得没必要再与他争辩下去，主动转入正题："光生哥，我想托你们公司替我把房子卖了，回家乡做点儿事。"

"你已经冲动地丢掉工作、失去女朋友，现在又要冲动地卖房。能不能冷静一点儿？伯父伯母知道吗？"为了阻止我的行动，他只能扯出新的"话题"。

一时半会儿拎不清楚，我只能撒谎敷衍道："已经跟他们通过气了。"

他这才拿过房产资料及按揭合同，一边查看，一边喃喃自语："好端端的大城市不待，偏要跑回那屙屎不生蛆的乡下，迟早要后悔。"絮叨过后，他抬起头，问："你准备卖多少钱？"

"首付三十万元，还了三年多的按揭，我想按成本价给，卖三十八万元。"我实事求是道。

"我给你卖四十万元，发个卡号给我，明天给你打钱。"光生哥许诺道，接着拿出合同让我签。

我看都没看合同内容，便潇洒地签上我的大名，交给光生哥。

"明天挂到网上，过几天就有可能出售，你得随时来签字。"光生哥提醒道。

"今晚我就回老家了，后续事情交给你全权处理。"我大袖子一甩，托付道。

"我替你处理没问题，但你得签份委托书给我。"光生哥要求道，又拿出一份委托书递给我。

我毫不犹豫地签上自己的名字。

"走，哥请你上湖景吃大餐，为你壮行。"光生哥箍住我的肩背，豪爽地邀约道。

"不回家陪嫂子，不怕跪搓衣板啊？"我故意点醒。

"你嫂子新近开了一家'快贷小额投资贷款公司'，在江城挺有名气的，你应该听说过。她每天早出晚归，都忙疯了。"光生哥爆料道。

# 三

我把杂七杂八的东西往床中央集堆，然后用被单打成包裹。光生哥帮助我把包裹抬上车，塞进后备厢。我把房门钥匙交给光生哥，头也没回地开车走了。

泪水在我眼眶里打转，小汽车离城区越来越远，我对谢琪的思念却越来越浓……在上高速公路的当口，我差点儿掉头回去，但我狠下心来踩了一脚油门，加速驶进收费通道，没有退路，只能孤注前行了。

将近十点到达家门口，我泊好车，从后备厢中取出行李，打开大门，把行李往地上一扔，正在堂屋看电视的父母有些惊异。母亲赶紧走到我身边，抬起头望着我，小心翼翼地问："咋的了？"我没吱声，兀自清理着生活用品。一直坐着没动，像铁塔一样杵在椅子上的父亲终于开口问话："这不年不节的，你带这么多行李回来，准备久住沙家浜呀？"

我不敢藐视父亲的权威，那个农村支部书记坚持原则、秉公办事的严厉形象一直留存在我的心间，让我感到忌惮。我走到他身边，轻言轻语道："爸，我辞职了，打算回家乡来做点儿事。"

父亲的脸瞬间涨得像泼了猪血，他手拍桌子，厉声问："你把我给你找的工作辞了？"

我轻轻地点了点头，然后埋下头。

母亲赶紧关上窗户、拉紧窗帘，之后再走到父亲身边，小声劝和："孩子既然辞了，就算了。"

"放屁！"父亲唾沫喷了母亲一脸，吓得母亲躲到一旁，不敢再出一声，接着炮口对准我，"你这个不成器的东西，好端端的大城市不待，偏要跑回乡下。你这是要让老子在村里赊人丢脸，走不出门，气死家中啊。"

父亲处在气头上，我不敢接话，只能闷头当受气包，任由他发泄。

父亲站起身，背着手在堂屋里转了两圈后，喋喋不休地呵斥："你跟我在湾子里走一走，除了几个老弱病残，哪里还看得见一个正经人？人家是驾起飞机往外跑，你倒好，鬼迷心窍往苦海里钻。你是不是憋到了穴道、苕到了总筋？"

我偷眼瞅了一下父亲的脸色，比先前和缓了许多，便斗胆顶撞道："您不是最崇拜毛主席吗？他老人家说过，'农村是一个广阔的天地，在那里是可以大有作为的'。正因为农村没啥正经人，所以我回来可以'猴子称大王'呀。"

"你还'称大王'？你不成'泥王'就不错了。"父亲讽刺过后，有理有据地教训道，"种粮食、棉花不亏本算是好的，种蔬菜也卖不出什么好价钱，养鱼养猪，养啥跌啥。农村的情况都没弄清楚，你回来干什么？"

"爸，您说得都有道理。"我不能把他撩躁了，得顺毛抹，不然"雷公"发怒，打雷扯闪、狂风暴雨起来，我可经受不住。缓了一会儿，我谨言慎语道："农村这么大的天地，总有赚钱的门道吧。听说我们这片土地'富硒'……"

未待我说完，父亲打断我："什么富西富东的，那都是商家推销产品的噱头，亏你还读过大学，也跟着人家瞎起哄。"

"爸，要相信科学。"我特别强调道。

"儿子，我在这儿住了六十多年，还不知道这片土地的高低深浅吗？"父亲倚老卖老道。紧接着，父亲指着我，以命令的口气驱逐道，"昨天在哪里，明天就回到哪里去！不要跟我三心二意的，赶快再找一份工作，重新开始大城市生活。"

在父母眼里，大城市就比农村好，大城市的月亮比农村圆，大城市的钱比农村好赚。但是，他们哪里知道，城市也有弱势群体，城市也有穷人乞丐，城市也有底层人士，我就是其中一分子。除了呼吸那种污浊霾气让我时常犯咳嗽、令我身体不适，更重要的是，我文凭不高，身上又没啥特殊技能，只能拿那么一点儿可怜的工资，够吃饭不够还房贷，做兼职不仅遭人白眼、受人轻慢，还要熬夜苦守、累得半死。我当然知道，改变他们的观念非一朝一夕之事，我不能硬扛，只能打悲情牌："爸，我在那里生活很不习惯，很辛苦，很不舒服。"

"俗话说，人来世上就是受罪、找辛苦的，舒服是留给死人的。你说你年纪轻轻不辛苦，难道到老了再去辛苦不成？赶紧回去，努力工作，不要跟我浪费口舌！"父亲不为所动，继续沿着自己思绪的轨道，头也不回地勇往直前。

"爸！"我哀求道，"我不是害怕辛苦，也不是不想吃亏，只是我辛苦和吃亏换来的是不开心，没有半点儿幸福感可言。我都快三十岁了，我的人生路由我自己规划、自己做主行吗？"

"孩子既然在大城市生活不习惯、不快乐，就让他回来吧，难道要把他逼死不成？"一直逆来顺受、不敢忤逆父亲旨意的母亲听到我的倾诉之后，终于顶撞了父亲一次，总算为我解了围。

父亲没再往下说，只是长叹了一口气，无奈地摇了摇头，然后颤巍巍地站起身子，步履蹒跚地挪步走向房间。母亲倒了一杯热水，拿着"救心丸"，紧跟着走进房里。我的心突然颤动了一下，父亲患有严重的心脏病，做过两次"搭桥"手术，我这样没心没肺地顶撞，要是父亲过度激动，其后果不堪设想。我拿手狠狠地扇了自己一个嘴巴。

第二天，父母就"隐身"了，二老坐动车到上海我姐那儿去了。

父母急着出行，除了对我回归行为表示无声抗议之外，更为关键的是，二老要躲避村里人看到我回村后的闲言碎语。父亲当村干部那么多年，一生拿嘴说别人，哪容得下别人在背后指指点点？

我在心里暗暗发誓：一定要干出点儿名堂，不给父母抹黑，让那些小瞧我的人刮目相看。

我来到镇上，换了一个本地手机号码后，便找到赵志坤在镇上的家。见到我，赵志坤很是诧异，说你还真从大城市跑回乡下了。我笑着反问道，不欢迎啊？转而问他的葡萄园转出去没有。他说目前有两个人正在洽谈，一个开价三十八万元，一个开价三十七万元。我笑道，既然老同学回来了，你就转给老同学呗。赵志坤有些为难，说正因为是转给老同学才不好处理，价格转高了，我对不住你；价格转低了，我那女朋友融融不会答应。融融家在县城搞房地产开发，我这转让费是入股进去的。不然，我才不会傻不拉几地转出去咧，就这个小园子，每年稳稳当当可以赚个三十万元。哎哟，吓死宝宝了，三十万元啦，这可是我在城里工作七八年的收入咧。这个数字，让我心花怒放，更加坚定了全力拿下葡萄园的决心。

为了打消他的顾虑，我爽快地表态："你我是一块儿长大的同学和伙伴，关系铁得像一个脑壳，多一点儿、少一点儿有啥关系？你平心而论定一个价格，我绝不还价，立马付钱。"赵志坤沉吟地点了点头，顿了许久才开口道："亲兄弟，明算账。你一次性付清，一口价：三十二万元。"嘿，赵志坤如此大气爽快，一下子砍了四五万元，真的让我很为感动，但我不无担忧地问："你跟融融好交代吗？"他把手搭在我的肩膀上，声情并茂道："谁叫你是我的发小呢？"

这话听得我暖心透了。我没多犹豫地与赵志坤把转让合同签了，随即与他在葡萄园完成了财产交接，接着我俩赶到镇上，准备打款，可镇上没有建设银行的办事机构，只能往县城里赶。赵志坤订了动车票要出差，让我和他女朋友融融对接，把三十二万元钱打入融融的账户。

"换女朋友够勤便咧。"我玩笑着揶揄道。说这话我是有依据的，前年，他引给我看的女友是丽丽。去年他引给我看的是菲菲，并且去年他和菲菲到武汉去玩，我还接待过他俩，当时好像听说他俩"领证"了，只是没办酒席。在陪他俩游东湖时，我用手机给他俩拍了很多照片，我手机里还存有他俩撒狗粮的亲密辣眼照呢。怎么不到一年就离婚了？而且又交上新女友了？

"我和融融是真缘分。"赵志坤有些不自然地重申。

在建设银行营业部大厅，融融赶到，赵志坤离开。

和融融办完打款手续后，闲聊几句，又互留号码，便分头而去。

在返回葡萄园的路上，我满心欢喜，难以自持。多么划算的买卖，仅转让费一笔，我就赚了四五万元，就是拿生杨树棍抢劫，也不会来得这么快呀。欣喜之余，心里有点儿嫉妒赵志坤，这个不学无术、投机钻营的家伙，不仅生意场上顺风顺水，而且情场上也是左右逢源，换女友像换衣服一样，越换越漂亮，越换女方家的条件越好，凭什么呀？

我终于有了自己的"地盘"。

我把给赵志坤当了几年技术指导的方叔请到葡萄园，表达了我继续聘用他的想法，工资在原有基础上加了五百元。他很高兴地答应下来，接着问我转让费花了多少。我说三十二万元。他轻言慢语道："三十二万元的转让费不贵。但是——"说话怕转折，我吊着的心等着他的下文，可他收住没往下说，让我心里好像堵了似的，不那么舒畅。

可是一想到赵志坤给我说的每年可赚三十万元，我的心又活泛起来。为了印证这个数字是否属实，我请教道："根据以往的收成，我收购的这个葡萄园，每年可以收入多少？"方叔不假思索脱口而出道："如果管理得当，每年可赚三十万元以上。管理不好，也可赚个二十万元出头，只是这得建立在天时地利之上。"我的心往下一沉，急问："种葡萄还要天时地利？"方叔指指天空，又指指眼前一闪而过的飞虫，实话实说："水灾、虫灾都有可能导致绝收。其实，你不应该急于接手这片园子的。"方叔的话让我懵懂而不知所云，我刨根问底："为什么不该接手？"方叔知道自己说漏了嘴，赶紧更正道："我只是说你接手得过于匆忙了点儿，你对农村情况不熟，应该先做个调查了解。"

细细一想，方叔讲得的确有道理。我只是听了赵志坤的一面之词，受了三十万元利润的强力诱惑，对葡萄园的红黑没看清，情况没摸透，就手起刀落地作出决断，太冲动莽撞、急于求成了。反思过后，我沿着田埂围着整个葡萄园转了一圈。园子三面环绕白田，一面临着一条排灌渠——那河。站在窝棚前便可一眼看到，我的园子地势比其他田块要低半米左右，好像处在"盆底"。我听赵志坤讲过，这片地原来是水稻田，三年两渍，只能望天收，基本处于撂荒状态，在这种情况下才顺利集并土地，建起葡萄园。赵志坤经营的这几年，从没发生水渍内涝，所以赚了不少。

难道转让给我就发生天灾水患？我立马予以否定，口里喃喃道："不可能！"用我们农村人的话说，说话不能"破口"，否则就会应验成真。虽然自欺欺人地绕过去了，但心里总归留下了一片挥之不去的阴影。

木已成舟，过多纠缠只能徒添烦恼。我得重拾信心，往好的方面去看，朝好的结果去努力。

我给我和方叔进行了分工，我主外，而方叔管内。为了留住方叔的心，我怂恿他把老婆接到基地，反正这儿有个窝棚可以住人，园子平常也要雇请零工，让他们两口子在一起，既解决了两地分居问题，同时他俩晚上住在园子里可以替我守夜，还有，两个大男人的吃饭问题也得到了解决。

我跑了县工商局，办理了营业执照，抢注了"富硒蜜汁"的商标。我要让我的葡萄园师出有名，正式规范。我准备在葡萄园里开启"采摘体验行"活动，找一家专业公司设计了产品推介书，然后到电视台与他们预签了广告播出合同。最后，我跑了几家大型超市和水果批发市场，主要是向他们兜售我的产品推介书，同时也混个脸熟。我主打"富硒"牌，他们还是首次听说，所以听起来神情专注、饶有兴趣。

跑完这些，我的心里更有谱了。回到窝棚，我将我的思路讲给方叔听。方叔用心地听完后，先赞同了我的想法，紧接着跟我建议道："打'富硒'牌，种植纯天然、无污染的葡萄，这很好，但你必须在园子里打几口井，彻底解决水源问题。"

对呀，靠那河的水浇灌葡萄园，不可能种植出绿色环保的食品。枯水季节的那河，只有河底有半槽死水，像墨汁、像酱油，还发出阵阵异味。上游既有化工厂在偷排，又有养猪场在岔放，当然就被污染成这个样子了。我当即拍板道："方叔，您去找钻井队，打四口井，顺便把自动喷灌系统装起来。"

几天时间，井就打成了，自动喷灌系统正式投用。

一切进展似乎都很顺利，然而，有件事情却让我很是费神，方叔已经给我提过多次，我一直没有找到解决办法。按惯常，种葡萄每亩成本投入五千元左右，用于购置特制肥料和国外进口生物农药等。这些东西要拿钱去买，又不能赊欠。我算了一下，五十亩园子，少说也得投进去二十五万元。而我的卡上只剩下一个零头不到，还有二十万元的缺口到哪里去找？

首先我想到的是找姐开口，姐和姐夫都是做土木工程设计的，每年收入过百万元，借二十万元只算是小菜一碟，但我立刻打消了这个念头。因为我的父母住在他们那儿，听说我要借钱，不管我的理由说得何等充分，他们也会极力阻止。

接着我跑了镇上的农商银行，其实就是原来的农村信用合作社。叫信用社多好，老百姓倍感亲切，非要冠什么"农村商业银行"之名，让人感到一种赤裸裸的商品交易的味道。我找到负责农村小额贷款的王副主任，他问我拿什么抵押。我说我有一台09版的帕萨特，他讥笑只值五千元，可以抵贷两千元。我说我家有一幢两层小楼房。他问我房产证在哪儿？我说农村谁办这个东西？他说没证就不能办贷款了。临了，他提示我，去找村支部朱书记，告诉我村合作社有众筹资金，让我去试试看。我赶到村部，找到朱书记，面陈了我的想法，朱书记笑道，资金春上放出去了，如果你需要，只能列入明年的计划。

明年才有，今年这关怎么过？我急得团团转。

万般无奈之下，我硬着头皮，来到县城"一本万利"小额贷款公司，从信贷员口中得知，月息4分5，可以贷半年，利息在放贷时扣除，也就是贷二十万元，扣掉半年的息5.4万元，到手的只有14.6万元。贷款的手续挺方便，只需签一份合同即可。越发这样，我心里越是发虚，便打起了退堂鼓。我听人说过，高利贷是碰不得的东西，谁碰谁遭殃。但是，眼睁睁地看着葡萄园赚钱，不能断了这条财路呀。反正葡萄园有的是赚，只当是少赚了几万块，总比不投入一分也赚不到强吧。英雄到了穷途末路，只能麻着胆子赌一把了。我正要去办手续，负责人跟我说，你得找一个吃公家饭的人给你担个保，不然到时找你不着，我们有抓手。我家里在县城举目无亲，我又外出近十年，哪里认识吃公家饭的公务员呢？我像奄尾巴鸡似的走出了小额贷款公司。

蓦然间，我想到了光生哥，我那嫂子不是开"快贷"公司的吗？熟人好通融，找她贷款应该不用什么担保。我打通光生哥的电话，先汇报了我葡萄园的大致情况，接着详谈了我的思路和打算，最后才提到在嫂子的"快贷"公司贷款二十万元的想法。光生哥听完后，连声说好好好，自己创业就是好。接着问我贷多长时间。我说四个月。光生哥自作主张道："我替你嫂子做主了，贷你二十万元，月息4分5。你抽时间过来办个手续吧。"我没过脑子地随口推脱道："没必要吧，我有委托书在你那儿，你给我办好就得了，何必让我往返一趟？"光生哥戏谑道："老板没当几天，就开始使唤秘书了。行，我替你办好。扣掉四个月利息3.6万元，我给你卡上打16.4万元，两天以后你查收即可。"我饱含深情地叫道："你是我亲哥呀！"事情办得如此顺当，我又得意地哼起了汪峰的歌："我要飞得更高，飞得更高，狂风一样舞蹈，挣脱怀抱……"

# 四

县里在金诚大酒店召开"富硒农产品"发展研讨会，我作为回归大学生的创业代表有幸获邀。下午六点，我开车来到金诚大酒店报到领了资料，吃完自助餐后，直接回到房间，打开手提电脑，把明天在大会上作交流发言的材料反复看了几遍，对几个地方做了小小的改动，然后模仿大会发言的阵势，演练一遍，感觉超好。

看了一会儿电视，很觉无趣。关掉电视，准备睡觉，但怎么也睡不着，谢琪光彩照人的形象清晰而又执着地耸立在脑屏上，抹也抹不掉，赶也赶不走。虽然我们每个人心中都有一块橡皮，可以擦掉一些过往，但有些浓墨重彩的印记，怎么能擦得掉呢？

五年前，我读大四，谢琪读大一，同一个系、同一个专业。谢琪是那届系学生会的文体部部长，学校要组织篮球赛，谢琪负责系里组队，但召集起来的队员与其他系队打了几场友谊赛，无一胜绩。为了提升球队成绩，有人向她推荐了我。我虽然身高不足一米八，但身手敏捷、动作灵活，既有欧文的无解突破，又有库里的变态神准，曾是系里的主力控卫。从见面的那刻起，我们似乎就对上了眼。进入球队后，我格外卖力，为系里赢得了亚军。颁完奖，谢琪代表系里宴请了我们。散场后，我和她单独走到了一块儿。

她第一眼给人不是惊艳之美，但绝对是越看越好看、越品越有味道的那种。她很温顺，为人低调，没有半点儿大小姐脾气。她穿着普通平常，就像一个毫不显眼的邻家女孩。两年前的一个周末，我们看了场电影，散场后，她爸爸用奔驰车来接她去参加某项活动，我还误会她，在我的逼问之下，她才说出真相。先前，我一直与她商量，如何和双方家长见面？她总是应付我，让我不要着急、不要着急。后来知道她的身世后，我再也不催促见面之事了，倒是她宽慰我，让我给她点儿时间，由她慢慢做通父母的工作。她太乖顺、太孝敬，不敢直通通地摆明我和她的关系，因为她的父亲患有严重的心脑血管疾病。

我始终相信：谢琪没有变心，也不会变心。她关掉手机，一定是和她父母博弈的权宜之计，是一种不得已的无奈之举。她说的那句话："我是一个很传统的人，在我的潜意识里，第一次给了谁，我就要和他厮守到老！"仿佛就在昨天，依稀响在耳边。谢琪呀谢琪，你放下高贵的身段，与我卑微的躯体碰撞，让我这个农家子弟笼罩头顶的自卑心理一扫而去，你永远是我心中的女神！

思念好比一剂催情药，让我血脉偾张、无法自制。我拿过手机，在键盘上按出那串铭刻于心的 11 位数字的号码，大拇指触碰到了绿圆圈的拨出键上，只要轻轻一点，就能接通，但我收住了，按下删除键将这些数字一一删去。

既然选择分手，何不彻底了断？既然高尚一次，何不高尚到底？她只是划过心空的一片云彩，带给人的是那种美好的遐想，千万别指望她能春风化雨般浇灌心灵。

活在眼前，干在当下！把葡萄园经营好，手上有"粮"，心中不慌。像我这样出身于农村的孩子，不企望荣华富贵的生活，不追求奢华高档的消费，只想找个背景相仿、文凭相当、条件相应的女朋友，本本分分过小日子，应该不是一件难事。

我对实现这个小理想还是充满信心的。心放下了，人睡得很踏实。

两天的研讨会，使我眼界大开、见识大长。"富硒"这个东西，不仅是个"金字招牌"，简直就是棵"摇钱树"，我误打误撞地将我的葡萄园注册了"富硒蜜汁"商标，真还戳到了点子上，让我看到葡萄园的前景一片光明。

有的人提起开会就厌倦、就头疼，可像我，也许是天马行空、孤寂一人的时间久了，却渴望开会、渴望交流，尤其是有知名专家学者参加的研讨会，更是让我脑洞大开、受益匪浅。回归的这些天，我一直思考、反复琢磨一件事，那就是如何把我的葡萄园融进旅游，辅之以农家乐，再把村庄集并在周边，形成一种全新的综合发展模式？怎么理都未能理出个头绪，可专家学者们提出"田园综合体"的概念，一下子就把我的构想规范、准确地表述出来了，豁然开朗呀！让我的尝试有了目标，前行有了方向。

开会就是好呗，除了长见识，还能会朋友。我的高中同学黄斌所在的科技局就是这次会议的主办单位，高中毕业快十年，我俩鲜有往来，但这次会议让我们重新聚首。虽然他只是一个跑龙套的副股长，但那点儿小权力还是有的。会议结束后的晚餐，他把在县城工作的几个高中同班同学聚在一块儿，让我们小小地"腐败"了一回。黄斌请了七个同学，包括赵志坤，他因为有事要晚到一会儿，其余六个都是大学毕业后通过招考进的行政事业单位。自然而然，我这个"另类"成了饭桌上的"焦点"。听说我回到乡下种葡萄，当即就有人表示反对，说还是留在武汉好，在农村干不出什么名堂。也有人赞成我的逃离，引用了马云的话："人生有三把钥匙：接受、改变、离开。不能接受那就改变，不能改变那就离开。"两派观点针锋相对，难分伯仲。有人说，我们这拨"85后"的孩子大都是独生子女，没有兄弟姊妹，亏了吧。立刻有人接口道，这算什么？还有更亏的，读大学时少了补贴，毕业时自主择业，好单位、好工作都被早我们而生的学叔学婶、师哥师姐们占据了，留给我们的就业资源少之又少，在单位的晋升空间窄之又窄，挤压得我们喘不过气、立不住足。马上有人补充道，还有更亏的，当我们恋爱结婚时，房子是洛阳纸贵地俏，房价是铺天盖地般涨，我们没有能力购买，只能背负"啃老"一族的恶名。

有老可啃，是不幸之中的万幸，而我们这些农村出身的"穷二代"，只有树皮可啃。其中一个同学俏皮地调侃道。

不可否认，"出身农村"是一种烙印般的社会存在，成为贴在身上一道亮眼的"商标"，让很多农村孩子感到低人一等而自暴自弃。但是，我们有些人过多地放大了这种现象带来的后果，把它当成恋爱不成功、事业不顺利、工作不如意的借口和托词，继而产生怨恨而深陷其中无可解脱。打心眼儿里，我是很反感听到这种说辞的。一个时代有一个时代的挑战，但一个时代也有一个时代的机遇呀，怎么能够只看到挑战和艰难，而无视机遇和希望呢？成天不作努力、不去奋斗，只知悲叹时运、怨天尤人，怎么能有出息？怎么能够成功？我本想驳斥几句，但没说出口，我怕大家伙说我"装高尚""假正经"，成为他们的攻击目标。

好在赵志坤到了，瞬间成了宴会上的"主角"，点燃了全场。有人吆喝迟到要罚酒三杯。赵志坤二话不说，不动声色地自罚了三杯。那个派头呀，比好多富豪大亨都要深沉和持重。

同学之中有几个面临结婚准备买房的，他们很想从赵志坤这儿得到实信，求教地问，都说房价要跌，去年我们没买，谁知今年又涨了一千多。这房子到底什么时候买划算？

赵志坤拈了一小块鱼肉递进嘴里，咀嚼一阵后抿下，拿起湿毛巾，极其绅士地在嘴上沾了几下，高深莫测地笑了笑，斯文艾艾道："划不划算是相对的，而购买房子是绝对的。很多媒体鼓噪，房价要大跌，那是针对一、二线城市而言的。对我们小县城来说，房价本来就不高，刚需又旺，不涨才怪咧。所以呀，不要犹豫，该买就买，果断出手。"

几个人表示认同地点点头，可又拿不定主意，问："你跟我们推荐看看，买哪个楼盘好？"

赵志坤举贤不避亲地推介道："你们如果想买，就买我家开发的那个楼盘——'东诚花园'。"

真是大言不惭，还你家咧，是你准岳父家。怎么赵志坤给我的感觉越来越发泡、越来越不实诚呢？难道吃软饭的男人都是这么不害臊？

几个同学热烈回应道："好啊，你总得给我们优惠呗。"

什么同学会，竟然成了房交会。

赵志坤嘚瑟一阵后，潇洒表态道："只要买我家楼盘，每个平方优惠二百元。"接着大言不惭自吹自擂道:"去年我提议捂盘未卖,过了不到半年,房价飙涨一千多,我家那个盘,坐地起价赚了五千万元。"

五千万元,从"土豪"的嘴里说出来就像买一斤白菜,比我们数数字还要轻巧和顺溜,真的是让人羡慕嫉妒恨!

"五千万啦,你怎么会想到捂盘呢? 太神奇了。"几个同学惊呼道。

赵志坤很是得意地点点自己的脑袋,牛皮烘烘道:"凭我对大势的研判以及对县城房地产走势的预计,当然,还有第六感的先知先觉吧。"

虽然很不着调,令人讨厌,但还是让几个同学惊叹和崇拜。

会议结束后,我便全身心地投入到了葡萄园中。

为了避免一次性销售难题,延长游客的采摘时段,我提出了"错时分茬"的模式,得到了方叔的高度认可。十亩的夏黑葡萄六月上市,十五亩的金手指葡萄七月上市,二十五亩的藤稔葡萄八月上市。

刚进六月,在县电视台播出的广告效应立刻显现出来,不断有游人成群结队来到葡萄园采摘葡萄,留影拍照,园子里充满欢声笑语。

刚刚送走的一批客人,采摘了八十斤葡萄,交了八百元钱后,背着胜利的果实兴致勃勃而去。

在采摘者中,有些人把尖子上果实小的部分掐掉扔下,有的将整串葡萄摘下后,认为不理想,瞧瞧还有更中看的,就随意将成串的葡萄弃在园子里。方婶将这些残次品收到一块儿,在磅上一过,足足二十斤。方叔一边清洗葡萄,口里一边唠叨道:"这么好的葡萄,咋就这么扔掉了呢? 太不爱惜了。"方婶痛惜道:"又损失了二百元咧。"看到他俩这么巴家、这么心疼，我笑着劝说道："账不能这么算的。如果我们走批发，每斤卖六元，人家买去了八十斤，加上扔下的二十斤，共计一百斤，最多只能卖六百元，而我们现在光靠八十斤就卖了八百元，赚了吧。既然供人采摘，必定会有损耗。何况扔下的这二十斤也没糟蹋，方叔还能酿葡萄美酒咧。"两口子好像一下开窍了似的，应和道："也是的，也是的。"

闲暇之时，方婶就把我引进窝棚，递给我三炷香，让我拜神求佛。说实话，我是不大相信这个东西的。小时候，我经常看到我母亲背着我父亲进行这方面的迷信活动，当时没多在意，而今看到方婶为了我的葡萄园，专门去安宁寺请来一尊观音菩萨，着实让我感动。我点燃香，对着供在上方的菩萨像，先恭恭敬敬地鞠了三个躬，接着又奉香闭眼拜了三拜，然后轻轻把香插进香碗里。待我出来后，方婶跪在蒲团上，口中咕咕叽叽念念有词，让我想起儿时下马时的巫婆。

我坐在方叔身边，方叔跟我细心解释道："小吴呀，我堂客做的这件事，宁可信其有，不可信其无。礼多人不怪，周全总是好。你还真别说咧。这几个月来，气温适宜，风调雨顺，葡萄的坐果率高不说，还鲜少看到大小粒的问题。往年容易出现的什么黑疸、白粉、炭疽、霜霉、褐斑的病虫害，今年都没有高发频发，打一遍药水就够了。我堂客经常跟我说'佛法无边'，看来在你这儿挺灵验。"

"我觉得最主要的是您两口子把我的葡萄园当作自己的园子在打理、在经营。我只能说，大恩不言谢！"我情真意切地感激道。

"谢就见外了。"方叔掏心掏肺道，"你是一个好娃！虽然年纪轻轻，但你很有思想，还蛮大气。最主要的一点，你身上有一股正正的东西。逢上你这样的雇主，也是我们的福分。"

"你们把心血和汗水都洒在我的葡萄园里，我只能珍藏心中日后图报。"我真心实意地许诺道。

"其实我们全力帮你，也有一点儿小私心。"方叔敞开心扉实话实说道，"我们希望助你成功，把园子扩大，把农家乐办起来，成为一家农字号骨干企业，然后让我的二丫头回来，跟你打工。"

这哪是什么私心？这分明是做父母的一种良好愿望。方叔方婶不止一次地跟我讲过，他们的小女儿前年在职业学院毕业后，跑到武汉一家公司做前台，月工资不足三千元，光租房就花掉八百，剩余两千块钱吃饭、穿衣、买化妆品哪里够花？只能向父母伸手，但父母能资助的极其有限，根本填不满她的消费窟窿。在他们看来，这大城市是有钱人的世界，是官员们的舞台，是明星大腕的地盘，是原住居民的家园，本来就人山人海、人满为患，你一个农村小姑娘往那儿凑什么热闹？所以，他们不愿意女儿在那个环境中久待，不想看到女儿一天一天学坏，迫切希望把女儿弄回来，找个班上，谈个朋友，结婚生娃，履行完人生的每个步骤。但是，他们在县城没有关系，找不到接收单位，便把所有希望寄托在我的身上。没有比得到信任更让人欣慰的了。方叔、方婶不仅看好我的现在，更看好我的未来，我还能说什么呢？只能把这份信赖当作一种责任一种动力，把事业做大做强。我表态道："放心吧，方叔，只要今年收成到手，明年扩充园子后，我就把她招回来，专门负责电商这一块。"

方叔的脸笑得像九月的雏菊一般灿烂。

漫步在葡萄园里，穿行在葡萄架间，有一种无以言表的满足，顺手摘一粒色泽鲜嫩、颗粒饱满的葡萄放进嘴里，甜汁溢满口中、香甜沁入脾胃，让人感到生活是那般甜蜜、那般美好。

到六月中旬最后一天，夏黑葡萄这一茬已被游客采摘走两千多斤，我本想再挨几天，毕竟游客采摘利润大，但方叔、方婶很坚定地提醒道："进梅雨期了，不能再等了，联系几家超市，迅速走货。"

遵照方叔的吩咐，我赶紧联系到三家连锁超市的负责人，把他们请到园子里进行了实地参观，拉他们在县城"金源酒店"撮了一顿，又给每人派了一个红包。三位分头与我签订了销售协议。因为我冠有"富硒蜜汁"商标，我的葡萄每斤比周边别人家的批发价高了五毛钱。

仅用了两天时间，我们便把十亩地上的夏黑葡萄销售一空。方叔心里像甩掉一个包袱一样对我笑道："这下好了。"我也感到心里像卸掉一块大石头一样。

入梅的那天晚上，天气预报是小到中雨，可却下起了暴雨，俗称"竹竿雨"，哗啦哗啦平地起水。方叔和我穿上雨衣，扛上铁锹，一头冲进雨中。

挖通了临那河的几个出水口子，园子里的水往外狂泄，但大雨根本没有停歇之意，依然下得很猛，不多会儿园子里已满是积水。方叔果断地指挥道："我去安装水泵抽水，你赶紧到镇上老王农机店，再买一副水泵回来。"

我急忙开车驶到镇上，拍门打户地敲开老王农机店的门，买了一副水泵，迅速赶回园子，方叔很快将水泵装上。

雨持续下了五个多小时，一百多毫米，到后半夜才慢慢停歇下来。要不是河里、沟里是"空肚子"，这场雨足以让我的园子漫溢。多亏抢排及时，到第二天上午，园子里的水基本排空，所幸没有大碍，真的让我虚惊一场。

方婶跪在蒲团上，对着观音菩萨，虔诚地做着祷告。方叔则靠在床头打盹儿，他一夜未睡，应该小憩一会儿了。昨晚要不是他英明决断，现在可能还是水漫园子咧。

我靠在藤椅上，很木然，真切地感到创业不易！

福无双至，祸不单行！这场大雨过后，我的气还没喘匀，更大规模的暴雨接踵而至。江汉平原的"坨子雨"下到某个地方，那就是灾难，一下就是瓢泼桶倒，一下就是几个小时，一下就是连续几天。下得你睁不开眼睛、找不到办法，下得你无能为力、束手无策，下得你望"洋"兴叹、绝望至极。

一连下了五天，将近千毫米，我那低洼的园子早被淹得没了影儿，变成"看海"模式。窝棚里进了齐颈深的水，整个田地白茫茫、水渺渺一片。汉江处于汛期，水位很高，省防总为了保护大堤、保护大武汉安全，下令关闭了汉江堤上所有外排的闸口，闸口堵死了，垸子里的渍水只能靠太阳蒸发和小沟小渠慢慢向下渗。

# 五

等到我的园子出水，已经是半个月以后了。我踩着泥泞，脚步趔趄地走进园子，一眼而见满地的葡萄藤委屈地盘缠在一起，可以想到，它们曾经有过剧烈的挣扎。窝棚散架、四分五裂，唯有那尊菩萨扎在泥水之中，我扒出来，举在手上，声嘶力竭地质问道："你不是千手观音吗？你不是普度众生吗？你不是佛法无边吗？你是怎么保护我的？"我狠狠地将铜像扔向远处，栽进泥里。我抬头望天，乌云宛如一口铁锅反扣着，好像又要下雨，我破着喉咙叫嚣道："老天啊，你为什么不给我活路？"顿时，泪眼模糊。

"不是老天不给你活路，而是你自己没有找准活路。"多么熟悉的声音，似曾相识的腔调，难道这是幻觉吗？泪眼模糊之中，我分明看到父亲站在我的身边，那副宽厚的肩膀曾是我的依赖，我多么希望此时倚着这副肩膀靠一靠，可是，我又不敢。

父亲似乎看透了我的心思，他贴近我，把我拥在臂弯里，然后揭露道："光军，这事怪不得你，你是中了赵志坤的招，上了赵志坤的当呀。"

我抬眼望着父亲，渴望从他那儿得到真解。

父亲放开我，指着那块园子，细说原委："七年前，赵志坤选中这块'水袋子'种葡萄，谁都认为他是疯了，因为按历史惯例，这块地三年一小渍、五年一大淹，不可能出现好的收成。然而，赵志坤承包的这几年，没有出现一次水患。为此，他赚得盆满钵满。赵志坤是何等精明之人，他当然知道越往后，发生水灾的概率会越高。所以，去年，他开价二十万元要转让出去，结果没人接盘，老天眷顾他，又赚了一年钱。今年，他无论如何要把园子转让出去，毕竟是提心吊胆走钢丝呀，所以开价十万元，但无人问津。而你在头尾不知、情况不明的情况下，傻呵呵地接手，不出问题才怪咧。"

还有这等事？我不相信地问："赵志坤怎么会害我？"

"我曾经提醒过你，只是你没把我说的话听进去。"父亲直言道，话语中带有责备和不满。

父亲确实提醒过我。那是四年前的春节期间，我和李章明、赵志坤一道赴县城参加一个同学的婚礼，我不胜酒力喝多了酒后，在同学的吆喝之下去 KTV 唱歌，唱至中途，我克制不住几次想吐，陪唱小姐便给我揉身按摩，双方身体贴得很近，赵志坤趁机拍了一张照片，发到朋友圈。赵志坤的一个哥哥从朋友圈看到这张照片后，又转发到了他的朋友圈，还在村子里飞短流长地说我在县城玩小姐。流言传到我父亲耳朵里，父亲问我，我如实叙说了当时的情况，父亲严正提示我，别再和赵志坤走得太近，他们家的人都是不怀好意、阴毒刻薄的。我不以为然地为赵志坤开脱，其实他只是想开个玩笑，也不至于有什么恶意。父亲指着我的鼻尖斥责，你不听我的话总要吃大亏的。接着父亲讲述了我们两家的渊源。赵志坤的祖父曾经是村支书，因为私心重被老百姓告下台，镇里让父亲接手。赵志坤一家认为是父亲在背后捅阴刀子，所以总是和父亲对着干，经常写匿名信状告父亲。信寄到镇里，镇里不理睬，因为他们了解相信父亲。后来赵家就把信往省里寄、往中央寄，以致后来父亲成天就应付这种上级纪检部门的调查和核实。疲惫不堪，加之被告状搞得威信骤降，父亲索性辞职不干了。做了三十多年的村干部，当了将近二十年的村支书，被这种"莫须有"的告状搞垮，父亲的心里当然窝火，对赵家自然没留下什么好印象。

把这前前后后发生的事稍加联想形成链条，又想到刚刚接手时方叔吞吞吐吐的神色，似乎感觉到父亲说得在理。但我总认为这些都是前朝旧事，应该不会牵扯到我们这一辈。我宁愿把一个人往好里看，绝不把一个人往坏处想，依旧执迷不悟："我始终不相信赵志坤会害我。"

"四年前发生在你姐身上的事还记得吧？"父亲再次揪起往事，提醒道。

我当然记得。四年前姐和姐夫回我们家过春节，带回了两个小孩，一个是他俩亲生的儿子，还有一个是抱养的女孩，曾是一个弃婴。姐和姐夫是上海某国有建筑设计院的，都是副处级干部。他俩回去后，单位就收到了他俩"超生二胎"的举报信。那个时候，计生政策没放开，超生二孩可是要丢饭碗的。好在姐和姐夫抱养手续齐全，才没被追究。信是从老家寄去的，而在村子里，大家只知道姐和姐夫在上海工作，谁也不晓得他俩在哪个单位工作。恰恰在那个期间，赵志坤无意间问过我，说他的一个表弟在同济大学快毕业了准备找工作，想到我姐的单位去投简历，向我索要了我姐的工作单位及地址。

细细想来，赵家的确是处心积虑地实施着报复，见缝插针地设局陷害。真是太阴险毒辣啦！是可忍孰不可忍！

我狂奔到公路上，坐进驾驶位，开着车直闯住在镇上的赵志坤家。

赵志坤啊赵志坤，你就是人渣一个！老子真诚对你，从无二心，你却把祖辈仇怨转嫁到我辈身上，利用老子的无知，辱没老子的信任，欺骗老子的善良，坑掉老子六十多万元，并且染指高利贷，扯了一个大窟窿，让老子血本无归。老子绝不放过你！

我从后备厢里取出一根防卫钢管，跑到赵志坤家门口，狠劲儿地捶着门，只听见门板咚咚响，却没见人来开门。

我敞开喉咙，放大音量，撒泼怒骂道："赵志坤，你个畜生！"

门口蹲着两尊石狮，我抡起钢管，朝狮子的头部猛砸下去，"咣"一声，狮子一动不动，只留下一道白印，反弹的后坐力把我的虎口震破，鲜血直流。

像小丑一样大闹一通有何用？像赖皮一样耍泼骂街有何用？对赵志坤没有丝毫影响，他依然活得逍遥自在，你总不能一刀捅了他吧。再说，虽然他做过精心安排布局设阱，但你可以避而远之呀，你为什么还要冲动冒失、奋不顾身地往里跳呢？被卖了还帮人数钱。这都是教训，活生生、血淋淋的教训呀！对付这种小人，唯有以牙还牙、以血还血！

我终于让自己的情绪平复下来，拿出手机，翻出相册，找出赵志坤和菲菲去年在东湖游览时让我拍摄的亲昵照片，我在下边配上一段文字："志坤的前妻菲菲，现在哪里呢？"然后用短信发给了融融。你赵志坤不是想害老子吗？老子不害你，但老子可以检举揭发你!

霎时,我感到胸中一口恶气喷涌而出。仅仅一会儿,我就有些懊悔起来,赵志坤煞费苦心经营的人生宫殿也许会因为这张照片而崩塌,我做的是不是太出格了?但我立刻抹去了这种想法,因为我觉得我所做的一切属于"正当防卫"。

父亲和母亲正坐在堂屋里说闲话,见到我走进家门,父亲拉我在他身旁坐下,用慈爱的眼睛望着我,真切地鼓励道:"在哪里摔倒就在哪里爬起来。反正你把武汉的房子卖了,也回不去了,就在那块园子上从头再来。今年发了大水,难不成年年发水呀?我想好了,过几天我就带人在园子四周打土坝,把防水堤做好,总有赚钱的几个年份。"

这是我那"雷公"父亲吗?眼泪在眼眶里打转,我哽噎着说不出一句话。

母亲也把凳子搬到我身边坐下,牵住我的手,细声细气地透露:"刚才你方叔、方婶来过了,把你好好地夸奖了一通,劝我们一定要相信你,说按照你的思路走,葡萄园不仅能赚大钱,还会有大发展。两口子还表态,继续跟你打工,待有收成后再领工资。"

猝不及防的沉重一击,使我脑海里曾经冒出过放弃的念头,但父母的态度及方叔、方婶的支持让我重拾信心。冷静下来细细思量,虽然我的葡萄园遭受灭顶之灾,但那只是老天的恶作剧,并不是我选择种葡萄的创业之路出了什么差错,大方向是对的,我得继续走下去。只是二十万元的高利贷像磨盘压在我的头顶,让我不敢拿正眼面对他们。

看到我畏缩不前、没有态度的样子,父亲有些急了,颇为生气地激将道:"你当初回来时的那股子激情哪儿去了?怎么跌了一跤就爬不起来了?你这种熊样能够成事吗?"

不是的，不是的。我差点儿就说出那二十万元高利贷的事情，但话到嘴边，我硬生生地咽回去了。宁愿我一个人默默地扛，也不想年迈的父母为我担惊受怕。

接着，父亲用自己的切身经历和人生经验谆谆告诫道："我当村支书时，只要想干的事，没有干不成的，诀窍是什么？就是坚持！所以，你们年轻人做事，要沉下心来，要坚持去做，切切不可半途而废！钱的事你也不要过多操心，我与你妈商量过了，就是变卖这栋房子，也支持你把园子重新建起来。"

我终于抬起了头，和父亲的眼神交汇，接收到的是浓浓的温情和满满的期盼。

转眼就是七月底，到了还款期限，我主动打通光生哥的电话，报告了我的惨痛经历，希望他出面，给嫂子打声招呼，宽限十天半月的。我已经想好了，亲自到上海一趟，向姐夫打欠条借二十万元。不找我姐，是因为她资助我已经够多了，我再不能狗子舔簸箕——无遍数地找她，接受她的无偿支援。如果这二十万元再找她，她肯定会给我，只是姐夫知道了会怎么想？不能因为钱的事而影响他们夫妻的关系。不巧，姐夫最近一段时间被单位派到北京去参加一项国家项目的设计，七月中旬才能回沪，因而还款的事只能挪后几日。

光生哥不仅没有为难我，还给我支着儿道："你嫂子公司有专业催债队，那些人不好惹。你最近就换个手机号，不要让他们找上你。"我心里还是有些害怕，直言道："你给嫂子讲清楚，我又不是不还，只是宽限几日。"光生哥停顿须臾，实告道："我和你嫂子已经离婚了，在她那儿说不上话了。再说，在钱的问题上，你前嫂子是抹脸无情、油盐不进。所以，你一定得听我的话，保护好自己。"我很是无奈地挂了电话。

我又被迫更换了手机号。换就换呗，反正没有要紧的联系人，也没有不能断掉联络的生意要谈，心里只有一份牵挂——谢琪，从武汉回来后换了号码就再没了音信。要说必不可少的联系人，那就只有父母了，我把新号码发给了他们。

父亲主动请缨，把清理园子、整缮设施的事承揽下来，让我到外边去走一走、看一看，了解行情、寻找销路。我来到县城，在县里兴办的"电商服务中心"谋得一份临时工作，一方面赚点儿钱糊口，学习学习，给精神"充电"，让灵魂清净。同时，我要利用"互联网＋"的平台把我的"富硒蜜汁"品牌与周边千余亩的葡萄园推介出去。如果这条路走得好，我还可以扩大种植面积。最最渺小的我，却有大大的梦想。只要我将葡萄园规模做大，我就可以向"农业＋旅游"的模式转变，而一旦这个模式形成气候，就能够尝试着向"田园综合体"过渡了。

梦想，似乎很遥远，但确实挺美好。

当我处在无限的憧憬和莫名的兴奋之中时，却突然接到母亲的电话，她急慌慌地告诉我，父亲被两个人架着上了一辆白色面包车，往村口方向跑了，他们只留下一张字条。

我知道闯了大祸，立即放下手头的工作，开车赶回家里。

我接过母亲攥在手里的字条，看到上面写着簸箕大的八个字"赶快还贷，拿钱赎人"，下面是一串手机号码 1360711×××。我拿出手机对着这个号码拨过去，通了却无人接听。缓了一会儿，我再拨过去，通了还是没人接。我有些六神无主起来，瞬间想到了姐，打通姐的电话，向她如实报告了事件的经过。姐冷静地嘱咐道："钱是小事，我来筹。你给我再打电话央求那班人，爸身体不好，千万不要对爸有过分行为。"我答应过后便挂了电话，再重拨过去，通了依然无人接听。我便打开短信息发件箱，急慌慌地写道："我的父亲年近古稀，患有严重的高血压和心脏病，天气炎热，请你们切切照顾好我的父亲。我今天筹款，明天送钱赎人！吴光军。"发了过去。

第二天中午，姐和姐夫提着二十万元现金坐飞机从上海赶回了家。我立马打电话与那边联系，但电话关机。姐拿出手机拨通号码打过去，亦是关机。隔了一会儿，姐夫用自己的手机再次拨号过去，还是关机。

我的心里很是发慌，顿感无措。姐夫当机立断道："不能拖了，立刻报警！"姐姐望着我，我鸡啄米似的直点头。

姐有一高中同班同学姓董，在县公安局刑警大队做副大队长，姐把电话打过去，他正好在单位开会。我们三人赶到董队长办公室，把那张写有联系电话的字条交给他，并把相关情况跟他作了详细汇报。听完后，董队长承诺道："这个案子不难，我亲自上手。你们回去等消息吧。"

仅仅过了几天，我仿佛过了几年似的，一大早就跑到刑警大队门口守候。董队长刚走进大门，我便迎过去询问情况。董队长站着给我简单说了一下进展：队里派了两个人按照号码去武汉找人，结果查到户主是个八十多岁的老人，已于一个月前去世。两人便去找户主的儿子，儿子说，他父亲的手机是在弥留之际被盗走的，因为当时忙着办丧事，也就没有去销号。两个人到移动公司去查这个号码的通话记录，这一个多月时间里，竟然一条也没有。

"你们可以查白色面包车，去武汉找'快贷公司'。"我急不可耐地提醒道。

"我们是吃这碗饭的，知道该怎么办案。"董队长打断我，继而预告道，"老人家幸存的概率很小很小了，你们家得有一个思想准备。我们做过推演，因为老人家有高血压和心脏病，可能在被架上车后，因为激愤就出意外了。那班人肯定要拼命隐藏证据、毁尸灭迹。所以，厘清案情，锁定证据还需要些时日，你得多点儿耐心。"

我忍住泪水，转身而去。回到家，看见光生哥坐在屋里和我母亲拉家常。见到我，光生哥起身，把我拽到楼上的房间里，很是悲伤地说道："发生这种事，我也十分难过。那些追债公司的人，尽是些地痞、流氓、小混混，为人凶狠、手法毒辣。"

"再狠再毒也要查清真相，把他们绳之以法！"我咬牙切齿道。

光生哥看到我态度坚决、口气坚定，没有继续往下说，而是低着头，默想一阵，低声道："时间过了好几天，我估计伯父凶多吉少。"他看着我的脸，捕捉着我的表情，继而谨慎地试探道，"伯父六七十岁的人了，既然已经错了拐，何不换个思路？不要让公安介入追究下去，而是通过别的途径寻求赔偿。"

"私了？不可能！"我断然回绝道，"是不是有人找你了？"我从他的神色举止之中看出了一点儿小名堂。

"没有没有。"光生哥慌忙否定道，但他鬼鬼祟祟掩饰的尾巴还是被我抓住了，本身看他就气不打一处来，我揪住他的领口，厉声喝问道，"你是不是参与了绑架我的父亲？"

他用力拉开我的双手，极力澄清道："我绝对没有参与！"然后望着我，在我眼光的逼视下，他哭丧着脸，坦告道："但我做了件该死的事。你贷款时，我以你的名义向公司申贷了七十万元。"

哼！我那么信任你，直接把委托书写给你，你居然以我的名义虚贷五十万元，想黑前嫂子公司的钱，太下三烂了。如果你实事求是地上报我只贷了二十万元，前嫂子公司能兴师动众地追讨吗？我的父亲会被绑架吗？一切的一切，皆因你光生哥而起，我恶吼道："你就是害死我父亲的元凶！"

光生哥扑通一声跪在地上，左右开弓地扇了自己几个嘴巴，一把鼻涕一把泪地倾诉道："我们这些农村走出来的孩子，要想在大城市立足下来，容易吗？与你嫂子结婚，我确实是想走捷径，但我大错特错了。我们不是同一个世界的人，我在那个家里，不仅没有得到应有的尊重，而且所受的全是轻侮和屈辱。没有办法，我只能提出离婚，可他们却分文不给，要无情地将我扫地出门。我付出了美好的青春，我要得到补偿！我过惯了上流社会的生活，我只能铤而走险地去捞一把钱……"

"浑蛋！"我鄙视道，世界上怎么有这么无耻而不要脸的人？

"这个社会就是小人得志，浑蛋当道。"光生哥恬不知耻地喃喃道，接着抓住我的手，苦苦哀求道，"光军，看在我俩兄弟一场的情面上，别让警方追查下去了，我不能失去好不容易得到的金钱、荣耀和地位。只要你撤案，我立马让他们赔款，除了那二十万元不要你还之外，另外再赔偿五十万元。有了这笔钱，你就可以放心大胆地创业了。"

"人命能用钱换取吗？荒唐！我用父亲性命换来的钱创业，能心安理得吗？"我狠狠地甩开他的手，大声驱逐道，"你给我滚远点，我不想再看见你！等着蹲监狱、坐大牢吧。"

"坐不坐牢是我的命。"光生哥换了一副面孔，从乞求变为强势，带着威胁的口气道，"那帮人做事一向来无影去无踪，警方很难找到线索破解案情，别到时候'赔了父亲又折金'，落得个人财两空。"

"我只相信正义！"我高声回击道。

看到我神色严峻、态度坚决，没有半点儿松动的迹象，光生哥慢慢地站起身，垂着头慢吞吞地走到楼梯口，一只脚跨下台阶时，他回过头对我说："我还有件重要的事情要告诉你。"

陪他走下楼梯走到大门口，他告诉我："前几天谢琪专门来找我，我把你的新号码和老家的地址写给她了。"

光生哥突然给我透露这个信息，让我的心顿时软了一阵，差点儿就原谅他了，但一想到父亲失踪多日，生死未卜，我的心变得刚硬起来。临别之时，我友善地提醒道："光生哥，去投案自首吧，求个好态度。"

"胡说！"光生哥急赤白脸猛爆粗口道，"我才不会像个傻瓜去自投罗网，那就会像赵志坤一样疯掉，直接被送到精神病医院。"

"赵志坤疯了？"我讶异地问，真是三日不出门，不知天下事。

"是的。"光生哥肯定地点头过后，一五一十详说内情，让我知道了事情的真相：赵志坤有段"隐婚"历史，悄悄离婚后，又找了一个房地产老板的富家千金，谁知这段"隐婚史"被扒了出来。黄花闺女怎么会找二婚头？千金小姐怎能容忍欺骗？结果是女方毫不留情地一脚蹬了他。这人从天堂跌进地狱，受到强烈刺激，当然就要疯了。

这是上天对缺德之人的报应，活该！我的心里流过一阵复仇的快意。我旁敲侧击地有感而发道："光生哥，赵志坤的下场你也看到了，做人做事不能丧失底线。我们都是农家出身，都想脱掉土气，都想褪去农味，都想成为光鲜高贵的新都市人，但我们只能努力工作、积极争取，万万不可不择手段、偏执强求。生活该是什么样就是什么样，应该让它回归本真。"

"你不要跟我满口说教、大话连篇了。告诉你，只要得到了，我就不想失去！"他手一挥，斩钉截铁道。

光生哥不想失去，铁了心地要死扛到底，我能有什么办法？要叫醒一个装睡的人，几乎没有可能。望着他匆匆而去的背影，我想起了国外的一个寓言："一群人急匆匆地赶路，突然一个人停了下来，旁边的人很奇怪，问他为什么不走了？停下的人一笑，走得太快了，灵魂掉在了后边，我要等等他。"从赵志坤的疯到光生哥的走火入魔、违法犯案，是不是都走得太匆忙、太快速了？为什么不能停一停，等一等掉队的灵魂呢？我们到底从何而来，又因何而去？去哪儿呢？

时间在一天天逝去，父亲生还几近渺茫。姐把母亲接到上海家里，她每天打电话询问破案进展，邻里乡亲三三两两到家里来打探消息，让我变得很焦灼。我又跑到县刑警大队找董队长，他私下里跟我讲，案件已掌握重要证据，不日就可破案。听到这个消息，我终于透了一口长气，心中的负罪感略有减轻。

回到家里等消息的时候，方叔、方婶和村支部朱书记来了，朱书记递给我一张银行卡，情真意切地期许道："小吴，新时代需要像你这样有思想、有闯劲的新青年，这是我们支持你的五万元钱，希望你在'乡村振兴'中为我们走出一条新路！"

我抖抖索索接过银行卡，哽咽着说不出一句话。得知这五万元钱是村支部为我专项筹集，并且方叔、方婶用他们在村合作社的众筹本金给我做了抵押，我更感到责任在肩、压力巨大，我还等待什么呢？我得遵从父亲的教诲，挺起腰杆，把葡萄园重新盘起来。虽然初次创业失败，但怨不得天、怨不得地、怨不得别人，也并非我能力不济，而是我得为冲动莽撞付费买单，为轻信他人交笔学费。好在我还年轻，才二十八岁，年轻就是资本，有的是赶本扳回的时间。只要我精神与体格同在、灵魂与肉体同行，我的创业之路定会越走越好。

我住进葡萄园里，接着父亲的未竟工程，埋头不语地筑起土坝。汗水像蚯蚓爬满我的脸颊，浸透了我的衣衫，我抬起头，拿出毛巾擦拭一把，却蓦然看到谢琪和她的父亲站在我的眼前，仿佛从天而降，我以为身处梦境之中。谢琪见到我，拱在我的怀里，两只纤纤细手捏成两只棉花糖似的小拳轻轻捶打着我的胸脯："你让我找得好苦！你坏！你坏！"娇嗔的声音中饱含着对我不辞而别的责备，更有一种失而复得的欣喜。

我紧紧地把谢琪拥在怀里。

谢父把我拉到一边，悄悄告诉我："谢琪为了说服我，跟我磨了半年，做了好多工作。谢琪为了找到你，发了疯一样，只差没登'寻人启事'了。小吴，你可要珍惜呀！"

我鸡啄米似的直点头。

接着谢父高兴地宣布道："为了成全你们俩，我的投资准备转向，拟在'田园综合体建设'上先行一步。"

这真是个天大的好消息，我高兴得一时说不出话来。

我 的 "村 官" 生 涯

# 一

做梦也没想到，我会成为一名大学生村官。我家祖辈务农，好不容易在恢复高考后，父亲考上了当时的地区农校，吃上了商品粮，毕业后分配回镇里当了一名干部，一举跳脱"农"门，而偏偏在我这一代，又被打回原形。

村里新建的"党员群众服务中心"崭新气派，服务大厅大得有些空空荡荡，大理石铺成的"∪"形柜台，将大厅隔成内外，内面依次摆放着五张办公桌，桌上安放着电脑，第二张桌子就是我的办公场所。我的大部分工作就在这片"领地"展开。

我挪开按在鼠标器上的右手，从电脑屏上收回有些发胀的双眼，抬身而起，在大厅里转了一圈，然后立定窗前，眺望远方，满眼是油菜花盛开的原野，好一片金灿灿的世界，我心里顿时涌过一种错觉：我怎么会站在这里呢？

我们一同考上的那拨大学生村官，大多被任命为所在村的村委会副主任，虽然这可能是世界上最小最小的官，说出来都让人脸红，可毕竟还算得上个职务，有职得有责，村委会主任叫汪大顺，是村里的代理一把手，让我负责宣传和接待。说白了，我就干两件事：每天开三次"大喇叭"，镇上有领导来检查督办工作，帮忙端茶递水。当然，打杂和跑腿的事儿，也是承包给我的。村里的其他工作，汪主任都交给了各位副职，他们经验老到、驾轻就熟，抓顺了手，我一个刚刚入行的"菜鸟"，是插不进去的。再说，汪主任也不放心我接手这些工作，怕我出事，影响他"转正"。其实也不怪谁，要怪就怪我们同期进来的有些"村官"不争气，人家村里给我们分派了正正经经的重要工作，可我们初出茅庐，缺乏经验，不是把问题掰岔，就是把事情办砸，简单的工作搞复杂，闹出了许多笑话。村里的头头脑脑在一起开会，难免会闲扯起这些事，当笑话讲出来，汪主任当然听进去了，所以，坚定不移地让我固守"两大工作"。我成天和电脑泡在一起，闲得呀，快长霉生毛了。

我的眼睛望得滴血，巴望不得有个人来，可等了半天，也不见一个人影。我回到桌前，从抽屉里取出党史学习教育资料，摊开笔记本，手握钢笔，一边看学习资料，一边在本子上抄写。

驻村干部黄主任让我帮他抄了一本二十万字的学习笔记，我花了一个星期帮他抄完，他极为满意。过了几天，他又要我帮他抄一本，说是给镇里的常务副镇长抄的。我总觉得吧，有一种"代考"舞弊的嫌疑，心里曾有过一些排斥，可转而一想，闲着也是闲着，借此打发时光，不是挺好的事吗？何况，还能落个人情。

我专心致志地抄着笔记，寂寥的大厅里，只有钢笔尖掠过纸面"唰唰"的声音。抄了一会儿，我有意放慢进度，打算抄个十天半月，以免黄主任帮我再揽新活。

汪主任匆匆进屋，边走边叫道："王自强，跟我来一下。"

丢下钢笔，随他走进他的办公室。待我坐下，他很是和蔼地问我："来村里也有年把时间了吧？是不是感觉工作很平淡、很无趣？"

老铁扎心，直戳痛处，我鸡啄米似的直点头。

"今天上午，在书记点上举行了'美丽乡村'建设现场推进会，镇委要求我们村重启章家坮全域国土综合整治项目。"汪主任点燃一支烟，吐出一口烟雾，不紧不慢地通报道。

那可是难啃的"硬骨头"。我大致了解，这个项目两年前启动，只完成一大半便被叫停，原因是有个软硬不吃的"钉子户"——赵美英，不仅不肯搬迁，还请来记者捅出报道，项目被"腰斩"不说，县里还处分了包保这个项目的游副镇长，村里分管这块工作的胡副主任被撤职，动静闹得挺大。我心有余悸地叹息道："那个难度，可不一般哟。"

"难度肯定是有的。村里的几名干部，除你之外，都是老面孔，在赵美英那儿靠不拢边、说不上话。你可能听说过的，她完全把我们当敌人看待。"汪主任一边说着，一边观察着我的神色表情。

我躲过汪主任的目光，心里嘀咕开了，汪主任说这个话，不会是打我的主意吧？那可万万使不得。赵美英难缠，在方圆十里八乡，无人不知咧。她与村里的几名干部，关系敌对，几乎水火不容。先前，她与汪主任相处还算正常，可这几年，关系急转直下。尤其是去年，为项目还建房的质量问题，她去找书记县长告了一状，上面追责下来，负责项目建设的龙腾公司没被处理，却让汪主任莫名其妙地背了一个党内警告处分，理由是监管不力。为此，汪主任取消"代理"的事黄了，据说镇委连任命文件都拟好了，受了处分，不得不再延期一年。同时，他还被取消评先表模资格，在年底工资考评中，比别人少拿两千元。汪主任心里多少有些气恨，碰到赵美英，说了几句敲言搭语的话，赵美英狠狠地瞪了汪主任一眼，怒斥道："还建房是给老百姓住的，你是当家人，连质量都管不好，就该被追责。警告算轻的，应该是削职。"呛得汪主任无言以对。后来一次在村里开会，两人见面，汪主任主动跟她打招呼，她呸地吐出一口恶涎，喷向汪主任，让汪主任在千人百众面前颜面尽失，丢了大人。张会计是村里公认的"老好人"，可因为一次小小的疏忽，鬼使神差把赵美英卡上的钱搞少了几块，被赵美英发现后，没完没了地数落。赵美英除领低保，也领独生子女费以及失独家庭生活补贴，还领烈属抚恤金，每发一回钱，就要被赵美英"狂涮"一顿，以至于张会计都怕见赵美英的面，平时绕着她走。胡副主任是去年被撤职的大胡副主任的弟弟，赵美英对于小胡副主任接手哥哥的职务甚是反感，小胡副主任对哥哥因赵美英事件撤职深有怨怼，两个人鼻尖上都是气，根本坐不到一个板凳上。村里唯有妇联主任兼网格员黄敏可以和她说上两句话，可也说不到一块儿，聊不到点上，何况黄主任参加市委党校培训得半个月，暂时抽不出空来处理这件事。汪主任的眼睛还在盯着我，我当然明白他的想法。只是我一个新手，没有半点儿把握，怎么能出这个头、充这个愣呢？此刻，我只好装聋作哑、闭口不言。

汪主任显然经过深思熟虑，他紧开口、慢开言地安排道："项目亟待启动，只能换副面孔、换个思路，才能出奇制胜。你是新来的，与她没有什么交集，是最合适的人选。"

轻而易举，汪主任就把一副重担转嫁到我的肩上。泼给狗子都不吃的饭，却让我来咽，不是怕难吃，而是怕吃了消化不了。我毫无信心，又像是在问自己，也像是在问汪主任："你们都拿不下来，我能行吗？"

"要相信自己！"汪主任加油打气之后，殷殷提醒道，"赵美英这个人，以军烈属自居，总想出头充能。她不讲情面，不好相处，难以接近，就是我们农村土话说的，'桃树棍子鬼不缠'。但你也有优势：年轻，有闯劲，肯动脑子，丢得起脸，经得住磨。"

哪里谈得上什么优势？不过是汪主任诓我接手的说辞。我很想一口回绝，可不知道该说什么话显得委婉，而不致汪主任当面难堪。

汪主任一眼看穿了我的迟疑，不动声色地闲扯道："今天开会，我听说镇里要从你们这批大学生村官中选拔两个'模范村官'到机关工作，优先转岗当公务员。你父亲跟你提过这事吧，我认为，你还是挺有机会的。"

汪主任像指法娴熟的按摩大师，一指掐中了我的"死穴"，让我动弹不得。小人物的命运虽然掌握在别人手里，可自己也还有小小的操控余地。有一位大师说过，废掉一个人，最好是让他闲着。与其这样不死不活地闲散着，让自己慢慢成为废柴，还不如搏他一把。要是成功了，保不准能当上"模范村官"，到镇里工作的事就有戏了。经过权衡之后，我答应下来。

接受了任务，等于是在心头塞进了一个疙瘩蛋，挪挪躁躁的，再也平静不下来。去见赵美英之前，我必须摸清一个问题：她为什么不肯搬迁？问汪主任，他也没有说出个子丑寅卯来。

晚上，我来到还建新居，走访了几户赵美英曾经的邻居，提到赵美英，他们都有些躲闪和回避，不大愿意说这个人，我也不能强求。最后，我来到被撤职的大胡副主任家。听我说明来意，大胡副主任颇为冷淡，一副往事不堪回首的模样。但我连哄带求，最后他总算打开话匣子，向我吐槽道："这个赵美英，一边装疯，一边卖惨，阴险狡猾，让你防不胜防。那天她口头答应搬迁，所以我们组织推土机、挖掘机进场，谁知这个时候记者赶到了？当着记者的面，她手举农药瓶，装出一副要服毒自杀的样子……"

"她为什么不肯搬迁呢？"我刨根问底道，"搬迁过去的新居，明显比这边条件要好呀。"

琢磨片刻，大胡副主任道："她的儿子王自强在西部边防牺牲，她受到很大的刺激。她家的后房间，是她儿子住过的，她要保持原样。有一次，我去她家，不料撞见她在后房间里抱着一个小木盒，满脸是泪。"

小木盒？这我还是第一次听说。

一旦找到发泄口，大胡副主任变得有些滔滔不绝起来，"她老是制造麻烦，提的要求不近情理。村里人给她取了绰号，有人叫她'变态女魔'，有人叫她'绝情师太'，还有人叫她'怪异老孤'。这种人，不阻挠搬迁，还不正常哩。"

从汪主任、大胡副主任以及众多乡亲的口里，我没有听到关于赵美英的半个好字，这显然是个不好招惹的刁蛮老太婆。我心里完全没有底，不知道该怎样对付她。便虚心请教道："胡叔，汪主任让我接手赵美英搬迁的事，你有什么好的建议吗？"

"我在她面前已经碰得头破血流，能有什么办法？"大胡副主任敞开心怀、开诚布公地劝阻道，"你是一个'嘴上无毛'的外来人，我建议你不要蹚这趟浑水。赵美英这个刁民，你根本搞不定！"

我还没有上阵呢，怎么就断言我搞不定？对于大胡副主任的友情劝告，我不是那么爱听，刚刚告辞出门，大胡副主任追着屁股提醒我："赵美英略使阴招，就让我们这班做工作的人，丢官的丢官、受处分的受处分。你这个'初生牛犊'，纵然天不怕地不怕的，可千万别栽进去，把前途给毁了。"

天上布满繁星，原野飘来油菜花的馥香，迎着初夏的暖风，回想着今天走访的那些人所说的话，有一点我可以确定，赵美英家的后房间里肯定藏有什么秘密。还有一点，也让我颇为兴奋，她的儿子也叫王自强，居然与我同名同姓。难道我们之间，冥冥之中就有某种关联？

回到村部，走进二楼的单身宿舍，我一头倒在床上，摊开四肢，一种深深的孤独感弥漫在我的心头。我想起浅浅来，好久没有问候她了，也许她能给我带来安慰。

我拿过手机，点出"浅浅一笑"的微信头像，切换到"视频通话"功能，通了，许久却没人接听。

我把手机搁置一旁，正想安静地躺下，手机里却传来微信消息，是浅浅发过来的，冷冰冰的两个字："有事？"

哼！深夜十一点多了，还能有什么事？要是在以往，我会夺命连环套地电话追查。此时，我连吃醋的心思也没有了，更不想深究，只对等地回了两个字："你忙。"

浅浅与我是大学同学，爱情长跑了八年，正当我们谈婚论嫁时，变故发生，该死的疫情，不仅延误了我们的婚礼，更让我成为被 NG 酒店管理集团辞退的一员。下岗后，我申领了大学生创业贷十万元，又不费吹灰之力地从"花呗"网贷了十万元，办起了一家婚礼筹划公司。然而，时运不济，经营不善，半年不到，我便亏光了二十万元。催款电话扰得我心烦意乱、不得安生，走投无路之时，我只能向家里开口。父亲答应帮我还二十几万元的本息，却提出一个条件：报考公务员。当年的省考、国考均已考过，可市里的大学生村官招考正在报名之中。为了不耽搁时间，父亲让我先考"村官"，进入这个阵营再说。在父亲的强势干预下，我回家报名拿上准考证后，才得到那个存折本。

我之所以对父亲愤怒，就是因为他总想让我活成他希望的样子。我就是我，一朵不一样的焰火，为什么要照着他想的样子活？我好歹也是堂堂"211"大学本科毕业生。灰溜溜地从省城回到乡下，我的心情糟糕透了，脾气变得极差，见谁想怼谁。父亲看到我的态度，总是摆出一副说教者的架势，好为人师地跟我"上课"："先当一名小'村官'，接上地气；再到镇上做一名小干部，干点儿实在事；过点儿平平常常的小日子，心里踏实。这才是咱们老百姓的大幸福。"他用他的过往，诠释着简单而又平凡的幸福观。但是我的理想呢？我的前途呢？我的爱情呢？统统没了。与浅浅的差距逐渐拉开，她现在是国外某化妆品公司的销售白领，拿年薪，而我每月三千块钱，一千五由镇里发，一千五由县委组织部发，加起来不及她的零头。自卑是爱情的分离剂，距离和异地，更是打败爱情的一大杀器。

# 二

早上起床，头有些沉，我用电饭煲煮了半锅面条，把肚子搞得饱饱的，下到一楼大厅，坐在办公桌前，继续抄起笔记。等汪主任上班后，我跟他打了一声招呼，然后前往章家垰全域国土综合整治项目现场。

章家垰曾是一自然村屯，东西长约三百米，南边、北边都是河塘。村庄拆迁后，用高台上的土填塞前后的河塘，可以整治出两百多亩农田，拿到"土地增减挂钩"的网上交易平台，每亩可以得到六十万元左右的收益，刨开安置老百姓的费用及整治开支，县里、镇里可以纯赚六千多万元。

进章家垰的路，行人稀少，略显荒凉，路边野蒿丛生，藤蔓蔽天。我深一脚浅一脚地踏行在凹凸不平的路上，好像穿行在人迹罕至的密林。走近高台，但见一幢两间砖瓦结构的平房，孤零零的，灰暗而破败。

爬上台坡，缓步靠近大门，我迟疑地向堂屋里张望一眼，看到一名五十多岁的女人坐在桌边，手持梭针，织着渔网。屋子里有小半边堆放着织好的渔网。想必她就是赵美英了，与我父母差不多的

147

年岁。一条老狗前腿撑地，蹲在她的旁边，有些虎视眈眈地瞧着我，像一尊守护神。小时候，我被狗追咬过，咬伤后还打过破伤风针，所以对狗深含惧怯。我鼓起勇气，跨过门槛，展开笑颜，叫道："赵姨。"

赵美英头也没抬，问："你是——"

我乖乖帖帖地回答道："我是村里的大学生村官。"

赵美英继续忙着手中的活计，冷冷地问："你来找我干什么？"

"我来——我来——"我吞吞吐吐起来，预先设计好的能够倒背如流的台词，一句也没说出口。

"看你这做贼心虚的样。"赵美英一脸鄙视地爆粗道，"有话就说，有屁快放！"

士气被她打压下去许多，我调整一下呼吸，语调怯怯地表明来意："赵姨，我来找您谈搬迁的。"

"别的话可以讲，搬迁这事没的谈！"赵美英一口回绝，没留半点儿余地。

"其实搬迁到新居，那里的条件、环境都要比这儿强。"我小心翼翼地做着争取。

"金窝银窝，比不上我这穷窝。"赵美英停下手中的活路，凄怨地望了我一眼，用祥林嫂一样的腔调，道，"我要守在这儿，等着我家自强回来。"

她是不是犯迷糊了？我毫不犹豫地戳破道："赵姨，自强已经为国捐躯，再也回不来了。"

"胡嚼！"赵美英忽地站起来，嘴唇发抖，眼里溢满愤恨，她指着门口，歇斯底里地驱赶道，"滚！滚！滚得越远越好！"

我被她的过激反应吓着了，正不知所措之时，那只老狗看到了主人的态度，立刻起身，汪汪两声，窜到我的腿边。我退缩一步，它跟进一步，一副凶恶的样子，眼看它就要下口了，情急之下，我使出蛮力，飞起一脚，老狗被踢到墙壁，弹回在地上，像摊烂泥趴着，没了声息。

赵美英先是疑惑地瞧我一眼，继而仇视地盯着我："没有想到你们当干部的，都这么狠心和绝情！"说完，她弓下身子，抱起老狗，像抱着襁褓中的婴儿，号啕大哭道，"黄黄，你跟了我十年，千万不要撇下我呀。"边说，边抱着黄黄冲出了大门。

我无比沮丧地回到村部，坐在电脑桌前，心神难宁，啥也没看进去，眼前晃动的是那只瘫在地上的老狗。

我万万没想到会闹出这么大的豁子。下午，镇里的徐组委打来电话，让我到他的办公室。我忐忑不安地走进门，徐组委劈头盖脸地批评道："王自强，长本事了，撩谁不好，却要捅赵美英这个马蜂窝。她一直以来，对镇里有成见、对当干部的有看法，你怎么能够踢死她的宝贝狗呢？你这是伸着指头被人咬，自找麻烦。"

"徐组委，我不是故意的。"我申辩道。

"你没有主观故意，却造成了客观伤害。赵美英是烈属，极不好惹，也不好缠。她要是疯里疯气地闹到县里，不仅你死定了，连书记、镇长都要受到牵连。你还是快点儿想办法补救吧。不然，你这'村官'——"徐组委后边的话没有说出来，可我听出来了，无非就是补救不成，我的"村官"生涯就此结束。

我实在想不出能用什么办法进行补救。只能硬声硬气地质问道："一条老狗，顶得上我这份工作吗？"

"你是没有领教她的厉害。"徐组委压住火气，明确告知我，"凡是被她告到县里的人，没谁能落得个好下场。"

"她的狗要咬我，我踢它，是正当防卫。我有什么错？"有啥法子，我只能强词夺理。其实，我们这些大学生村官，小命都捏在徐组委的手里，按说是不该顶撞他的，可年轻人的脾气上来，也由不得自己了。

"你还有道理了是不是？"徐组委用手指点着我，厉声呵斥道，"对老百姓的宠物狗都那么狠心，对老百姓能有什么阶级感情？你根本不配当一名'村官'！"

不配就不配，有什么大不了的？老子早就不想干了！心里这么想着，正在思考如何回击，恰巧我的父亲走了进来，他忙不迭地跟徐组委赔小心："组委别生气，我家自强不明事理，您千万别往心里去。"接着硬气地表态道，"我们会想办法努力补救，争取得到赵美英的谅解。"说完，父亲拽着我，走出了徐组委的办公室，我生气地甩开了他的手。

父亲兀自走在前边，我低头跟在后面，心里突然冒出一个大胆的想法：就坡下驴辞掉"村官"，时机正当呀。哪里的黄土不埋人？老子何苦要窝在这穷乡僻壤，干这不尴不尬的工作，每月领三千元工资，不仅养活不了自己，还处处受他妈的窝囊气！

暗暗下定了决心，双脚刚刚迈出镇政府大院的大门，我突然转过身，父亲见状，回头问我干什么去。我怒气冲冲地回答道："找徐组委辞职去！"

父亲掉过身子，奔到我的前面，拦住我的去路，低声道："跟我回去！"

我再也控制不住，对他的不满、怨恨像洪水袭来，汹涌爆发道："我不回去！我再也不想听你那骗人的大道理。"

父亲虽是个小干部，却把颜面看得比啥都重，他瞅了瞅四周，看到有人在窥视，连忙语气短促地发令道："有事回家去说！"

我从未见过父亲如此窘迫，心里流过一阵快意，可看到他血压高得离谱的脸，赤红赤红，还有他注视我的目光中，关切里隐含着失望，顿时，我的心软下来。我驯服地吊在他的身后，向家里走去，就像小时候，我在外边淘气，闯祸了，他领我回家一样。

母亲烧好了晚饭，看到我回家，脸上充满惊喜，她盛好米饭、摆好筷子，一家三口围坐在桌边，埋头吃饭，没吭一声。我最先放下碗筷，语气平和地宣布道："我想好了，辞职。"

母亲惊愕地张了一下口，没有发表意见，家里的主张都是父亲拿，他舀了一碗汤，喝完之后，抹了下嘴，支起双肘，语气平和，一连三问道："你辞职了，你留下的屁股谁来擦？你拖枪而逃，人家给你的评语怎么写？辞职容易，一时半会儿到哪里去找你自以为悦意的工作？"

父亲问的几个问题都是我未曾考虑过的，但我懒得想那么多、那么远，我只想逃离这个现实，便祈求道："王刚成同志，你就不要逼我了。"接着，我由着性子挑筋、揭短道，"我不想看到四十年后成为你现在的样子，我更不想像你一样，窝窝囊囊地在镇上当一辈子小干部。"

父亲的脸因为受到我的话语刺激而变得血红，他猛地起身，气哼哼地走出大门，散心去了。

看到父亲被气走，母亲坐到我的对面，小声辩解道："你爸在镇里干了四十年，虽然没有当上镇领导，但党组织每年都评选他当先进、做模范，给了他所有的荣誉，活得一点儿也不窝囊。再说，他有多次被提拔的机会，只是运气不好罢了。最后一次，在他当计生办主任时，一个育龄妇女要超生二胎东躲西藏，为了执行国策，你爸带人把她找出来强行拉到医院做了处理。女人不服气，在提拔的公示期内，到县里告他动手动脚，最终又与提拔无缘。"

看到我没吱声，母亲继续透露道："那个到县里告你父亲状的女人，就是你现在正在接触的赵美英。"

母亲十分平淡地说出这个名字，却带给我一种石破天惊的震撼。惊悚之余，心头陡然萌生了几许挑战的斗志，辞职的念头暂时压下去了。

仅过了一会儿，就有街坊抱着一条小狗进了门，我细细一瞅，居然跟我踢死的那条狗长得差不多。来人自称姓高，是镇上宠物店的老板，从别人的口中得知，父亲在寻找一条与赵美英的狗同类型的狗狗，便在自家店里找出一条，是只母的，亲自送上门来。

高老板要把抱在怀里的小狗递给我，我赶忙躲开，起了一身鸡皮疙瘩。高老板放下小狗，将拴狗绳交给我，悉心交代道："这种柯基系列的小狗，眼光初看有些凶，其实它们本性很友善，一般情况下，它们是不会攻击人的。这只幼犬叫欢欢，你只要对它好，它立刻会成为你忠实的朋友。"

我这才知道，被我踢死的狗属柯基类犬。站在地上的欢欢，抬着头，有些怯生地望着我。与它的目光对接，我没看到敌意，却是那种萌萌的纯真。我终于放下戒备，敢正视它的目光了。

按照高老板的交代，我削了一个苹果，切成块状，从冰箱里拿出两根胡萝卜，削成丝条，然后装入盘中，放置在它跟前。它望着我，友善的眼里似乎蕴含着感谢的光芒，继而低下头，叽叽咕咕地吃起来。

睡觉之前，我把它牵到房门口，随口命令道："蹲着！"像受过训练似的，它极其驯善地屁股着地，后腿放平，前腿直撑，蹲在房门口，眼睛一眨不眨地望着我。

我躺在床上，蜷曲着身子，斜眼望着它。睡意袭来，一阵迷糊过去，竟然睡到大天亮。当我睁开惺忪的双眼，看到它依然那个姿势、那种神态蹲在那儿，纹丝没动，像一尊铜制的门神。

我翻身起床，走到它的跟前，弓下身子，试探着把手伸向它的头，在接近头毛的刹那，我的手突然缩了回来，再看它的眼里，露出的是被怜爱的渴望。我的手抖抖索索地触摸到它的头毛，一种柔茸茸、暖融融的感觉油然而生，它竟然撒娇般地向我吐了吐舌头。

吃过早饭，我将欢欢搁置在摩托车的踏板上，骑车来到村部，停好摩托，我牵着欢欢，一路小跑地赶往章家垱，赫然而见进出路的两旁，蒿草被砍，藤蔓被除，路显得宽敞了许多。正在纳闷之际，父亲拿着镰刀来到我面前，看到他浑身被汗水湿透，我毫不领情地责备道："这个湾里只住着一个人，并且这个人即将搬离，你是有力无处使了吧，硬要来做这种无用功。"

"我就知道，你看不上做这种事情。"父亲似乎早有所料，他没有理会我的态度，自顾自地唠叨道，"既然答应徐组委进行补救，就得拿出实际行动。与其磨破嘴皮跟她赔礼道歉，不如做点儿对她有益的事情……"

我不耐烦地打断他："割个草、砍个蒿就对她有益了？我看你是多此一举。"我头也没回，领着欢欢，来到赵美英家门口，但见大门紧闭，铜锁高悬。我和欢欢在门口逗留了一小会儿，没见人影，便折返而归。

吃过午饭，我又跑了一趟，无功而返。

# 三

早上，和欢欢来到赵美英家门口，依然是铜锁把门，凑近细看，我昨晚设置在门环上的小树棍已经不在原位，说明她昨晚回家住过，只是赶早又出去了。

她像一个神秘侠女，早出晚归的，到底在干什么呢？受好奇心驱使，我隔天早上五点多钟就领着欢欢来到赵美英家门口，大门紧闭，却没见铜锁。我转到屋边，看到一间临时搭建的窝棚，里面传出"喵""喵""喵"的叫声，便走过去，赫然十几双绿亮绿亮的眼睛望着我。我的心咯噔一下，她竟然收养了这么多的流浪猫！

天色大亮，听到拉开门闩的声音，我赶紧回到门口，看到赵美英头发蓬乱、面色微肿。她满眼惊诧地看了我一眼，我赶紧说明来意："赵姨，我找到了一条与黄黄一样可爱的小狗，名叫欢欢。"说完，我将拴狗绳递了过去。她看了一眼欢欢，稍作迟疑后，接过绳头，面无表情道："欢欢我收下了，你走吧。"

千辛万苦，好不容易直面当事人，我当然希望跟她说上几句话，可越急越不来事，口里像含了个咸萝卜，嗫嚅地都不知道自己说了些什么。

我重整旗鼓，端正口齿道："赵姨，我还是想与您谈一谈搬迁的事。"

"你一个大学生村官，情况不熟悉，说话也不能作数，又不能表态——"她目中无人地诘问道，"你跟我谈什么？"

"您有什么想法，我帮您带回去。"我努力挤出笑容，奉承道。

"脱裤子放屁。"她白了我一眼，厉声警告道，"你不要得寸进尺了。算你有心，给我把进出路两边的杂草藤蔓清除干净，让我的自强回家时不会迷路。所以，我才没有去找书记、县长反映你的问题。不然，你早就死翘翘了。"

父亲不愧是从农村摸爬滚打出来的"老拐子"，小处着眼，直击要害，一招必杀。我错怪他了。既然父亲为我赢得了机会，那就不能浪费，我满脸堆笑地叫道："赵姨——"

话未出口，她放声驱逐道："滚！再不滚我就到门角拿冲担捣了。"

长这么大，我何曾受过这种欺侮？我好想冲她恶吼一通，以解心头之恨，可父亲的话犹在耳边，浇灭了我噌噌上冒的冲动。我暗自思忖，她如此抗拒，是不是对我有什么误解？反正都来了，索性赖着脸皮弄个明白，我低声下气道："赵姨，不用您赶，我一会儿就滚得远远的。只是我奉命而来，总得弄清楚原因吧。"

"想找原因？"她一边说，一边引我走向后门，拉开门闩，气呼呼道，"睁开你的两只牛卵子，看清楚啦！"

后门槛边，是一堆稻草燃烧过的黑灰，后门下边，也被烧得黑乎乎的，从现场来看，明显是有人纵火。我赶紧撇清道："这是违法犯罪，我可没干。"

"你没干，但绝对是你们的人干的。"她武断地作出结论，继而破口大骂道，"狗杂种养的，黑心烂肝，想一把火烧死老娘，做梦去吧！"

"您还是报个案吧，让警察来查。"我建议道，希望能够查个明白，不想沾上丁点儿嫌疑。

"屁用都没有。"她一口否决道，"无头无绪，又没造成什么恶果，警察来了，哼哼哈哈几句，走个过场而已。我的事情我自己解决，你给我滚远点儿，我不想再见到你。"

她处在气头上，继续说下去，只会增加对立。我低垂着头，快奄奄地走下高坡，再度回眸，看到欢欢眼露怜爱地望着我。

刚刚与她靠近一点儿，却又出现这种事，接下来的工作该如何去做？我很是迷惘。启动摩托车，准备骑回村部，向汪主任举白旗认输。转而一想，我接手这件工作，连门儿都没摸到，就这样半途缴械，是不是太轻率、太无能了？至少要弄清楚，她与谁结仇了？是谁在背后纵火？另外，这个老婆子，神龙见首不见尾的，干着什么见不得光的事？这样想着，我就把摩托车藏到隐秘处，坐等赵美英出来。

　　一刻钟后，赵美英左手牵着欢欢，右手托着腰，略显蹒跚地走出来了，直接上了前往集镇的那条大道。我远远地吊着线，骑着摩托车，慢慢地尾随其后。走了一段，她在丁字路口左拐，往华湾村方向去了。又前行一截，她走进了一户人家。我赶到那户人家门前，看到了门口的牌匾"何仙堂"。

　　关于何仙其人，我曾从父亲与母亲的交谈中了解过一些情况。那个时候，他只是一名行走江湖、收入微薄的游医，不知怎么地转进神龙大山深处，结识了一位仙人。两年后回来，摇身一变而成了测卦大师及做符高手。好多好多生意潦倒的小老板、提拔受阻的小官员及生活不顺的老百姓慕名而来，先让他测卦占卜，再让他做符做解，据传甚是灵验，被民间称为"活仙"。完了，完了，不怪赵美英五迷三道、举止异常，原来她与这种人扯上了关系。我站在门口，向里巡望一阵，没见她的人影，只能寻到隐蔽处，静观其态。

　　一会儿工夫，四个乔装打扮的"乞丐"坐着小板凳，呈"一"字摆在"何仙堂"门口，偶有香客往他们面前的搪瓷碗里丢点儿零钱散币。

　　约莫一个小时后，赵美英从"何仙堂"走了出来，她伸手从荷包里摸索一阵，掏出一把东西，好像是纸币，弓着身子，依次往四只碗里放进一张纸币。接着，又上了前往集镇的那条大路。

　　望着走在前边、踽踽独行的这个女人，我越发迷惑起来，她到底是一个怎样的人？我难以判断，更无法确认。接近镇区，她向右拐进了通往镇福利院的专用通道。我赶到岔道口，目送她走进了福利院大门，又一个疑问冒出脑际：赵美英到福利院去干什么呢？

　　去年，听说我从省城回归老家，在刘丽红的邀约下，我们几个初中同学在一起聚过两次餐。刘丽红是镇幼儿园的园长，也是镇

"爱心志愿者"分会的会长，饭桌上提议大家加入"爱心志愿者"分会，我毫不犹豫地答应下来，也参加过他们组织的几次活动，包括到福利院去做义工。我拿出手机，翻出刘丽红的电话号码，拨打过去，她很快接听了，笑着问我怎么这会儿想起她来了。我带着玩笑的口吻告诉她，想人是不分时间、不分场合的。她呵呵笑了两声后，正儿八经问我："是不是有什么事？"我也收起不正经，极其认真地请求她，周末安排到福利院做两天义工。她不停地惊呼："巧了，巧了，镇上的马老板听说福利院地上沤潮严重，专门采购了十六台除湿机，托我们协会帮他运到福利院并安装好。"说到这儿，她顿了一下，柔柔地问我："咱俩怎么这么心有灵犀呢？"我干笑两声，立马打住，可不能再暧昧下去了，毕竟我的女朋友是浅浅。

今天才周一，到周末还有好几天时间，我想利用这段空闲弄清赵美英的儿子王自强的情况，便匆匆赶回村部，跟汪主任汇报了赵美英家被纵火的事情，接着请了个假，拦了一辆到县城的"回头的士"，来到县退役军人事务局，央求领导开恩，查阅了王自强的档案。这个与我同名同姓同年代出生、相差不到一岁的年轻人，是国防科技大学本硕连读的高才生，本可以留在部队机关工作，可他主动申请到最偏远、最艰苦的边陲锻炼，在一次执行任务中，突遇极端天气而遭不测。我瞧着档案里仅有的两张照片，一张登记照，一张穿着迷彩服的全身照，久久挪不开眼睛。那副英俊、坚毅的面庞，那个英姿飒爽的劲儿，让我心生敬佩。

归还档案后，我去同领导告别，临出门时，领导随口问我："你们村里的那个赵美英过得怎么样？还是很强势、很难缠吧？"我很是讶异地问："您听谁说的？"领导笑笑，跟我解密道："两三年前，她儿子牺牲后，战区要组织英模事迹报告团，准备让她作为英雄母亲的代表进入报告团，部队来人考察，我陪同过去，听村里的那个汪主任讲的。"

这就是汪主任不厚道了，难怪赵美英对汪主任那么痛恨，原来藏有这个方面的蹊跷。

寻到县人武部，在军服用品商店，我买了两套迷彩服。我知道自己没有资格与那位同名同姓的异姓兄弟比境界、比勇敢，"神似"不成，我要让自己"形似"起来，起码赵美英再看到我，会顺眼一些。

当中国最小的"村官"，一般时候都只能窝在村里，到镇里汇报工作的时候都不是很多，来县里出差就少之又少了。趁着这个难得的时机，我找到宇飞集团总部所在地，康凯的家族企业就在这儿办公。

康凯是我的大学室友，关系很铁，前几天，我们通过两次话，他说有事跟我商量，我让他在电话里讲，他总说见面再谈。我想，今天是再好不过的机会了。

走上三楼，门迎小姐看到我，冲我甜甜一笑后，抱歉地跟我说，董事长正在开会，让我等一会儿，边说边领我进了接待室。

我拿出手机，翻看朋友圈动态。许久，康凯的一声咳嗽提醒了我，我赶紧走出来，待康凯上完洗手间，便出现在他的面前。

他拍了拍我的肩膀，直截了当道："我老爸带着他的团队，到省城发展去了。县城里的生意，全部交由我打理。在电话里，我要跟你面谈的事，就是想请你过来，帮我运营公司。"

这种足以改变人生命运的好事能够降临到我的头上，是我家的祖坟冒出了青烟，诱惑真的有点儿大，着实让我欢欣了一把。可兴奋的情绪只维持了几秒钟，我就归于平静了。我装出一副毫不在意的样子，自轻自贱道："只怕我有这份心，却没有这种能。我的那点儿水平，你又不是不了解。"

"你也是'211'大学管理专业的毕业生，能力绰绰有余。"康凯恭维之后，牛皮烘烘地诱惑道，"当个'村官'有什么好？跟着我当总经理，拿年薪不说，效益达标还能得奖金，即刻就可步入精英阶层。"

是的，我扒着农村的泥土，与老百姓打着交道，拿着少得可怜的工资，可用我父亲的话说，至少图个踏实呀！虽然没有什么前途，可我看得清前面的路，能够预知不会出现坎坷和波澜。做总经理当然帅，拿高薪自然好，而那里面充满的凶险和未知是我能看得见、能左右得了的吗？何况，好朋友之间，一旦转换身份，变为主仆关系，失却了那个应该保持的"安全距离"，朋友还有的做吗？我正想着如何婉拒，康凯强势而又霸气地按住我："先不要回绝，想好了再说。等我开完会，中午咱兄弟俩喝一顿。"说完，他走进了会议室，把我晾在一边。

我不想再纠结这件事，便给康凯发了一条微信："你的好意，我无福消受，你还是另请高明吧。"后边缀有三个作揖表情符号。接着，打车回到村里，来到赵美英家，铁锁把门，只能回到服务大厅，坐进我的专属区域，拿出黄主任交给我的笔记本，有模有样地抄起了笔记。

汪主任进门，招呼我进到他的办公室，直奔主题地问我工作做得咋样了。我噘嘴没予回答，心想，才过了几天时间啊，能够做得怎么样呢？何况出现纵火事件，让事情变得更为复杂。汪主任看出我的不痛快，急忙跟我澄清，他调查过了，不存在什么纵火，是村里的"苕气"华洋放野火放到那儿了。哼，有事往一个精神病患者身上推，捏着鼻子哄眼睛，连我都感到牵强，赵美英能够相信吗？我直截了当地对汪书记说，如果您调查出来是华洋干的，这个结论最好不要跟赵美英讲。汪主任很不满意我的态度，蹙着眉头提醒我，屁股要坐正，不要坐到别人的板凳上了。接着指派我赶到华家去，跟华洋的父母讲，已经有几个地方告状了，让他们把苕儿子管紧点儿，别再出去祸害人家，最好送到精神病医院关起来。我没有表态，知道自己有几斤几两，插足人家的私事，我怎么开得了口？脚像钉了钉子一样地挪不开步。汪主任大手一摆，强势发令道："别磨叽了，赶紧去！"

我不情不愿地来到华家，正碰上华父扛着铁锹出门，他问我有什么事。我一时语塞，不晓得该怎么说，憋了一会儿，才吞吞吐吐道："华洋在外边惹——惹事了，可能是犯——犯病了，您——您——"华父打断我，厉声责问道："他惹啥事了？谁说他犯病了？哪个狗日的讲的？"

"汪主任说的。"我垂着头，小声透露道，"他让我通知您，把华洋送到医院去治疗。"

"凭什么？"华父把铁锹狠狠地往地上一放，锹口扎进土里，立住，他松开锹把，手指着我，气急败坏道，"去年，我说华洋病了，到村里去找他，让他报个低保，他像聋了瞎了一样，就是不承认。你给老子带个话给他，华洋病不病与他姓汪的没有关系，老子家里的事不用他管！"

华父把他对汪主任及村里的积怨一股脑儿地撒到我的头上后，扛上铁锹，扬长而去，把我孤零零地晾在那儿。汪主任为了择清自己，故意来这么一出，让我自讨没趣，还带受气，我只能闷在心里发躁，快怏怏地回到村部，原原本本地把华父的话传递给了汪主任，他没有生气，而是现出诡异一笑，马上回归正题，明确要求我把赵美英的事抓紧一点儿，力争这几天攻克下来。我只能实话实说，这件事抓紧不了，要一步一步来，不然会适得其反。汪主任绷不住了，训斥我年纪轻轻的，做事不急跳，犯拖延症。我很是窝火，心想，你们同她把关系弄僵，将一锅饭烧"夹生"了，让我火急火燎地再把它弄熟，哪有那么简单？要是好弄，你们还要拖一年多时间，让我一个"厨盲"来整？心有怨愤，却不能说出来，只好憋着。

汪主任察觉出了我的抵触情绪，便打起"悲情"牌，跟我大倒苦水，说镇委昨天发出通知，半个月后要对各村"美丽乡村"建设现场进行拉练，章家坮是必看项目。还告诉我，镇委已经讨论通过任命他为村支书，只待这项工作完成，就发文官宣。

这么一说，我就能理解汪主任的急迫心情了。好歹我也是村委会里的一员，为了村里的荣誉，确保汪主任早日甩掉"代理"的帽子，我是得加快步伐，便跟他表态，尽量抓紧。汪主任看到我态度转变，拍着我的肩膀说这才像是当"模范村官"的样子，给我把高帽子一戴，我像打了鸡血似的，又屁颠屁颠地忙活开了。我一边下楼一边琢磨，要先去找一下刘丽红，定好本周末的那个活动，尽早与赵美英在不经意之中碰面。

我正要出门到镇幼儿园去找刘丽红，一只小狗呼呼窜到我的身边。我定睛一看，是欢欢。它怎么来了？我弯腰伸手去抱它时，它用嘴咬住我的裤管，奔着力把我往外拖。顿时，我明白了它的意思，随它走出了服务大厅。

欢欢扬起前蹄，向前迅跑，我小跑着跟在它后边，气喘吁吁地赶到章家坮赵美英的家里，蓦然看到赵美英躺在地上，身上压着捆好的渔网，不停地呻吟道："我的腰断了，我的腰断了。"我掀开压在她身上的渔网，准备扶她起来，她惊悚着号叫道："疼——疼——不要动我！"

既然是腰上出了这么严重的毛病，我还真不能随便搬动，便掏出手机，打通镇医院的120，通知他们来章家坮接病人。我蹲在赵美英身边，细声宽慰道："赵姨，救护车马上就到，您再坚持一会儿。"她没有理会我，只是皱眉奄眼地呼哧着。

和医生把赵美英抬上担架、送上救护车后，我抱着欢欢也坐进车里。欢欢偎在我的怀里，睁着萌萌的眼睛，一会儿看看赵美英，一会儿又看看我。我轻轻地抚摸着它的头，感觉它真的很神奇、很可爱。

# 四

做完 CT 检查，办好住院手续，安顿赵美英住进病房，刚好遇见的主治大夫是吴医生，与赵美英是老熟人，曾经帮她做过治疗，对她的病情很了解。看过 CT 诊断片后，吴大夫马上安排帮她进行了椎间盘复位，并配用硫酸氨基葡萄糖和硫酸软骨素的液体输入，进行支持治疗。赵美英安睡过去了，那么柔弱，让人心生怜惜。

仅过了一会儿，赵美英被尿憋醒了，我求着护士，才帮她行了方便。

到了中午，我不晓得下一步该做什么？找谁来陪护？午饭怎么解决？我有点儿束手无策，而父亲带着母亲来了，并用饭盒送来了午饭。父亲简直像"及时雨"一样，总在关键时刻"神兵天降"。

父亲买菜做饭，我来回递送，母亲全程陪护，我们三口之家，把全副精力都倾注在了赵美英的身上。其实我挺内疚的，就为这份工作，把父亲母亲拉进来遭罪，心里头不是滋味。尤其对待父亲，她的态度很不友好，刀削脸一直挂着，不见一丝笑意，冷得让人透心地凉。

住到第四天，做过康复理疗、输完液后，她叫喊着要出院，我和母亲苦苦相劝，她毫不领情，态度很是坚决，说是不想欠下我家的情债。

我给父亲打通电话，告知他赵美英要出院。父亲很快就开来一辆小汽车，母亲搀着赵美英坐进车内，我坐在副驾驶的位置。父亲一边开车，一边试图与她搭讪，她却一脸不屑交谈的表情。我都替父亲难堪，可父亲乐乐呵呵地一笑而过。

小汽车驶入章家垱的台坡下，我抢先下车，拉开后车门，想从外面接应她下车，她眼睛都没睖我一下，自顾自地一手撑着座椅，一手扶着车后门，艰难地挪下了车。站立片刻，她有些颤巍地迈开脚步走向台坡，父亲向我努了一下嘴，我赶紧跑过去搀扶，被她一手甩开，可我还是觍着脸硬行地扶着她爬上台坡。

到了家门口，父亲从包里掏出一只包装精美的盒子，递到她的面前，满面笑容、巴结讨好道："发了这次病，今后要注重防护，这是我专门给你买的护腰带。"

她接过装着护腰带的盒子，气冲冲地扔到地上，怒喷道："你别假惺惺地充当黄鼠狼。当年，你要是有点儿良心，稍稍手下留情，我如今也不会灭门绝户，落成'孤老'！在村里抬不起头不说，还把个日子过得比鬼都惨。"看来她对那件事始终没有放下，像弹药装在膛口，一旦开枪，便连珠炮似的发射。

父亲尴尬地咧嘴笑了一下，耐心解释道："美英妹子，二十年前，你老公王毛字肝硬化腹水，晚期，你为了给他治疗，亲戚朋友都扯高了。你那个家境，生不起二胎，交不起罚款。"父亲如实讲述起那段过程，体现出人文关怀，接着又阐明了原则立场，"当时，计划生育是国策，我作为计生办主任，总得履职尽职吧。"

"哼！"她冷笑一声，连骂带讽道，"你就像条竖狗，丧尽天良地做些断子绝孙的事情。你那么履职尽责，怎么没被提拔呀？怎么到了退休，还只是一个小萝卜头干部呀？"

俗话说，"脸上无肉，说话尖毒"。赵美英说出这种挖兜揭底的话，谁听了都脸臊，我当然知道父亲听了心里更难受。可看父亲的表情，却是一副不以为意、十分淡定的神态，依旧诙谐地自嘲道："差一点儿就要提拔了，却敌不过你的超强能量。"在这种窘境之下，父亲总是能够巧妙化解，机智应对，毫不违和，"再说，不是每个干部都能提拔的，有人适合当官、有人适合做事，而我就属于后一种人。"说完，父亲还憨憨地望着她笑了笑。

"咕嘟！"她恶狠狠地剜了父亲一眼，明知不是父亲的对手，她便摆出鸣金收兵的架势，语气决绝道："我与你家已经两清。今后，你们不要再来找我！"说完，她跨过门槛，反身关上大门，我听到了里面传出的扣上门闩的声音。

是石头也该被焐化了，而这个女人，比石头还要僵冷。她像一条蜷曲的巨蟒，让人胆寒而无法接近。面对我们全家的倾心付出和善意，她不仅无动于衷，似乎还加深了隔膜。我用尽心思、低三下四，把父母也牵扯进来，忙忙碌碌了这几天，这项工作却毫无进展。看来，我不是当干部的那块料，早该听大胡副主任的劝，不应接手这项工作，把自己推向进退两难的境地。赵美英是什么人？我小瞧她了，也低估她了。那么多人都攻不破的堡垒，我一个"菜鸟"村官又何德何能，做得通她的工作呢？我深感无奈，不知道怎么继续走下去。心情灰暗到了极点，放弃的念头再次冒出。几天前康凯的许诺闪过脑际，犹如一缕微光在我眼前划过，让我对未来的人生燃起了一许希望。是呀，我何必要在这棵歪脖树上吊死？我为啥不去寻找那片更广的天空？

心中暗自作了盘算，只是不知道如何跟父亲张口？关于放弃村官的话题，我已经跟父亲有过几次争吵，估计父亲打心眼里很瞧不起我这种"屙尿变"的货色。

父亲启动车，我正要开口说出我的决定，却被父亲抢先了，不由分说就是一勺"鸡汤"送入嘴里："千万不要气馁，坚持就是胜利！后退一步，前功尽弃。继续努力，就有奇迹！"把我想说的话一股脑儿地挡了回去。

真是睁着眼睛说瞎话，赵美英已经把话说得那么满、那么绝了，叫人看不到半点儿希望，还奇迹呢？我很不客气地戳破道："你就不要自欺欺人了。刚才赵美英那般羞辱你，我都臊得没脸见人。"

"这算什么？"父亲平静得像什么事也没发生一样，"她没有指着我的鼻子骂，没有动手推我走，说明这件事还有回旋的空间，还有争取的余地。"

赵美英油盐不进、冷血无情，怎么回旋、怎么争取？我憋了一肚子的气，火冒三丈地道："你是让我回来当'村官'的，不是当受气包的。我已经受够了！"

"做群众工作，挨霉受气是家常便饭。你遇到一点儿挫折就放弃，不可能成事。"父亲没有同我硬杠，而是轻声细语，像"温水煮青蛙"一样，慢慢地消磨我的固执，"你这种劲头，怎么能评上'模范村官'？还奢望到镇上工作？"

我心里窝火透了，立刻抢白道："是不是还要看到你的儿子继续碰壁，撞得头破血流，你才放过我？"

面对我带有攻击性的盘问，父亲避开锋芒，沉默须臾，继续沿着那个话题，极其自信地推断道："赵美英不是人们印象中的疯婆子、坏女人，她是一个有故事的人。她这种外表强硬的女人，貌似冷酷和凶悍，其实是为掩饰内心极度缺爱的空虚和无助。只要发力再精准一点儿，攻下没有任何问题。"

"哼！"我冷笑道，"只怕你用核弹制导，也攻克不下。何况，还有人半夜在她家后门口放火，想让她葬身火海。先不说做通她的工作，就是接近她都很难。"

"我打听过，这个项目的背景复杂，有两条线在使力。"父亲的脸变得严峻，谆谆告诫我，"你在明面做工作，要牢牢记住四个字：'耐心细致。'切切不可动手打、开口骂、言语吓，让人抓住简单粗暴、威逼恐吓的证据。"停顿片刻，父亲支着儿道："既然用心没能打动她、用情未能感动她，你只能尝试再用一种方法：用爱去融化。"说完，父亲开着车，咻溜而去。

父亲的话，瞬间将我点醒。准备辞职的想法，只在脑海里停驻片刻，又被父亲的"教唆"抛却到了脑后。是呀，世间之爱有千万种，而我对赵美英的爱，有多少真的纯度？有多少诚的浓度？有多少心甘情愿的程度？处在她的这种境地，最最渴盼得到的，或许是儿子对母亲的那份爱。看来，我得变换视角，以儿子的眼光看待她，那么，她就不是那个抹脸无情、尖酸刻薄的疯女人了。同时，我要转换身份，站在儿子的立场，像儿子一样去陪伴她、爱戴她，与她相处。

打定主意，我乘公共汽车来到县城。到了晚饭时间，我在"美团"的定点餐馆买了两菜一汤，分一半出来打包，我自己吃了一半，然后将打包饭菜交给"飞毛腿"，嘱咐他送到章家坮赵美英家。

我来到理发店，从手机图库中找出那天拍摄的军人王自强的照片，交给理发师，让他按照片上的头型给我剪。理发师很诧异，说你的头发这么有型有范，剪个平头很可惜的。我的头发是我一直以来引以为傲的帅气中的"主打"，突然要削为平头，我也很是不舍。可是，为了匹配军人王自强的模样，我只能如此。何况，到了夏天，剪平头方便、凉快。

剪完头发，我感觉"无发一身轻"，仿佛变了一个人。站在街边，想起曾听康凯说过，他父亲的腰椎间盘突出症在一家民营医院治好了。按照康凯提供的地址，我找到那儿，挂了一个号，医生像走流程一样地开了三样东西：一块护腰板、一把腰部按摩器、一盒秘制热敷袋。我花四百八十元钱，取得了三样东西，然后打车返回到了村部。

躺在床上，已经十一点了，忙忙碌碌一满天，人有些疲倦，却没啥睡意，从心底发出来的灵魂拷问直往外冒：这样拼死卖命地干，到底图个啥？图那说出口叫人笑掉大牙的三千元工资？还是图那个吊在眼前可望难及的锦绣前程？我现在只是个"村官"，即便评上"模范村官"，有幸被抽调到镇上工作，可离成为正式公务员还有很远。难不成我这么做，是图实现人生最大的价值吗？说出来不怕你笑话，我都不知道我的人生对这个社会有什么价值可言。我是一个参加工作不久的大学生，不折不扣的小人物，像我这样的人，多得得用钉耙搭，贱若草芥、卑如尘埃，在就业高度挤压的当下，在"内卷"特别严重的社会，我没有成为"啃老族"或沦为"漂帮"，不用在大城市买房、挤占按揭资源，或许算是对社会作出的一点微薄的贡献，这就是我的价值所在吧。

"叮——"，手机有微信进入，我随手拿起手机查看，是浅浅发来的："感冒发高烧，多想有你陪在身边……幸亏有同学在医院工作，挂号、诊病、输液、取药、陪护、送回一条龙。"

多么明确的暗示。我当然知道，她所说的那个在医院工作的同学，从高中时期就对她有好感，这些年贼心不死，从未放弃。她生病给他创造了机会，我心里虽然有醋意泛起，但更多的却是求之不得。我没有能力给她未来，她能寻到新的恋情，于我是一种解脱，对她来说是幸福的开端。多好的事呀！

其实我俩分手是迟早的事，只是都怕互相伤着，所以没人先捅破这层窗户纸。既然她有了这个意思，那就借梯下楼了，我立刻回复道："当我不在你的身边，很乐意有人陪护着你，但愿这份陪护温暖而至永远——"后面缀有三支玫瑰花。立刻，她给我回复了三个爱心符号。

我人生中唯一能够拿出来炫耀的亮点也消逝而去，彻底变成了寡骨溜精、一无所有的"单身狗"。省城那边，失去了牵挂。县城那头，回拒了康凯。我别无选择，只能当个"村官"，就像困在泥窝里的一只小泥鳅，无论怎么翻滚，也掀不起多大的风浪。认了吧，这就是命！

进入香甜的梦乡，我睡了一个无比踏实的觉，早上醒来，感觉神清气爽。我穿上迷彩服，在镜子前一照，发现自己头发短了，装束换了，心情变了，不仅有一份帅酷，而且有几分英气。

汪主任走进大厅，我跟他打了一声招呼后，正要出发，他叫住我，明确指示我，做工作要强势一点儿，不要像个糯米团子，软松松的。我想起父亲昨天的嘱托，未作迎合。心想，你装孙子说软话，她都像逐鸡赶鸭一样地把你往门外撵，你要是态度强硬、说话硬气，只怕她连面都不让你见了。厉害了，我的汪主任，"一指禅"精准发功，直点我的"要害部位""昨天，镇组织办把评选'模范村官'的呈报表发给我——"我赶紧服服帖帖地表态道："我一定按您的指示办。"

我挎上背包、骑上摩托，来到镇上，过完早后，用打包盒装了一碗鳝鱼米粉和几块米粑，又用塑料袋装了十个肉包子，然后赶到章家垱，摩托车还未停稳，欢欢好像闻到了我的味儿似的，噌噌噌地跑到我的脚边，又是蹭头撩我，又是摇尾撒欢。我把塑料袋放在地上，欢欢定睛望我一眼后，撇下我，对着肉包子毫不客气地下口了。

我爬上台坡，来到屋里，没见着人。前边的房门开着，我悄悄窥视一眼，也没看到人，来到后边房门口，但见房门掩着，里面有烧香拜佛的那种香火味飘出来，我脸贴门面，眼睛从两块木门的缝隙向里一瞧，在昏暗的屋子里，在老式的香桌上，只有一墩白色蜡烛摇曳着发出光亮。蜡烛后边，供放着王自强的画像，前边则摆放着香炉，三炷熏香冒出袅袅烟气。赵美英对着香桌，肃然而立，口里好像在喃喃细语。她沉浸在痛失爱子的哀思之中，忘我得宛如这个世界都不复存在。看着她略为佝偻的身形，我的心跟着刺痛起来。设身处地，一个像我这样年轻、鲜活的生命突然消失，做母亲的不崩溃才怪咧，搁谁身上都受不了。此时此刻，要是我能变身为她的儿子，把她从极度的悲念中拉拽回来，该有多好！

赵美英双手托腰，缓步走到柜子前，打开柜门，取出一只小木盒，紧紧地抱在怀里。

我的天啊！神秘的小木盒终于现身了。我收紧呼吸，等待着……

我期待的场景没有出现，赵美英只是搂着小木盒啜泣。眼泪簌簌地滴在小木盒上，她的声音也传进我的耳朵里："自强，你一直担心章爷爷的腿脚，经过这些天的按摩，已经好了许多。我昨天又去找'活仙'了，他跟我说，他送给我的这个秘盒即将显灵，也就是说，你马上可以回家了。"

原来她去找"活仙"，是做符求解来着，秘盒是"活仙"给她的解困神器。

我不能唐突，也不忍惊扰，只能默然地在堂屋中央的八仙桌边的长凳上坐下，从塑料袋里取出打包来的早餐和昨晚购买的护腰用品，摆放在桌上。

　　许久，听得"吱呀"一声，房门开了，我赶忙起身，目睹赵美英从房里走出来，她瘦削的脸颊很是灰白，有些红肿的眼睛看了我一眼，好像恍神似的。她拿手抹了一把眼睛，再盯着我的头、我的脸、我的那身迷彩服察看一遍，眼里掠过一缕惊诧，问道："你怎么也穿起了军服？"

　　我连忙解释道："从小的梦想，就是想当一名解放军战士，却未能如愿。而今穿穿军服，满足一下自己的心愿。"

　　"这身衣服你穿起来挺俊的。"她的眼神变得柔和，再也不见那种排斥一切的凌厉和抗拒，话语也显得柔气许多。

　　我没有顺着她的话往下接，而是一边揭开打包盒的盖子，一边说道："我给您送早餐来了。"

　　"放着吧。"她没有拒绝，语气有些不冷不热。

　　我又拿起护腰板、热敷袋和按摩器，跟她一一介绍起用法，可她好像没怎么用心听，眼光始终游离在我的身上。

　　"我这个伤是痨伤，歇几天差不多就好了，没那么金贵的。"她像拉家常似的念叨道，接着埋怨我，"你买的这些东西，对我没多大的用，何必要浪费这个钱？"

　　她没有不分青红皂白地排斥，也没有言辞激烈地硬怼，话中虽有责备之音，却含着几许关怀之意。我笑着打趣道："土方偏方，利于养伤。"其实，我还有很多话想说的，但我不知道哪些话对她的胃口，言多必诈，只能忍住不说，便毅然起身告辞。

　　在我跨出门槛的时候，她主动提到了搬迁的事："你跟姓汪的说，是你们让我搬迁，必须尊重我的意见。"我回过头，给了她一个点头和微笑。直至走下台坡，背后有双眼睛，一直在护送着我身上的这身装束，我能感受得到。

　　解铃还得系铃人。秘盒既已现身，那就必须追根溯源。我壮着胆子，选择在下午四点钟"何仙堂"归于平静之时，走进了何家。

"活仙"满面倦容，坐在太师椅上闭目休憩。我鞠过一躬后，自报家门姓王名自强，然后直奔主题地询问道："何先生，为什么要给赵美英一个秘盒？"

"活仙"慢慢睁开眼睛，向我投过一瞥，满含怜悯道："赵美英四岁丧母，十四岁丧父，三十四岁丧夫，五十四岁丧子，是一个苦命的女人。儿子牺牲后的那段时间，她无法接受这个现实，几次都想轻生而去。政府除了给她一点儿抚恤费，有谁给她精神抚慰？有谁给她情感疏导？有谁给她关心体贴？"

"活仙"的几句反问让我无言以对。可这些都不是我管得了的，我只想弄清楚一个问题："为什么要送给她一个秘盒？"

"年轻人，她需要我的帮助，而做符送盒是我帮助她的最佳途径。"重申之后，"活仙"耐心阐释道，"为了稳住她的情绪，不致她神经错乱，我为她做了一道解符，给了她这个秘盒，让她的心神得以安宁，痛苦得以减轻。"

看他说得冠冕堂皇、婉转动听，把自己当成了救世主一样，我很是鄙弃地揭穿道："期待是所有痛苦的根源。秘盒是她的期待，是她的希望，也是她生命的念想，更是她难以突破的心魔。现在，她每天抱着秘盒，守在老宅，不肯搬迁，口口声声地说等着儿子归来。你这个所谓的秘盒，名曰解救她于痛苦，实则骗她走入深渊。你分明是用封建迷信来毒害世人。"我难以控制自己，语气激烈、言辞尖锐。

"活仙"双手抱拳，一声"阿弥陀佛"之后，徐徐训示道："年轻人，你讲的这些话，冒犯天道，诋毁神灵，全是犯忌之语，今后不可乱讲。"规劝过后，他跟我翻了一个白眼，言之凿凿道："我做解符送秘盒，让赵美英心有所寄，远离痛苦，有什么不对？再说，赵美英来我这儿次数多了，行为有了改变，把全部精力投入福利院里，默默地奉献爱心，这不是很好的事情吗？"

在老谋深算的"活仙"面前，我的道行太浅，几番较量，我败下阵来。我不得不拿出官员的派头，居高临下地命令道："赵美英再来找您，您必须给她发话，尽快揭开秘盒，让政府的工作迅速推进！"

"活仙"不为所动，报以宽厚一笑，双手合揖，口中反复念叨起"阿弥陀佛"。

我当然明白，这是"活仙"要结束谈话的意思，可听了他这么多不着边际的废话，完全没有答应我的请求，我只得换上一副面孔，急不可耐地求情道："老神仙，赵美英只听您的，您行行好，帮助我们做做她的工作呗。"

"王——自——强。""活仙"一字一字报出我的名字，善意拂面，慈眉微闭，手摸佛珠，意味深长道，"佛力护佑，神灵相助。自强不息，结局天成！"

"自强不息，结局天成。"我走出"何仙堂"，心里还在默念着"活仙"最后说的这句话。

# 五

周六一大早，我特地穿上迷彩服，骑摩托来到镇上，吃完早餐后，我让服务员打包了一份，来到章家垱赵家，前后的门大敞着，没见着人，正在纳闷儿，依稀听到欢欢的叫声，循声望去，看到赵美英手提木桶呆呆地站在潭边，我急忙跑到她的身旁，欢欢对着潭边的木跳一阵狂吠。我环顾一圈，没看出任何异常，便问她，出了什么事？她平静地告诉我，昨晚有人在木跳上做手脚了，想让我淹死在水里。我顿感惊诧，靠近潭边，蹲下身子，看到长约两米的木跳，一头搭在岸边，一头搭在由四根木桩做成的"井"字架上，"井"字架离岸一米多，插在水中。左瞧右瞅，始终没看出什么破绽。我疑惑地回望她一眼，一脚踏上木跳，欢欢十分着急地叫起来，我的另一只脚刚刚迈上去，"井"字架突然倾倒，木板的另一端沉入水中，我"手舞足蹈"一番，还是失去平衡，跌落在水中。

我很是狼狈地爬上岸，她的眼里闪过一片心疼，可随即消散，冷冷地嘲讽道："这该不会又是那个华洋'苕气'干的吧！"说完，扭头而去，但见头发背梳，稀疏而干枯，缕缕白发煞是刺眼。走了几步，她回转身，道："你带话给姓汪的，别把老娘惹急了，到时候没他好果子吃！"

我有些发蒙，抖掉身上的水，感觉到事态的严重。旧仇未了，又添新恨，赵美英的工作还怎么做？我奋力撑船前行，可背后有人拼命地拉反纤。我隐隐约约地意识到，暗处的这把"无影刀"神秘而凶险，总在关键时刻祭出一刀，无声无息、了无踪影，肉眼难辨，报案也无法查证。是欢欢敏锐的嗅觉，让她躲过一劫。而最为可怕的是，他们的后续跟进，还有什么恶招？这会是汪主任派人干的吗？他派我来做工作，怎么背地里又让人做这种阴毒之事呢？我不敢往深处想，越想越感到恐怖。

骑上摩托，我来到镇上的集合地点，和大家一起，来到福利院，马老板让人运送来的十六台除湿机乱七八糟地扔在空场地上。刘丽红带着我们把除湿机归整好后，她跟各位会员分派了任务。

老人们住的房子都是平房，地势较低，加上当时建造时，地面没做任何处理，导致夏季沤潮厉害，地面像泼了水一样，湿滑、潮重。到了冬天，也难收潮，极其阴冷。我一手拿着拖把，一手提着塑胶桶，来到房间里，先拿拖把拖地，汲取地面上的水，再手拧拖把，把水挤到桶里。如此循环往复，我一连做完了三个房间。喘过一口气，我进到第四个房间时，却陡然看见赵美英，她站在床边，双手正在为一位老爷爷揉腿。我走过去，恭恭敬敬地鞠了一躬，笑道："您也在呀。"她有些愕然，从上到下把我打量了一番。

赵美英为老爷爷轻揉慢捏，姿势柔和，出手看似还挺专业。我有点儿怕打扰到她，拖地、拎水特别小心。突然，那位老爷爷大声嚷出一句话："自强啥时候回来？"赵美英把嘴附在老爷爷耳边，语气肯定地告知他："马上就会回来。"老爷爷像说梦话一样地自语道："那就好，那就好。"

这位老爷爷是王自强的什么人？与赵美英是什么关系？怎么不知道王自强已经牺牲了？好多个疑惑在我心头冒出……

将近中午，我们十几个人把所有房间的地面都拖了一遍，并将十六台除湿机安装进了部分房间，大家分头散去，刘丽红叫住我，让我等她一会儿，说要去找一下雷院长。我说我也要去见雷院长。她问我找雷院长干吗，我告诉她，想通过雷院长做一做赵美英的工作。听完，她表示可以帮到我。

走进雷院长的办公室，刘丽红从包中掏出一张表，递给雷院长，道："市里、县里要评'道德模范'，分到爱心志愿者协会一个名额，我们镇分会经过商议，准备以福利院的名义，上报赵美英，拿到县里去同别的候选人 PK。"

"那没问题。"雷院长爽快地答应下来。

"赵美英也是爱心志愿者协会成员？"我真的不敢相信，这种不讲情理的人，怎么与爱心志愿者扯到了一块儿？

"三年多前，她就加入进来了，是第一批会员。"刘丽红说道。

"美英姐这个人，真的不简单！"雷院长顺着刘丽红的话，发出一阵感叹，接着细说端详道，"今天她做按摩的这位章爷爷，曾是她的邻居。美英姐的丈夫走得早，一个人忙里忙外、早出晚归的，儿子自强放学回家，就在章爷爷那儿落脚。六十岁时，章爷爷住进了福利院，自强每年年底探亲回家，都要到福利院来看望章爷爷。因为天冷，章爷爷双腿抽筋、发抖，不能站立。自强很是心疼，想了很多办法，效果不是很好，无意中跟美英姐提了一嘴，说房间里要是能装上暖气片，章爷爷就不会那么痛苦了。说者无心，听者有意。这些天，章爷爷的腿病犯了，美英姐天天来院里为他按摩，做得比亲儿女还要贴心。"

人，有时候难免成为矛盾体，可是，在赵美英身上呈现出来的反差，却让我惊到无语。而一联想到她收养流浪猫以及友善对待"职业乞丐"的举动，我又觉得不足为奇了。

"赵阿姨不仅对章爷爷体贴入微，而且把二十几位'失独'老人照料得井井有条，被大家称为'爱心大姐'。"刘丽红语含钦佩、赞赏有加，停顿片刻，她面向雷院长，问，"赵阿姨办的那件事，有眉目了吗？"

这又是什么状况？她还在办别的事？

看到我满眼疑惑，雷院长欲言又止，搁不住我的催促，雷院长才道出她的顾忌："这事美英姐不让往外讲，她说，事情还未办好，就不必'雁在天上飞，锅里烧开水'了。"

"您一定得跟我讲一讲，也让我受受教育。"我求告道。

雷院长的叙述，让我知道了赵美英鲜为人知的另一面。

福利院建在地势低洼的镇郊，到了大冬天，地面阴冷潮湿，虽然上级拨款统一安装了空调，可在我们这个地方，空调制冷还行，制热就一般般了，基本没啥效果。再说，热气浮在上面，根本解决不了地面湿冷的问题。这几年，每年都有几个年岁大的老人因为受冻而病亡，加上自强的那句提醒，美英姐立刻跟我建议，赶紧在室内装暖气片。我说上面没拨款，拿什么装？已经装了空调，上级再不会列这方面的预算。她坚定地跟我说，为了老人们冬天过得舒坦，这个暖气片必须得装！我想，一个农村妇女，拿什么装？以为她是开玩笑来着。我未曾料到，她说到做到，立马找来装暖气片公司的人，看了现场，人家打出了三十万元的预算。我以为她要退缩了，哪想到她立马在银行开了一个专户，雷爆火爆地干起来了。两年来，她舍不得吃、舍不得花，把几万元的抚恤费用，以及起早贪黑织渔网赚取的四万多元钱，全部存进了专户，加上热心群众的一点儿捐助，目前专户上已有十二万多块钱。

"还差十八万元，剩大头咧，怎么办？"我很是担心，她收入微薄，来路有限，用什么办法来筹措这余下的钱？

"我问过她，她说不会有什么问题。"雷院长蛮有把握道。

"赵阿姨的事迹很突出、精神很感人，如果把装暖气片的事搞定，报她出去与别的候选人 PK，胜算极大。"刘丽红郑重其事道。

"我们应该把她请来，一起落实这件事，共同帮她想办法。"我赶忙建议道。

刘丽红点头认同。

一会儿，雷院长带着赵美英走了进来。赵美英显得有些拘谨，雷院长请她坐，她也只是半边屁股落在椅边上。刘丽红从饮水机里倒了一杯水递给她，没有开门见山，而是迂回婉转地试探道："赵阿姨，我们镇爱心分会想请您帮个忙。"

"我能帮你们什么忙？"赵美英瘦削的脸上写满惊讶，连她自己都难以置信。

刘丽红莞尔一笑，柔声柔气道："我们想通过福利院，把您做公益、献爱心的事迹报上去，参加市县'道德模范'的竞选，希望得到您的同意。"

"我这事迹哪里竞争得过别人？"一阵否定过后，赵美英极其谦逊地自揭其短道，"我的思想没有别人先进，在湾子里名声也不好，离模范还相差十万八千里咧。"

"是不是模范，您说了不算，我说了也不算。"刘丽红浅笑盈盈地解释道，"这需要在官方的认可下，通过群众网上投票产生。从您的事迹来看，评上模范没啥问题。"

"湾子里很多人在背后指指点点，攻击我这、贬低我那的，把我丑化得人不像人、鬼不像鬼，让我连儿子的英模事迹报告团都没资格参加，你们就不要让我赊人卖呆了。"赵美英很是自卑地嘟哝道。

"湾子里的人根本不了解您的作为，想当然地对您产生了误解和偏见。"我难捺激愤、义正词严地力挺道，"只要您的事迹传开，谁都会为您鼓掌、叫好。"蓦然，我想到了县退役军人事务局那位领导曾经跟我说过，汪主任说了一些不中听的话，致使她未能参加儿子的英模事迹报告团，而她对此耿耿于怀。抱着试一试的想法，我特别提及道，"当上了模范，就能参加市里的道德模范事迹宣讲团，您就能在全市巡回宣讲。"

"真的？"她瞪大眼睛、张开嘴，额上眼角的皱纹褶子里写满了惊喜，"评上模范，就能参加先进事迹宣讲团？"瞬间，仿佛泪点被击穿，一直压抑而固守的防线被撕开，泪水腾腾外涌。她抹了一把泪，啜泣道："我不是一个在乎虚名浪誉的人，我把儿子都贡献给了国家，却得不到一句好话，都没资格参加他的英模事迹报告团，不能亲口讲述他的成长经历。"她悲咽得说不下去了。

"所以，我们现在要努力帮您，让社会重新认识您。"刘丽红很有把握地劝慰道，"您在市里评选上了'道德模范'，还可以竞争省里和全国的'道德模范'，您这位英雄母亲的光辉事迹，将被社会广为传颂。"

"只要能为自强了愿，我啥都愿意去做。"赵美英暗淡的眼神中迸出一片神采，可希望的光芒转瞬即逝，被疑惑取代，"我每年只有几万元的抚恤费以及织渔网赚的几万块钱，可能得花三四年才能凑足装暖气片的钱。"

"如果装暖气片的工程现在不能动工实施，评上'道德模范'可能会缺少竞争力。"刘丽红委婉地道出了难度。

赵美英急了，赶紧声明道："我还有另外的筹钱办法。"

"您说呀。"我催促道。

"我的房子拆迁，我不想要新房，只要现金补偿，补偿款足够填那个缺。"赵美英早有筹划，准备了候选方案。

我惊掉了下巴，为了评上模范，她真是拼了。还有，我做梦都在思考的工作，就这样轻而易举地被她说出来了。相较而言，我的关注点已不在这项工作，而在于她今后的安身之所，急忙问："您不要新房，那您今后住哪里？"

"我被国家养起来了，迟早要进福利院的。早点儿进院还可以帮他们做点儿事。"赵美英凄然一笑道。接着，她眼里飘过几许坚毅，口气决绝道："为了让那些说我坏话的人闭嘴，我要做个好人，还要评上模范，更要参加那个事迹报告团。"

刘丽红语含悲怆地提示道："只是，做公益要量力而行，我们不想看到您由此而变得一无所有。"

"我现在最亲的人就是舅侄儿，他对我的态度，也是爱理不理的。所以，钱财对我这个孤老婆子来说，已经没啥意义了。"她好像看破红尘、深居寺院的住持，把身外之物看得没大所谓。

还是雷院长打破沉寂，热情邀约道："美英姐，福利院敞开大门欢迎你加入，我们是你永远的家人。”

“每个人都想有个自己的窝处，我也一样。”赵美英沉浸在她的思绪之中，继续吐露心迹道，“拆迁还建给我们村民的房子像豆腐渣。住进去，成天提心吊胆的，我可不踏实。”

她延迟搬迁，原来还含有这个因素。我立马承诺道：“您的要求不过分。既然您不要这个房子，我马上去跟汪主任汇报，争取按您的想法来。”在我看来，这不应该是一件什么难事。成功近在咫尺，我已经闻到了香槟芬芳的味道。

“不要把事情想得太简单了。”她怼了我一句，走出了办公室。

# 六

吃完午饭后，我来到汪主任家，汪主任刚刚午睡起来，眼睛好像没有完全睁开，我欣然报告道：“赵美英答应签了。”

汪主任没有被我的欢欣情绪感染，揉了揉半睁半闭的睡眼，张口就问：“签了？是不是又提条件了？”

“是的，她不要还建房，只要十八万元现金补偿。”我简明扼要地回答道。

“怎么可能？”汪主任很是不满地给予了回绝，接着扳起指头，跟我算账道，“她现在住的烂平房，加上厨房和茅厕，不过一百二十平方米，按评估价格，满打满算补她十二万元。如果搬到新房，龙腾公司按独生子女家庭、烈军属、按规定进度搬迁等加分项目，可以奖励二十个平方。如果赵美英不要新房，龙腾公司凭什么要奖给你二十个平方？这可是四万块钱啊。”

“工作做到这一步不容易，您就跟龙腾公司说说好话，成全成全呗。"我打起低把式，恳求道。

"你呀——真是太嫩了。"汪主任用手指着我的脑门，道，"要是我答应这个条件，事情早就解决了。不瞒你说，赵美英之前就跟我提过，但被我拍死了。你这些天算是白忙活了，又回到了原点。"

我心里有些不服，想到汪主任有"痛脚"捏在我手里，此时不用，更待何时？便半是提醒、半是敲打道："汪主任，赵美英提出货币化补偿方案，是有法律依据和政策支持的。当年，您剥夺了她成为儿子英模事迹报告团成员的资格。而今，不能再取消她享受政策的权利吧。"

"你胡说些什么呀？"汪主任翻脸比翻书还快，振振有词地掩饰道，"她的那副德行，远近闻名，人家不聋不瞎，要是让她去参加什么事迹报告团，怎么体现先进性？那不是丢人现眼吗？你提到货币化补偿问题，《乡村振兴实施法》和拆迁新八条政策是今年才刚刚出台的。可是，我们村章家垟整体搬迁项目是两年前动工的，应该是旧事旧策。她那么难缠，谁敢取消她的权利？那不是找死吗？"

我不是汪主任的对手，三言两句就把我驳得没话可说，硬拼不过，只能求情道："汪主任，您就依了她吧。她要现金补偿，不是自己花，全部用来捐给福利院装暖气片。"

"赵美英这个人，冷血无情，六亲不认，四处搅和，爱越级告状，冷起来似铁，毒起来胜蝎。"汪主任几乎把形容坏人的词穷尽了，反问我，"这种人能捐钱到福利院？"

"赵美英不是你想的那种人。她确实捐了，已经同装修公司签了意向合同。"我郑重其事地确认后，悲悯地喟叹道，"她太不容易啦，奔起命来为福利院老人的住地装暖气片，就是想当上模范。"

"她当模范？"汪主任鼻孔里喷出的气息中充满着蔑视和鄙夷，

"'模范'这个词，只怕要变味道了。"

我知道我说什么，汪主任也不会相信，为了兑现对她的承诺，我另辟蹊径地提议道："如果您不方便跟龙腾公司开口，我直接去找他们的领导谈。"

"你死了这份心吧。"汪主任一把拦住我，阻止道，"你去找人家，人家会给你一个喷嚏。龙腾公司按照合同，投真金白银，建好了还建房，不是建在城里，是建在乡间，你不要谁要？章家坳上有近半数的人已经外出定居，本来都不想要这房子了，巴不得拿点儿现金了事。如果你赵美英别式巧样，开了这个先例，那儿五十户人家都会仿效。赵美英挑战的，不仅仅是一套房子，她要摧毁的是整个拆迁补偿体系。你长长脑子，就不要给人家添乱了。"

这是添乱吗？我只是不想这些天的劳动成果功亏一篑，便大声争取道："您总得给我一点儿空间，让我做工作更方便一些吧。"

"拆迁还建，一视同仁。政策面前，人人平等，没有任何特殊操作的空间。"汪主任毫不松口，公事公办道。

想到那把"无影刀"随时可能飞出来，危及她的生命，我的心又痛又急，便作揖祈求道："汪主任，您就破个例吧，不瞒您说，她的生命时刻处在危险之中。昨天夜里，又有人在她家后面潭边的木跳上动了手脚，想让她落水溺亡。"说到这儿，我觉得话语的分量不够重，故意刺激道，"她怀疑是您派人干的。"

"胡扯。"汪主任脸色突变，尽力掩盖道，"她无钱无财，孤老婆子一个，谁瞎了眼睛要害她？我看她总是疑神疑鬼的，只怕是精神出了毛病。"

"她的精神很正常。"我字正腔圆地确定道，"早上，我去查看现场了，亲眼所见。"

汪主任的眼里闪过一缕不易察觉的慌乱，语气有所缓和，口风略有松动，"如果她同意搬迁，我给她开点儿小口子。她旧房补偿十二万元，奖励加分补四万元，而还建的新房是九十平方米，得十八万元，差的那两万元，我愿意去做龙腾公司的工作，让她欠着。"

说到底还是要塞给她房子，而她最不想要的就是这套房子。除了担心房子的质量，更多的是，她需要用这栋房子套现，完成她的一份心愿。我很想帮她，可实在鞭长莫及。然而，我不想就这样被汪主任打发了，便借钟馗打鬼地恐吓道："她不要房子，村里硬要给她，把她惹毛了，跑到书记县长那儿告状，恐怕又要影响您的'转正'。"

"她有气力，尽管去告好了。"汪主任依旧强硬，满不在乎道，"老子已经受了一次处分，大不了继续'代理'呗。"

我几乎一无所获，可我不想空手离开，要挟道："如果村里不搞变通，让这项工作走入死胡同，我请求撤回。"

"行啦，我正准备找你，让你撤回来。"汪主任未作迟疑，顺水推舟道。

我以为地球离开我就不能转了，哪晓得我什么都不是。美其名曰称作"大学生村官"，实则就是那种"有你不多、没你不少"的边缘角色，活脱脱的"鸡肋"。汪主任如此这般，让我无措。就此放弃吧，心有不舍，毕竟工作已经做到这个份儿上，离签搬迁合同只差那么一点点了。觍着脸继续吧，刚刚放出去的话，如何自圆其说地收回？我的脸红一阵、白一阵，尴尬得唯地缝可钻。

"你年轻，面薄，已被她同化，工作再这么做下去，只会越做越糟，把事情搞得复杂而不可收拾。"汪主任补充说明原因，实则在我伤口上撒盐。

"工作不能半途而废呀。"我闷声闷气地顶撞道。

"这个你就不用操心了。"汪主任胸有成竹、信心满满道,"县里的便利拆装公司已经跟书记镇长作出承诺,五天之内把事情搞定。"

那是一家有实力、有背景的专业拆装公司,游走在法律的边缘,干着世上最难的事情。说他们有多违法,说不出;讲他们有多合规,也谈不上。存在即为合理,反正他们成功拔掉了好多"钉子户",当然也有极少数人对拆装公司的行为不满,可告状却告不出门,县里的领导及各个部门对"钉子户"深恶痛绝,巴不得有人出面整顿治服,因而对拆装公司的行为睁一只眼闭一只眼,等于是在给他们撑腰壮胆。在城镇化极度扩张、"美丽乡村"建设如火如荼之际,便利拆装公司不仅没有倒闭,反而越办越红火,收费也越来越贵。我气不打一处来地提示道:"他们收费,贵得有血腥气。"

"那不是你管的事情。"汪主任怼回我后,毫不留情地训示道,"经过这一遭,要吸取教训,想当好'村官',回家跟你父亲多学几'实手'。下午,我到镇里开会,你在村部值班,好好地写一篇反思报告。"

我像一只耷尾巴公鸡,快塌塌地回到村部,憋屈得只想与人打上一架。我在办公桌边坐下,打开电脑,思绪翻飞、心潮难平,忙活了这些天,全情投入、用心谋事,没有功劳也有苦劳,却要写什么反思报告,真是窝囊透顶!

我无从下笔,便趴在桌上睡了一觉,醒来之后,脑海里突然蹦出她的样子,瘦削的脸、花白的头发、佝偻的腰身。我这是怎么了?整个脑海里被她的形象塞得满满当当。便利拆装公司的那些人貌似和气,实则心狠手辣,阴招频出,她一个孤单老婆子,怎么搁得住他们折腾?是呀,我得提早通知她,让她有个思想准备,做好应对。想到这里,我立刻起身,大步流星地来到章家垯,在坡下刚现身，欢欢就一蹦一跳地奔到我的面前，骨碌碌的大眼睛望着我直转，尾巴一个劲儿地摇，我摸了摸它毛茸茸的头，它领着我进了屋。

欢欢跑到后房门口，蹲在那儿，眼睛对着虚掩的房门。我走过去，从半张开的门隙中看到了与上次一模一样的场景。香头燃烧的烟气，缥缥缈缈地钻进我的鼻子里。她弓着有些变形的腰身，面对着儿子的遗像，喃喃自语。我深情凝望着，幻想着要是在供奉遗像的位置上站着的是活生生的我，兴许，她不会那么悲怆。

她从桌上拿了一扎黄表纸，双手将纸扯蓬松，伸到蜡烛的火苗上，红色的火光只持续片刻，灰烬散落在钢瓷盆里，她念念有词道："自强，你说每年回家来看妈妈一次，等啊等啊，已经过去一千两百一十八天了，你始终都没回来……"

我的心像被刀尖刺了一样，天下母亲对儿子的思念，就是用漫长的时日熬积而成的，越熬越浓、越积越厚。

香钵里的三炷香烧得只剩香钎，她又取上三炷，在蜡烛上点燃，再恭恭敬敬地插进香钵，然后抱起秘盒，自言自语道："自强，回家的路还是那条路，家还是那个家，你住过的小房，妈妈每天清理和打扫，保持着原样。何神仙说，只要守在你住过的地方，抱住秘盒，你就会回来的……"她双手紧紧地搂抱着秘盒，哽咽地说不下去，凄厉的啜泣声撕裂着我的心，我真想充当那个王自强，冲到她的面前，喊出我想喊出的那个称呼。

她抬起手臂，拭去脸上的泪水，哀怨地倾诉道："自强，咱当了'钉子户'，房子延迟拆迁了四百一十九天。姓汪的一班人嚼我的舌根，让我失去了参加你英模事迹报告团的资格，我既羞愧又愤恨。经过'活仙'的开导，我努力行善积德，打算为福利院的老人们改善居住环境，装上暖气片，为你了一桩愿。我要做一个好人，我要评上'道德模范',那样我就可以参加他们组织的道德模范事迹宣讲团,弥补对你的亏欠。"说到这里,她顿了顿,眼睛凝望着遗像,泪水潸潸下滴,"自强,咱家的房子必须拆除,你住过的小屋也就保不住了,'活仙'给的秘盒,我准备揭开,你怎么还不回来呢?回来吧,自强!回来吧,自强!回来吧,自强!"

她的肩膀在抖索,她的身体在战栗,她的字字戳心的呼唤直向我扑来,我还犹豫什么呢?正想推门进去,没料到一直蹲在旁边的欢欢猛然撞开两扇门,我大步跨进去,情不自禁地叫道:"妈,自强回来了!"一边说,我一边搂住了她瘦弱的身躯。

只在我的怀里歇息须臾,她双手推开我:"你不是自强!"

我发自心底饱蘸浓情地叫道:"妈,我就是自强!"

她的眼里布满着讶异、期待和认可,看我一眼后,她把秘盒放在桌上,伸出发抖的手,毅然拨去开关,掀开盒盖,赫然而见一张叠成方状的黄纸。

她看看我,我看看她,我俩相继伸手去取,却又缩回来,都没敢动。

我不知道黄纸上写着什么鬼东西,只能在心里祈祷,但愿黄纸上的符语能够取悦她心、顺乎我意,千万不要节外生枝。

我颤抖着手,缓缓伸向秘盒,轻轻取出黄纸,慢慢展开,看到上面用毛笔工工整整写着四句话,浏览一遍,心里有了底,便轻声吟诵道:"英雄自强,献身西疆。还有自强,会来认娘。"

她半信半疑地望着我:"你就是'活仙'派来的那个自强?"

"娘!"我赶紧改换称呼,眼含热泪、满面真诚,确切肯定道,"是的,自强来认娘了。"

她张开双臂,紧紧地抱住我:"自强,你终于回来了。"

"神"来之笔,"仙"助我也!"活仙"怎么能够卜卦到这场相认？他怎么会猜到"自强不息，结局天成"？

……

坐在八仙桌边，我跟她汇报了去找汪主任的情况。听完之后，她好像有先见之明似的，说早就猜到会是这个结果。紧接着跟我爆料，姓汪的这个人，手指甲长，心黑，拿了一点儿钱投到项目中，入股分红。他同龙腾公司是一伙的，当然不同意拿钱补偿。

她说的这些传闻，有人在我耳边扫过，当时没觉得有什么，此刻她再次提起，让我对汪主任的一点儿好印象大打折扣，我继续追问道："娘，刚才汪主任让我不再管您的事。其实您的搬迁已经有头有脑，他们却要请来市里那个专业拆迁班子，好像是在故意针对您。他们为什么要这么做？"

"因为他们之间有利益交换。"她已经把他们的底细摸查得一清二楚，讲起来头头是道，"便利拆装公司有过硬的后台和关系，去年就准备参与进来，因为舆论影响太大而放弃了，今年名正言顺地找书记镇长揽活，书记镇长不敢得罪，也为了攀上这层关系，就跟姓汪的发话，姓汪的像哈巴狗一样迎合，为的是早日取掉'代理'的帽子。"

"龙腾公司为啥要当冤大头，出这笔憨钱？"我还是闹不明白这其中的弯弯曲曲。

"项目只有竣工验收，完成结算后，钱才可以赚进腰包。龙腾公司的这个项目拖了两年多，一直不能结算，当然愿意出这笔钱。有人跟我透露，他们两家同属一个团伙，相互帮衬，等于是把钱从左荷包转到右荷包。"她愤愤不平地揭穿道。

"您是从哪里得到这些信息的？"这么机密的东西，一般人都难弄到，她却了如指掌，真的让我纳闷儿。

"鱼有鱼路，虾有虾途。"她低声告诉我，"县里有一帮告状的人，喜欢往一块儿凑，组成了一个叫'申诉者联盟'的团体，主要工作就是四处打探内部信息，收集丑闻，寻歪找碴，要挟一些单位的领导，订阅他们的天价杂志，还借此索要什么'消灾费'。我感觉他们的做法很不妥，始终没答应加入进去。为了收买我，他们就把关于这个项目的来龙去脉及违规操作的证据交给了我。今天中午，他们有人和我通了很长时间的电话，又跟我讲了许多内幕消息。"说完，她起身走进前房，不一会儿就搬出一只被透明胶绑得严严实实的小纸盒，放在桌上，对我说："他们不敢明目张胆地动我，是因为我有这个当护身符。像我这样的小人物，手里不捏点儿东西，怎么敢与他们对碰？"

我不明其意，眼神愕然地望着她，她淡然一笑，正儿八经道："你既然认我为娘，我也没啥向你隐瞒的了。这里面收集的是他们的证据，我存放在章爷爷那儿，刚刚取回来了，你拆开吧。"

我拿起剪刀，慢慢细细地一层一层地剪着胶带，她便叽叽磨磨地跟我讲起了整件事情的"台前幕后"："你只是一个'皮影'在前面晃，便利公司与你同时进入，在背后使阴招，又是放火又是动跳，想着法子让我意外身亡，一旦得逞，由你背锅，归你担责。几次行动都没有成功，便利公司等不及了，直接冲到台前，你就只能靠边站了。"

一件看似普通的拆迁，却藏匿着难以言说的刀光剑影和凶险毒辣的设计陷害，让我惊出一身冷汗。说实在话，我不想再管这件事了，也巴望不得她久拖不签，让汪主任难堪。可是，看到她受苦遭罪，我于心不忍。同时，我很不服气，汪主任把我中途撤下，叫便利拆装公司顶上，我实在难以转过弯来，心中铆足了一口劲儿，想法子也要做通她的工作，狠狠"打脸"汪主任。"娘！"我动情地叫过一声后，真心劝告道，"您孤身一人，不是他们的对手。您赶紧签字搬迁吧，免得处在危险之中。”

“他们就是蛇鼠一窝，藏在阴暗角落，见不得人、看不得光，我光明正大，有什么怕的？”她沉稳、无畏，根本没把那些人放在眼里，表现得极其执拗，“老百姓被拆迁，都成了案板上的鱼肉，任由他们砍杀。我并不想当‘钉子户’，可他们根本不考虑我的想法，所以，我得争取，哪怕只剩我一个人。”

我能说什么呢？在强者的世界里，弱者的呐喊相当于一声屁响，瞬间消散。

我打开纸盒，取出面上的材料，只是简单地翻看了一下，发现龙腾公司五月份进场施工，到年底才走招标程序，只有一个领导在上面签了个字。无论怎么说，这违反了招投标法，是严重的违规操作，一告一个准。我来劲了，主动请缨道：“我能为您做点儿什么？”

“你把这些材料拿回去整理一下，帮我写一封告状信，弄两份出来。”她有板有眼地吩咐道。

“您又要干回老本行吗？”说实话，我不希望她再去告状，劝道，“您就随大流、合大群地搬迁了吧。”

“我要当模范。”她变得有些神经质，开口闭口就是这句话，接着，心心念念道，“只要能促成装暖气片这件事，让我顺利当上模范，我愿意放下所有不快。可姓汪的总是同我过不去，不给我公道，不答应我提的要求，咋办？我只能自己去找龙腾公司讨公道。如果他们不同意，想把事态闹大，我就拿另外一份材料去面见书记县长。要是走到那一步，龙腾公司就死定了。”她的脸上写满得意，浑身上下表现出一副胜券在握的样子。

晚上，我把相关资料作了比对，并在网上进行查询，居然发现龙腾公司是宇飞集团的全资子公司，阴差阳错，这件事与我的老同学康凯又扯上了关系。我的心里不是滋味，可还是按照她的要求，写好了情况反映。关上电脑，我立马打通康凯的电话，跟他把这件事的利害关系讲了，提醒他妥善处理。他说这个项目是他父亲手上的，他也只是刚刚听说，让我把心放在肚子里，他一定会给一个满意的结果。

第二天早上，我将两份材料交到她的手上。她正准备出发，欢欢口里衔着一只黄色信封窜了进来。我从它口里取下信封，从信封里掏出信纸，一边扫视一边念诵道："美英婶，本想到家里跟您面说，怕被您喷，只能以信代言。自强部队的人来村里做过两次外调，我说了直话，对您有所冒犯，请予谅解。昨天下午在镇里开会，大家都在议论，您不要新房，只要现金补偿，拿这笔钱为福利院老人的住地装暖气片，我深为感动。您胸怀大爱、魂系孤寡老人的善行义举，让我刮目相看。在您做公益、献爱心之际，我不能袖手旁观，也要助您一臂之力。昨晚，我已将您的要求及我的想法与龙腾公司的头儿进行了沟通，他们很快会给出答复。汪大顺。"

听完，她露出罕见的一笑，道："姓汪的你良心发现了。"

什么良心发现，不过是他在大势之下，迫不得已的变通罢了。老辣的汪主任，进退有度，收放自如，真乃操弄高手。尽管心里十分反感，可我不能点破，便讪笑道："也许姓汪的不是一般的人。"

"管他是个什么样的人？只要他做的工作利于我推进那件事，我什么都可以不再计较。"说完，她舒心地望了我一眼，带着一份好心情，出发了。

到了午饭时间，我接到她打过来的电话，喜不自胜地跟我说："事情解决了。"我随口附和道："您亲自出马，事情当然能够解决。"她极其兴奋地给我讲述了去找龙腾公司经理的过程："接到我的材料，那个经理带我到他们的总部去见了一个姓康的董事长，好年轻、好帅气的，同我家自强一样。那个气魄可不一般，看完材料后，当场拍板：九十平方米的还建房分给我，公司投五百万元，拿十八万元为福利院装暖气片，其他的钱投到村里建什么果蔬供应基地，说是要带领老百姓共同赚钱。"

康凯这个家伙，"紧跟"步伐不含糊呀，我在心里为他点了一个"巨赞"。继而，我满怀欣喜地猛夸道："娘，您真有本事！"

"不是娘有什么本事。"否定过后，她有感而发，"看来这个社会还是有好人、讲公道的。"听得出来，这是她的真情流露。

事情总算处理下来，憋在我胸中的那口气，终于释放出来了。

守护

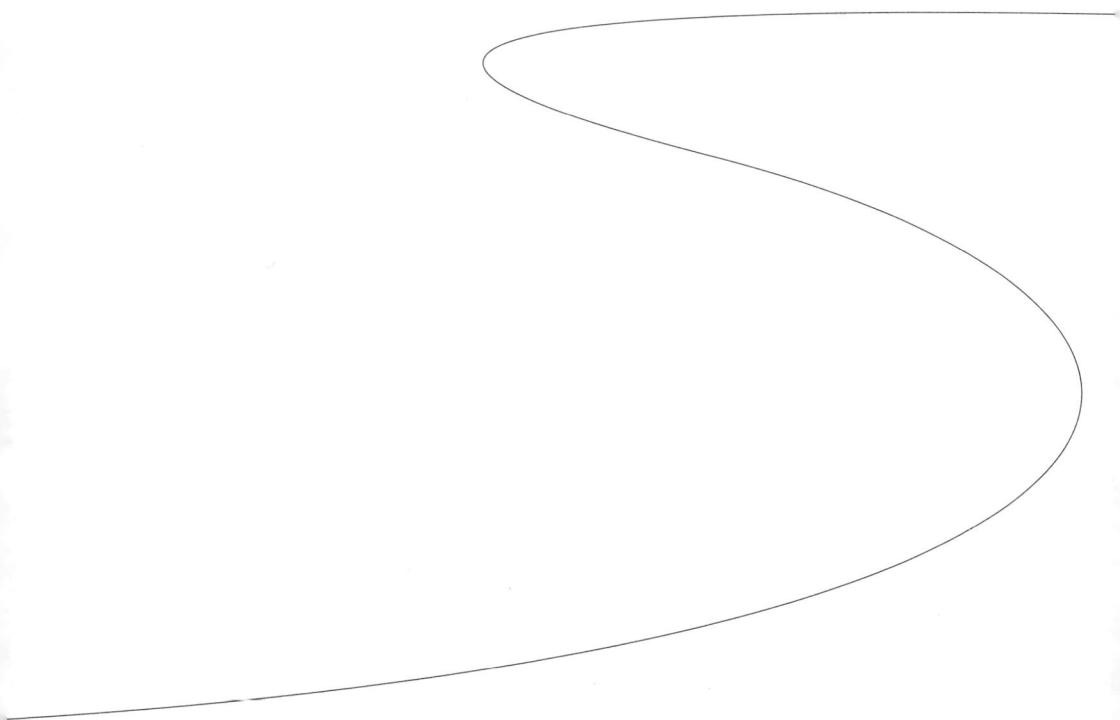

一

周宏明做梦也没想到，在奔知天命之年，会面临下岗的危机。

本来，担任一个小小的文化站长，值不得个什么。在镇里，文化站是七站八所之中没啥职权、没啥油水的"清水衙门"，属于爹不疼、娘不爱的被边缘化的单位。镇上的干部，几乎没人拿正眼瞟这个职位，更不要说主动到文化站来任职。但是，周宏明不同，他热爱这个工作，在文化站长岗位上待了将近三十年。二十世纪八十年代中期，从地区艺校毕业后，他被分配回老家镇上，在镇机关谋得一份差事。也许是骨子里热衷吹拉弹唱、喜爱琴棋书画的缘故，当镇文化站长退休后，他便主动向镇委提出要求到文化站任站长。二十一世纪初，省里一道改革指令，镇上七站八所撤停并转，工作人员从行政事业编制退出，变成"以钱养事"身份。其实在这个时候，他还占着镇里的行政编制，完全可以放弃文化站长职位，调回镇里安排工作。可他没多考虑，果断选择继续担任文化站长一职，"铁饭碗"没了，身份也一下子从行政干部沦为"社会人"。

人痴迷于某项事业，身份不看重了，地位和待遇也不看重了。他看重的是那块专注事业的平台。然而，周宏明所面临的窘境，让他始料不及。谁也没有想到，省里这次又下发文件，重新将乡镇文化站定为事业单位，文化站长为事业编制。县里迅即出台方案，文化站长按事业单位人员重新招录。条件有三个：大专以上学历，他有一个函授文凭勉强能够凑合；有五年从事文化工作的经历，他完全符合；而年龄在四十五岁之内，他超龄五年，挡在了门槛之外。但方案中有一条特别规定，对有突出贡献的现任文化站长年龄可以适当放宽。这一点真的让人难以把握，什么叫有突出贡献？适当放宽，可以放宽到几岁？在他的潜意识里，胀破眼珠子也就个一两岁吧，总不至于放到五岁。何况，资格审查主要在镇里，他和镇长的关系处得不很融洽。所以，他没作多大的指望。

在文化站长岗位上，风风雨雨走过三十年，如今要突然离开，周宏明满是不舍。其实内心深处让他更为焦虑的是，镇文化站那块处在镇区中心的地盘怕是保不住了。想到这里，他的心里又很是不甘。

他辗转反侧，几乎一夜未眠，早上爬起床，双臂有些麻木，脑袋昏昏沉沉，头重脚轻。他心里清楚，该死的血压又噌噌往上爬升了。他的父亲在四十八岁时突发脑出血过世，没有给他留下什么遗产，却给了他高血压这个随时致命的遗传。由于平时注重生活习惯，坚持锻炼身体，加上有药物保护，这几年倒还健康，没怎么发病。

他服了两片药，倚靠床背小憩片刻，人感觉稍稍舒服后，便来到客厅吃早饭。

早餐是妻子准备的，稀饭、煎蛋、馒头，每天如此，已成习惯。

他穿上外套，准备去上班，下意识地瞅一眼左胸前，好像缺少了一点儿什么，原来缝在外套上的徽章不翼而飞了。

他是一个"徽章控"。这可能与小时候的经历有关。那时戴毛主席像章，大的、小的、圆的、方的、窄条形的，但凡能够找到的、能够买到的，他都想方设法弄到手佩戴在胸前，后来包括校徽、厂徽什么的各种各样，他觉得戴上徽章有精气神儿。这些年，有人说他假正经，也有人讥笑他迂腐顽固，他一笑带过。在他看来，萝卜白菜，各有所爱。有人喜欢戴手表，有人喜爱秀戒指，而我喜好佩戴徽章不行吗？他养成了这样的习惯，久而久之，人家也就不足为怪、习以为常了。

昨天徽章都还在外套上，今日早上怎么突然不见了呢？他脱下外套，细细检查一遍，没觉异常，正在纳闷之际，妻子提着菜篮开门进来。他赶紧问："我这衣服胸前的徽章怎么没啦？"妻子放下菜篮，气鼓鼓道："我昨晚全部摘下来了。"他不满地嘟哝道："你发什么神经？不知道这徽章我不能离身吗？"妻子气不打一处来地数落道："你才发神经哩，你还真把那破玩意儿当护身符了？你把公务员身份搞丢，工资待遇越搞越差，现在听说连饭瓢子都不保了，你是半夜玩龙灯，越玩越转去了。你的心真大，你不怕丑我还害臊呢！"

妻子的话直戳痛处，让他无言辩解。其实这件事他准备独自承受隐瞒妻子的，他确实不想让她为自己操心劳神，也不愿听到她的喋喋不休。但她还是知晓了内情，一定是有人议论让她听到了。他轻声安慰道："你不要听社会上的人瞎讲乱传，我的事我会处理好的。"妻子哼了一声，冷笑道："你能处理好？坟茔堆上打灯笼——忽鬼吧。人家外面讲得有鼻子有眼的，说镇里早看你不顺眼，要趁这次招录时机撸掉你，人选都有了。你说你干了三十年站长，五次到省里领奖，连续十几年是县里的先进，为啥子每到关键时刻，吃亏受害的总是你？"他小声埋怨道："事情还没最后定论，你就不要瞎掺和了。"妻子根本不理会他的埋怨，大声支着儿道："听说人选都已经确定了，只有你像个苕气蒙在鼓里。你给我赶紧去找姓胡的镇长闹，怎么也要争取。"他低声求告道："我一个文化人，你让我到镇上去吵去闹，丢人现眼，有辱斯文，影响形象。"妻子来了劲儿，怒吼道："你怕丢了面子，我不怕呀，老娘去找姓胡的说道说道，给你出口恶气！"妻子杠上了，在她的思维定式里越走越远。没有办法，他只能使出"撒手锏"，故意吓唬道："你是想看到我血压升高心里才舒服吧！"

一听这话，妻子赶紧用手掩口，好一阵子才回过神来，极其关切地问："药吃了没有？"他点头道："吃了。"停顿片刻，他细声安抚道："要是闹能解决问题，国家不乱成一锅粥了。我搞了几十年文化站长，相信镇里对我会有个说法。"妻子有些委屈地噘着嘴，没有吱声。他又循循开导道："这徽章我戴了几十年，一日不曾离身，就是我的'护身符'，你这么突然摘掉它，这不等于是在要我的命吗？"妻子连忙回应道："我的好祖宗，你不要说了，我一时气急做了糊涂事。我马上给你缝上。"

妻子说完，从屉柜里找出针线盒，打开盒盖，但见十几枚各种徽章堆放在盒子里。她取出一枚小的圆形徽章，放钉在他外套的胸口位置。

重新穿上外套，瞥一眼胸前的徽章，心里好似流过一股温馨的暖流，什么委屈、什么不快、什么郁闷顿时烟消云散，人的精气神儿瞬间提振许多。他也弄不明白自己是怎么了。到底是徽章的神奇，还是心理的暗示，他自己也说不清道不明。

他拎着公文包，步行来到单位门前，驻足而望，映入眼帘的是一百多个妇女随着《自由飞翔》的音乐，跟着领舞的韩素珍，欢快地跳着广场舞。除非下雪、下雨，每天早晚都能欣赏到这道风景。尤其是傍晚，从镇上涌来几百名大妈大婶，把这将近两千平方米的文化广场挤得满满当当，那种劲爆火热的场面比明星开专场音乐会还要疯、还要嗨！

人员这么众多、场面这么火爆，得益于广场位于镇域中心地带，老百姓来去方便。再则，集镇上再没有一块像模像样适合老百姓跳舞健身的公用场所了。只要有点儿空地，镇里为聚财，高价拍卖给个人，除了"种"房子，还是"种"房子。到处见缝插针，建得满满当当。

在乡镇集镇上，能够保有一块偌大完好的文化阵地实属不易。广场的北面是二十世纪七十年代初兴建的"红棉影剧院"，当时担任省革委会主任的江一明在这个镇上驻镇挂点，专抓棉花生产，看到镇上文化设施落后，既没影剧院，也没活动广场，专门从省里拨钱建起了影剧院和文化广场。应该说，在那个时候，江主任是蛮有眼光、挺有魄力的。

自二十世纪八十年代以后，很多县市影剧院转改的转改、变卖的变卖，存活下来的所剩无几。"红棉影剧院"是镇里的，更是无钱修缮日渐破落。为此，镇里研究决定将"红棉影剧院"卖给一位老板，让文化站自找地方租赁办公。他得知信息后，一时难以接受。虽然自己个人力单势弱，胳膊拗不过大腿，但也不能不作努力就轻言放弃。而要扳回，只能借助外力干预。他立刻想到了江主任。江主任曾在镇上驻点两年，对这个地方感情甚笃，离休后还专程故地重游来到镇上，视察了他的杰作——"红棉影剧院"。他当时参与接待，从老人的眼里，流露出的是一种关怀和热爱。老人临走时，当着陪同人员，情真意切道："工作一生，能够为老百姓留下一点儿念想，真的让人很快乐！"

他悄悄地搭车来到省城，费尽周折找到离休在家的江主任，向他汇报了"红棉影剧院"即将被变卖的情况。江主任听后，很是不快，立马接通县委书记的电话，开门见山地批评道："我弄钱建设的'红棉影剧院'，听说镇里准备卖掉办工厂，这样做很不妥当呀！留给老百姓的文化活动场所本来就少，如果把这影剧院卖了，老百姓到哪里去活动？如果你们县里、镇里拿不出钱维修，我来用我这张老脸给你们打招呼争取资金。"江主任人虽退职，但余威犹在，县委书记不敢怠慢，立即把镇主要领导找过去，阻止了这笔交易。江主任没有食言，通过当时的省计委为"红棉影剧院"争来了二十万元的戴帽下达资金。镇里拿到钱后，对影剧院前边的三层门楼进行了维修，而借口资金不足，对影剧院的观众区没有改造。因年久失修，剧院里穿眼滴水几成危房，加上用途不大，镇里借口该建筑是"安全隐患"，把它处置给一位老板办起了无纺布加工车间。

三层门楼成了镇文化站的办公用房，前面的广场成了群众文化活动阵地。虽然后边一块被蚕食掉了，但是相比于有些把文化资产变卖处理得一干二净的乡镇而言，这已经是不幸之中的万幸了，起码文化站有块地儿，群众活动有场所。

广场上充满欢声笑语，周宏明的心里却难得轻松。他心事重重地打开锁头，拉起卷闸门，走进站内，左边展厅是他亲手创办的"文史博物馆"，右边大厅则是"雕花剪纸传习基地"。"雕花剪纸"被列入世界"非遗"目录，而这个镇是发源地之一。一张宽大的桌子上，备有雕刀、剪子、木垫和红纸，省级传承艺人王丽平义务坐班，免费为雕花剪纸的爱好者传授技艺。

"文史博物馆"的讲解员崔莺子和王丽平老师相继进来，和他打过招呼后，分头走进两边展厅忙活去了。

在三楼的办公室甫一坐下，镇委宣传委员毛晓娟笑容满面走了进来，寒暄过后，她通报道："周站长，昨天下午，胡镇长和雅迪连锁公司张董事长签了协议，镇里把文化站及前边的广场拿出来，引进雅迪建设'雅迪超市'。"

来了，来了，吹了几个月的大风，终于引来了风暴。他轻言慢语地问:"文化站呢?文化活动广场呢?"

毛宣委赶紧解释道:"镇里决定,在南区建设达国家一级站标准的新文化站,并且建一万平方米的镇民广场,那个气势和场面恐怕要全县第一。"

"建个天宫又有何用?老百姓能去吗?他们怎么去?"他有些恼火地连问道。

毛宣委年轻,不到三十岁,被他突如其来的三连问呛住了,一时语塞不能发声,许久才缓过神来,转移话题道:"文化站长纳入事业编制,招录站长的资格审查在镇里。目前镇里有两人报名,吴顺心和胡小敢,镇里原则同意他们两人参加考试。"

哼!真是滑稽!吴顺心在镇里干了五年通信员,目前在镇党办做临时工。胡小敢是镇郊村支书,不顾老百姓意愿,将村土地供给镇里兴建工业平台,被老百姓赶下台,镇里安排他在镇农办帮忙。神圣的文化站长竟然成了镇里赶人情、搞平衡的筹码,他很不服气地问:"我是超龄了,不够提名,但吴顺心和胡小敢一天都未从事过文化艺术工作,他们够资格参加考试吗?"

"胡镇长说了,只要找相关部门去做做工作,应该问题不大。"毛宣委回应道。

欺老不欺少。俗话说得何其在理!一个干了三十年文化站长的老兵,勤勤恳恳一世、兢兢业业一生,就是超龄几年,镇领导不去做工作,却要为连"文化"两个字都写不好的人去说情、打招呼,看来自己做人失败透顶!他的心像浸泡在冰窖里,凉透了。尽管难受无比,但他依旧保持君子风范,克制地回告道:"毛宣委,我已经心中有数。请你回去转告胡镇长,我周宏明知道镇里的安排了。"

"我不能回去,我的话还没说完。"毛宣委不是那种会瞅眼色行事之人,沿着自己的思路继续说道,"胡镇长让我转告您,在招录文化站长的这段时间，由我代理主持文化站工作。另外，请您立刻把文化站的土地证和房产证交给我，我再给胡镇长。这块地方马上要动工建设。"

"几天都等不及了？赶尽杀绝呀！"他语调悲怆地苦笑道。

"没有，没有，主要是利于工作。"毛宣委急忙解释道。

"什么利于工作？你们这是欺人太甚！"他实在忍不住了，手捏拳头狠狠地捶了一下桌子，愤而起身，敞开喉咙怒不可遏道："我是镇委和县文化局党组共同任命的，你们要免我的职，拿红头文件来！房产证和土地证是在我手上，但我不能交！这块地转不转让，不是镇里说了算，而应该是老百姓说了算！"说完这些，他自己都被吓傻了。一直以来，他为人处世温良恭让、低调向善，生怕说大话、讲重话。尤其对领导，从来都是谦恭礼貌，何曾如此冲动、如此激愤？今儿个到底怎么了？他自己都没弄明白。

楼下的人听到争吵声，赶紧跑上来，拉走了呆若木鸡的毛宣委。

王丽平给他弄来一杯水，让他服了一粒药，然后劝慰道："她一个小毛丫头，负责传话的，你向她发脾气，不值。"

他自责自怨道："我今天怎么像吃了铳药，控制不了自己。"

"平时你是一个人见人欺的'糯米菩萨'，今天总算露出一点儿男人的血性，做得对！"韩素珍大加赞赏道。

"镇里做得太过分！杀猪得找剃毛的，是胡镇长的鬼点子和馊主意，咱们必须去找姓胡的闹。"崔莺子提议道。

他摇头打破道："你们一班姑娘婆婆能够闹出什么花脚乌龟？没用的。"他信心不足地打破道。

"闹不赢咬也要咬一口！凭什么把我们的活动地盘随便出让给别人赚钱谋利？"韩素珍愤愤不平道。没想到这个婆娘领舞时柔弱优雅，这个时候却变得强势霸气，难怪说兔子被逼急了也咬人。

# 二

头疼得厉害，本想睡个午觉会减少痛感，但周宏明心里装着事儿，怎么也没睡实沉。下午上班后，一楼雷锋纪念馆及"雕花剪纸传习基地"大门紧闭、空无一人。他有点儿纳闷儿，大白天的怎么没有人呢？他们干什么去了？

进了办公室，周宏明准备为几户结婚人家作几副楹联，但大脑混沌一片，就像一台生锈死机的发动机一样，难以正常运转起来。结婚是喜庆事宜，镇上人家以张贴他的楹联而引以为豪。适逢年底，结婚的多，索要楹联的也多。一般像他这样的地方名士作一副楹联少则五百元、多则一千元，但他分文不取。所以，通过各路关系找他的人更多，他基本是有求必应。谁家都有办喜事的时候，办一次喜事不容易，既然人家瞧得起自己，那就得潜心静气、用足功力，字字斟酌、句句推敲。写出的对联不仅对仗工整，还与其家风职业融汇，与新人的姓氏名号对应，既喜庆祥和，又贴近现实，还风趣诙谐。

头痛欲裂，思维短路。勉强而作，敷衍了事，那不是他的风格。到了这把年纪，名誉比什么都重要，不可凑合应付而毁了一世英名。

头疼得不行，实在难以坚持。他拿出手机，翻出县人民医院赵医生的电话号码，然后拨过去，瞬时通了。打过招呼后，他向赵医生描述了头部及通身不适的症状。赵医生不容置疑地提醒道："周叔，您的病情很重，必须赶紧来医院检查诊治。我现在班上，您直接过来找我。"

赵医生和他的女儿周诗雅是从小学到高中的同班同学，大学期间还曾处过一段日子的对象，他当时还蛮认可赵医生这个小伙子的。后来，因分配去向不同而关系疏远。赵医生是学心血管内科这一块的，分回到县城人民医院做医生，女儿分配到省城一家新媒体任职。两人虽然身处异地，但依然像朋友一样走得很近。女儿知道父亲的病情，便把他托付给了赵医生。

他站起身来，正要出发，见黄三运像铁塔一样堵在门口，一惊一乍道："哎呀，我的大文豪，今天机会好，总算找着您了。"

他只能退回原位坐下，望着黄三运，无精打采地问："你找我有啥事？"

黄三运自个儿在沙发上坐下，满腹苦衷道："这几天我一直在琢磨，我这'婷婷网吧'开业才几年，为什么遭受几次停业整顿？昨晚终于开窍想通了，就怪这名字起得不吉利。"

"婷婷网吧"建在镇西边，与镇中学相隔不过两三百米。前年，省执法总队夜晚暗访突查，在"婷婷网吧"抓到十五名在校初中生。其实镇上的家长对"婷婷网吧"意见很大，周宏明作过多次反映，也给县文化执法大队举报过。他和县执法大队的同志几次三番上门，对黄三运进行批评教育。黄三运当面答应得好，背后依然故我。迫于无奈，他只能偷偷地给省文化执法总队打了举报电话。省总队在部署暗访工作时，特意对"婷婷网吧"安排了一次突查，发现问题严重，开出了重额罚单，并作出"停业整顿"的处理。自此以后，"婷婷网吧"才有所收敛。前不久，"婷婷网吧"的后门被另一家单位堵死，消防不达标。他发现情况后，迅即给县文化执法大队和县消防中队作了汇报。两个单位联合执法，再次责令"婷婷网吧"停业整改。他小心翼翼地回应道："你的两次停业，一次是违法经营，一次是配套设施不达标，都是自身出了问题，跟网吧取名好像没有半毛钱关系。"

"不仅有关系，并且还挺大的。"黄三运狡辩道，"我的网吧名称叫'婷婷'，恭恭当当就'停停'两次。人要相信宿命，所以来找您，是求您为我的网吧取一个有寓意、叫得顺的名称。"

"你让我为难了。"他委婉地推却道，"我给你想个天好的名字，但如果你继续违规经营，不定哪天又被施以'停业整顿'处罚，那你不得骂死我呀。你自己说说，我能接这桩活吗？"

"怎么不能接？从您口里讨得一个好名称，吉利吉利，新起新发。今后我遵规守纪，不让您压脚就是了。"黄三运郑重承诺道。

"如果你保证今后守法经营，我可以考虑为你的网吧想一个名称，但你得给我几天时间。"他只能答应下来，人家话都说到这个份儿上了，如再推托就有点儿不识好歹了。

"太谢谢您了！"黄三运笑容满面，站起身子，从荷包里掏出一个信封，搁在他面前的桌子上，"这是我付给您的辛劳费。"

看信封装钱的厚度，他估计是五千元。而从黄三运的举动，他断定不会只是取名称这么简单的要求。黄三运不是不知道，自己为镇上人作对联也好、取名称也好、写祝词也好，从不收费。至多人家为表感谢，送点儿烟酒之类的礼品，这自己是欣然笑纳的。他一眼洞穿了黄三运送钱的"醉翁之意"别有企图，便拒绝道："用钱买卖文字，让我情何以堪？我清高大半生、斯文一辈子，不可能破这个例。"说完，随手将信封甩给了黄三运。

"那就不好意思了。"黄三运尴尬地笑道，缓缓地将信封搁进荷包，然后试探道，"周站长，其实我还有一事——"

"是亲戚要写对联啦还是什么的？"他故意岔开话题问。

"不是不是。"黄三运急忙否定，瞧瞧他的脸色，吞吞吐吐道，"临近春节了，我那网吧想做几天红火生意。县文化执法大队那边，我去活动过了，他们说——他们说——只需您签个字就成。"

果不其然，五千元钱的真实意图暴露无遗。镇上流动人口不多，平日网吧里没啥人，只能勉强维持。网吧赚钱就抓学生的两个假期。寒假即将来临，黄三运当然不想错过这个捞钱的时机。但是，他的网吧正在新建楼梯实行消防改造，这个字怎敢瞎签呢？万一签了，要是网吧这段日子发生事故，自己可要吃不了兜着走。他谨小慎微道："我一生摸脚走，行路怕踩死蚂蚁，哪有胆儿签这个字呢？"

"您不是被免了吗？趁这个真空时节，做点儿好事、积点儿阴德呗。"黄三运口气轻快，不以为然道。

听到被免职，他的心里就不舒服。明明晓得我被免职了，还要让我钻这黑窟窿，你黄三运到底什么居心？他很是不满地推却道："既然职务被免，我更没理由签这个字了。"说完，他站起身，走过来，一副要送客的样子。

黄三运无可奈何地从沙发窝里抬身而起，站在他的面前，赌气讲狠道："反正网吧近期肯定要开门，寒假的这个生意必须做！我提醒你不要多管闲事。"说完，眼睛带着刺儿地盯着他。

遇到这种对峙情况，他从来不以硬碰硬，而是退后一步避让三分，继而有礼有节、柔中带刚道："集镇上的'朝阳群众'多的是，他们打电话举报，你是拦不住的。根本用不着我来管这个闲事。"

黄三运想发脾气但又无处可发，只能像斗败的公鸡一样耷拉着尾巴走出门，口里不住地骂骂咧咧道："迂酸死板、假装清高，放着钱不赚，穷死你！"

这是昧心钱，也是违法的钱，穷死也不能收。本来"婷婷网吧"违规经营，镇上居民颇有微词，正愁没良方治你咧。借消防整顿之机，关停你一个寒假，恰合百姓之意。为了守护这块阵地，他只能做到这步。面对黄三运的轻慢和责骂，他心里很是不爽，集镇上的人对他可不是这种态度。要是往日身体好，定会解释几句。但今天既没说话的心情，更没解释的欲望，再说已经把他得罪干了，忍气吞声一下呗。

下午三点，他来到广场边，叫了一辆车，赶到了县人民医院。

赵医生观看了他的面色，察看了他的眼睑，把脉问诊一番后，极其严肃地建议道："周叔，病情很严重，我希望您住院一星期。"

"不行不行。"他立马否定道，"我还有重要的事情需要办理。"

"是办事重要还是生命重要？周叔，不是吓唬您，您随时有突发脑出血的可能。"赵医生郑重警告道。

"赵医生，我不住这个院，明天会不会死呢？"他直不笼统地问。

"那倒不至于，但是随时有危险。"赵医生实话实说道，"诗雅把您治病的事情交给我，我要对您的生命负责任。"

"我自己的病我清楚，一时半刻死不了。住院大可不必，你给我开些药就行了。"他乐观豁达地要求道。

赵医生无奈地摇头苦笑，最后退让道："您硬是不肯住院，也行，我给您开些药，您得按我的要求打一星期的点滴。另外，要卧床休养。"

"好吧。"他长叹一口气，有些不情不愿地答应下来。

"还有，近段时间要注意饮食，不能吃高脂食物和辛辣食品，尤其是不能沾酒。"赵医生细心叮咛道。

喝酒已经是记忆中很遥远的事情了。十多年前，他还是喜饮好喝的。也许是受"李白斗酒诗百篇"的濡染，他也想从独酌小饮中寻找点儿灵感。还真有那么回事，他的几首获得全国大奖的歌词，都是喝酒之后词如泉涌、妙语连珠而来。本来只有三两的量，一般时候喝个二两多，人有些晕晕乎乎，思绪有些信马由缰，还真能够写出一些精品佳作。因为家族性遗传的血压高，妻子就给他下了

"禁酒令",经过这些年,倒也慢慢适应起来。此刻突然提到酒,还真勾起了他的一些欲望。他的心里瞬间闪过一缕奇思怪想,便小声探问道:"赵医生,你说我要是喝点儿酒,会是什么情况?"

"饮酒会直接导致发病,后果不堪设想。"赵医生脱口而出道。

"发病之后会有救吗?"他刨根问底。

"这要从两个方面看,先要看发病的程度,再要看救治及时与否。如果发病程度低,救治及时,生命可以保住。反之,就不好说了。"赵医生细心解释道。

"也就是说,喝点儿酒发下病,还是有救的。"他沉浸在自己的想象之中,自言自语道。

"周叔,这个时候还喝什么酒?您千万别拿自己的生命开玩笑!"赵医生严正警告道。

"不会不会,我只是说着玩的。"他知道说漏嘴了,赶紧掩饰道。

赵医生在电脑上开出处方,拿着挂号单到一楼拿药去了。他兀自坐着,脑海里像泼了糨糊似的,发蒙着理不清头绪。

护士小姐跟着赵医生走进来,给他输上液。赵医生扶他在帘子后边的诊断床上躺下,细心呵护道:"有我照看,您安心休息一会儿。"

刚刚迷迷糊糊睡去,手机铃声突然响了,他用左手艰难地翻开机盖接听,是毛宣委打来的。在电话那头,毛宣委紧急求援道:"周站长,韩素珍、王丽平和崔莺子带着几十个妇女在县政府门口静坐上访,我死活劝不走她们,您赶紧过来,做做工作。"

"我已经被你毛宣委免职了,哪还有权力去管她们的事?再说她们也不会买我这个垮台站长的账呀。"他话中有话地刺激道。

"您就别翻我的旧账了。事情紧迫,您大人大量,来现场一下,发句话,她们肯定立马就走。"毛宣委诚恳地求情道。

"你得弄清楚她们上访的诉求。"他善意提醒道。

"她们的诉求就是要求文化站和文化广场这块地不被镇里征用。信访局长已经接待了她们，记录下了她们的诉求。但她们坚决要胡镇长来接访，说是要和胡镇长对话。"毛宣委一五一十地交代道。

"你让胡镇长出面接个访对个话不就平息了。再说，县里规定，群访超过三十人的，主要领导必须接访。"他点醒道。

"胡镇长出差了，不方便！"毛宣委辩护道。

"你也不用跟我打埋伏，中午我都看到胡镇长在'红花酒楼'陪客了。主要领导去听一听群众的呼声，移动大驾就这么难吗？"他很为不满地揭穿道。

电话那头，毛宣委急得快要哭了："周站长，胡镇长不来，我一个下属，不能逼他就范啊。他把这件事交给我办，我如果不处理下来，工作能力就要受到质疑。即将换届选举，我只怕一点儿戏都没了。"

想一想在镇上当个小委员、副镇长之类挺艰难的，主职领导只管发话，让他们去抓落实，人微言轻，不敢拍板，没权表态，平息这类棘手的问题谈何容易？他的心顿时软了下来，虽然他对毛宣委充当胡镇长的"传声筒"这件事难以释怀，但他还是念及她平时对自己的尊重，还有年轻人的政治前途。顿了一会儿，他和声细语地宽慰道："你不用急，不会有事的。"

"人家都要急死了！"毛宣委带着哭腔，悲情连连道，"几十个姑娘婆婆聚集在政府门口，影响多不好呀！胡镇长在电话里对我大发雷霆，您让我怎么在镇里混哪？"

"我现在正在医院打吊针，走不开。你可以拉韩素珍、王丽平和崔莺子到一边谈一谈，挨挨时间。五点钟一到，她们保准离开。"他极其肯定地预测道。

"从她们的言语之中，我猜测她们似乎要打'持久战'，好像有不见胡镇长誓不撤兵的意思。"毛宣委仍然不很放心地嘀咕道。

"相信我呗，不会有误。"他自信满满道。为了让毛宣委放心，他特地补充道，"如果她们五点钟不离开，我打完针后赶过去，陪你一起做工作。"

对这帮大妈大婶，他再了解不过。有一次市局领导到县里来检查工作，把他们镇的广场活动作为一个参观点。原定下午四点钟到的，广场上几百人的阵势足够壮观、十分精彩。谁知领导们推迟一小时到达，这时广场上只剩寥寥十几人，劝留留不住、阻拦拦不了。她们有的要回家烧火做饭，有的要接放学的孙子，用门板都挡不住。其实，她们聚众上访，除亮明态度、喊出呼声外，对于守住战场、保住阵地没有多大实际效果，他不是很赞成这种做法。镇里的决策，不会因为一次无关痛痒的上访示威而作出改变。重病必须下猛药，没有特别之举难以扳回镇里的决定。即便是和胡镇长见上面、对上话又能怎样？胡镇长有的是说辞、有的是道理，因为镇里已经找足了要征用这块阵地的由头。唉，这场"阵地保卫战"不好打呀！

输完液，已过五时，和赵医生告别之后，他叫了一辆出租车，专程拐到县政府门口，巡视一圈，未见上访人员，便安心地回家去了。


三


镇子上传开了，说镇里已经和投资老板达成一致，拟于元月八日在广场举行项目奠基仪式。有人当面问他是否属实，他不知内情，只能讪笑应对。在吃晚饭时，妻子旁敲侧击地打探，他也只好佯装糊涂蒙混带过。

不能这么轻易缴械投降！他决定去找胡镇长，当面鼓、对面锣地作一番争取。尽管他觉得这番争取也许徒劳无益，但他也还得硬着头皮进行一通尝试。

他打了胡镇长的电话，通了，没接。他又摸黑来到镇政府院子里，除值班室内有两名干部在下象棋外，整幢大楼漆黑一片。胡镇长是外来干部，办公住宿在二楼东边，望一眼那边，好像也是黑灯瞎火。他把通信员叫到一边，问胡镇长在不在镇上。通信员是新来的，不太认识他，让他打电话。他说打电话胡镇长没接。通信员说，那可能不在镇上吧。

听话听音，他感觉到不对劲儿，便再次打通胡镇长的电话，通了，依旧没接。他准备上二楼去敲门，被通信员拦住了。通信员说，您打几次电话镇长都没接，说明镇长不想见您。您去敲门，镇长也不会理您。

想一想通信员说得也对，镇长不想见你，你死乞白赖地要见，即便见到了，尴尬难堪、话不投机的，也解决不了什么问题。

走在回家的路上，心里涌出阵阵悲凉。文化站是清静之地，而清静之地却变成了是非之地、争夺之地。文化站长是文雅之士，而现在却仿佛变成了痞子之流、渣人一个，主职领导都不待见了。

文化站地处镇域中心，是一块做文兴文、做商兴商的风水宝地，镇里一直都盯着它，逐利的商人更是垂涎三尺。镇长当然希望让这块地商业化，为自己积攒政绩。胡镇长前不久曾把他叫到办公室，专门试探性地问过他，但被他找各种理由巧妙回绝了。所以这次胡镇长根本没有征询他的意见，便动用手中大权直接转卖给他人。胡镇长避而不见，除不想和他浪费口舌争吵不休外，更不希望节骨眼儿上出乱子。

胡镇长的前任马镇长也曾动过文化站及文化广场的心思。县里一位领导介绍一投资商欲在文化站这块地上建一所双语幼儿园，马镇长不敢得罪这位县领导，加上集镇上也缺少一所正规幼儿园，在班子会上，马镇长把情况一讲，带有明显的偏向性，大家也就没有争议举手通过了。镇里的决定作出后，由副书记陈国强找他谈话，通知他一周之内搬迁。

从陈国军的话中，他隐约听出这件事是马镇长在一手操纵。官场上的规矩，一向是官大表准，唯有找一个比马镇长大的官儿给他发话，才有可能收回成命。再去找江主任？已经不管用了。春节期间他带着土特产去拜望江主任，江主任已经住进医院，靠药物维持着生命。再说，他老人家的指示已经没啥影响力了。向主管局求助？他立马否定了这个想法，局长和镇长一个级别，再说文化站的人、财、物均属镇里管辖，文化局只是业务管理，局长的这个口不好开呀。

搜遍记忆的角角落落，也没有找到比马镇长官儿大的熟人和朋友，这条路算是彻底被堵死了！

蓦然，周宏明脑屏中迅速闪跳出那一幕……

马镇长人虽年轻，但做事还有些魄力，为镇上老百姓办了不少实事。但是马镇长也有一个弱点，就是喜欢美女。文化站里舞蹈培训室里来了一位实习的女大学生小敏，这是镇上的一位熟人家的女儿，托他弄进来的。小敏身材婀娜、长相秀美、皮肤白皙、气质优雅，每天骑自行车从家里来文化站上班，一路飘过，绝对引来一路的驻足观望。

马镇长看在眼里、想在心头，原来一年到头不曾到文化站调研一次，那段时间有事没事地往文化站跑，又是参观"雷锋纪念馆"，又是亲手雕花剪纸，又是跑到二楼舞蹈培训班去慰问老师，也就是小敏。

小敏是传统家庭教育出来的女孩，性格比较内敛、思想比较保守，对马镇长的攻势不为所动。越难到手的东西，马镇长越觉得珍贵。那天下午下班后，因为晚上要教夜间培训班，小敏没回家，就在路边摊上买了点儿东西吃了，回到二楼培训室里玩手机。马镇长吃过晚饭后，散步来到文化站，上得二楼，见只有小敏一人，觉得是天赐良机，他先和小敏聊了一会儿天，而后突然从背后抱住小敏，但被小敏硬生生地挣脱了……

马镇长不晓得文化站的一楼、二楼都装有探头，而监控室就在三楼周宏明的办公室内。那天也是赶巧，他接到一个歌词征集启事，连着手一口气写完了《柴米油盐》这首应征作品。正当他放下钢笔吁出一口长气之时，抬眼望见了监控画面上的那一幕。

他没敢声张。他觉得要把这件事烂在肚子里。不然，对初入社会的小敏不好，更对马镇长的形象不利。但是，他当时还是做了个有心人，把这段画面复制到手机上。

来到办公室，他掏出手机，先解锁，再通过指纹辨认，最后输入密码，才进入"相册"，翻出那张照片，他喃喃自语道，马镇长，对不起，咱只能走回歪门邪道了。

第二天，他去找马镇长，没找着。那几天时间，马镇长不是在县里开会，就是外出招商，忙得脚不沾地，他找了多次，都没碰着。隔天就要举行签约仪式，一旦签约，就是铁板钉钉，再难以翻盘。他急得不行，晚饭后找来剪纸艺人王丽平，跟她通报了情况，并把那张照片发到她的手机里。王丽平有一个侄儿在县纪委做副书记，他郑重交代道："我晚上再去找马镇长，以这张照片胁迫他放弃明天的签约。如果我九点半之前没给你打电话，你就把这张照片发给你的侄儿，让他连夜出面找马镇长谈话，极力阻止明天的签约！"王丽平点头答应下来。

晚上七点钟，他就来到镇上，守在值班室里，一直等到九点多钟才等到马镇长归来。走进办公室，马镇长很客气地给他赐座、给他倒水。他低三下四地恳求镇里不要变卖处置文化站这块阵地。马镇长陪客商喝了酒，脸红红的，大手一挥道："办文化站是服务群众，办幼儿园也是方便老百姓呀。这件事已经定了，无法更改。"

他掏出手机，双手颤抖地鼓捣一阵后，对着马镇长，无可奈何道："马镇长，我给你发了一张图片，你看看再说吧。"

马镇长翻开手机，打开收件箱，赫然看到那张图片，脸色突变，咬牙呵斥道："你一个文化人，竟然做出这等烂事！你想要挟我？"

他的心紧张得快要跳出来。他摸住胸口，平复心绪后，摇头正告道："马镇长，我是一个文化人，但凡我有点儿办法，怎么会出此下策？不是我要挟你，而是你在逼迫我。"

"镇领导班子会上讨论通过的决议，明天就要签约，如若更改，岂不给人留下笑柄？我如何向领导交代？如何向投资老板交代？如何向社会公众交代？"马镇长顾虑重重道。

"你在官场摸爬滚打这么多年，老油条了，还需要我教你吗？"看到马镇长成功掉"阱"，成为自己口边的"猎物"，他心情大爽，胆大妄为、好为人师地教诲道，"你在班子会上如何偏向办幼儿园说的话，再开个班子会，偏向文化站说就够了。你还可以说，县里有主要领导叫停这件事。都是你口边的话，没有人去核实。"

思索片刻，马镇长几近咆哮道："我找理由取消明天的签约，终止这笔协议。但你得把那些照片给老子删掉，不要让老子再看到！更不能在社会上流传！"

"镇长大可放心，这件事都过去半年了，社会上有丁点儿的舆论吗？没有。这一次您保住文化站，等于是保住了我的命根子，我知恩图报都来不及，怎么会过河拆桥陷你于不义呢？"他真诚动容地许诺道。

走出镇政府院落，正好九点半钟，他赶紧拨通王丽平的电话，欣喜若狂地报告事情搞定了。而电话那头王丽平却直说错拐了错拐了，我刚把照片发给我侄儿了。他立刻敦促道，你赶快补救，迅速给你侄儿打电话，就说照片发错了，让他不要追究这件事了。

马镇长兑现了他的诺言，那块文化阵地保了下来。

几天之后，马镇长被县纪委约谈。再后几天，马镇长被降级，调进县里一个小科局当末位副局长。

马镇长的突然调离让人心生疑窦，那不为人知的内幕最终还是被层层揭开。他成了舆论的众矢之的，他的谦谦君子形象为此大打折扣。面对沸沸扬扬的贬损，他能公布真相吗？他能辩称纯属巧合吗？不能，他只能自咽苦果。虽然主观上不是有意而为，但客观上却干出了背信弃义之举。尤其是他明知马镇长和小敏之间什么事也没发生，就更加剧了内心的负罪感。一贯自诩"君子坦荡荡"的那份自信，也因这次事件大受打击。

这是心里一个永远的结。

现在胡镇长不理会他，既有"远离小人"之回避，也有"不足与谋"之轻慢。他还真拿胡镇长没办法。

他没顺道回家，而是拐过一段，来到广场前的那条路上。但见文化站三楼两个角顶安装的探照灯发出的光芒把整个广场照得亮如白昼，几百名妇女和极少数的老年男人分成几摊，在舞蹈老师的带领下，跳着欢快潇洒、奔放自如的广场舞。广场活动已经成为他们生活中密不可分的一个部分。每天跳跳广场舞，既能娱乐，又能健身，还能交友。他们当然乐此不疲了。

这一幕他看过多次，唯有今晚他看得欣慰无比、如痴如醉，看得心潮难平，泪水模糊。

他用满腔的心血，牺牲自己的名声捍卫住了这块活动阵地，保护住了这片文化家园，守护住了这张百姓舞台。然而，镇里趁他不能担任文化站长的当口，却要抢夺这块阵地。他的心像被挖走一块一样，疼痛难忍。

他黯然神伤地走在回家的路上。

陈国强副书记正坐在他家里和妻子聊天。他把陈国强引进书房，让妻子泡了一壶茶，关上门后，两人一边品茶一边闲扯开了。

陈国强和他同年而生，同一天进镇机关工作。他就任文化站长后，陈国强则从管理片的副片长做起，到片长、再到片书记、再到镇组委、再到常务副镇长、再到副书记，在副书记岗位一干就是近十年。这些年来，两人的关系一直处得不错。在陈国强面前，他不用伪装，无须拘谨，端着的架子可以放下来，能够敞开心扉地讲、肆无忌惮地说。

"去找胡镇长了？"陈国强开门见山地问。

"你怎么知道？"他反问道。

"那块阵地保不住了，你肯定像热锅上的蚂蚁，急呀。"陈国强猜测道。

"是的，胡镇长一直不肯见我，电话也不接。"他有些委屈地诉苦道。

"他不会接你的电话，更不会见你。"陈国强望着他，意味深长道。

"我不服气！凭什么镇里总是安不得这块文化阵地，老要打它的歪主意？"他愤愤不平地询问道。

"因为这是一块难得的宝地。办文化只能娱乐娱乐大众，而办超市，既可方便大众百姓，还可带来经济效益。更让人惊喜的是，投资办超市的老板答应，只要超市办起来，就再投资六千万元，在镇郊村办一个农副产品加工厂和配送站。现在要找一个投资几千万元的项目不容易啊！两相权衡，镇里当然得答应老板。"陈国强毫不隐讳地通报道。

"存在即为合理，现在这块阵地本来就是文化站和文化广场，好端端的，你把它取缔，镇上的老百姓到哪里去娱乐？去跳舞？去活动？"他连珠炮似的反问道。

"不是取缔，而是置换。"陈国强特别强调道，"镇政府准备南迁，文化站和文化广场一同南迁。到时候，新文化站和文化广场比现在的格局更大气、功能更完备。"

"南迁还只停留在规划阶段，一看就是望梅止渴的事。"他毫不留情地戳穿道，"即便是有一天建成了，离镇区几公里远，老百姓方便去吗？那充其量不过是聋子的耳朵——摆设。好看不中用！"

"镇里能够作出这番承诺已经不易，你知足吧！"陈国强道。

他能知足吗？县里明确要求，镇财政每年必须安排文化站免费开放资金一万元和组织群众文化活动资金五万元进入预算，这些年来，镇里从未安排、从未兑现过。县里年终检查时，还逼他开假票蒙混过关。文化站的免费开放靠县里的一点儿拨款维持，组织群众文化活动的费用靠他舔脸找老板化缘解决。镇长以及许多镇干部视文化如草芥，认为文化就是一"搭头"，无关大局，可有可无。每每想到这些，他就感到寒心透顶。他心灰意冷道："你自己说说，我能够画饼充饥，相信镇里的承诺吗？"

陈国强品了一口茶，没接他的话往下说，而是转换频道道："老周，我们都是五十岁的人了，说话办事都要想穿一点儿。你说你这把年纪，按县里的文件规定，已经不符合招录要求。一旦文化站长的职务没了，又没到领退休金的年龄，成为一个失业的社会人，你还有脸在这个社会上混吗？"

一语中的，真的是戳到了他的死穴。但他依旧嘴硬地回应道："我凭本事可以吃出饭来。"

"拉倒吧，你不在这个职位，毛都不值一个！谁还来求你写这写那？"陈国强麻脸无情地对他进行贬低后，接着密告道，"我私下给胡镇长求过情了，他答应到县人社局去做工作，破格招录你继续担任文化站长。但是，你必须听从镇里安排，几天之内无条件搬迁出去。"

做了三十年文化站长，荣誉证章及获奖证书堆起来足有人把高，荣膺省里的"文化百家"、县里的"文化名人"，因为年龄问题不能进入门槛，需要拿镇上老百姓仅有的文化阵地作为交换，真是奇耻大辱！他毫不犹豫地拒绝道："我不能做这笔交易！一个小小的文化站长，却要拿镇上千人百众的活动阵地作交换，这个历史的罪名我背负不起！"

"识时务者为俊杰，不要犟死一头牛。"陈国强谆谆劝诫道，"引投资、办超市本身就站在了道义的制高点：'发展地方经济，方便群众购物。'比办文化更有实际意义！你不可单从文化那点儿事上思考问题，要服从大局、顺应时政，这样考虑就不用背负什么罪名了。"

有些话憋在心中很久了，打死他也不想挑明，准备让它胎死腹中。但陈国强说到这个份儿上，好像理直气壮似的，让他接受不了。他感到机会难得，便无所顾忌、激愤难捺地发泄道："镇里打着'发展经济'的旗号，提着'服从大局'的要求，干着侵占文化阵地的勾当。首先，引投资、办超市我不反对，闹市中心的超市铺面多如牛毛，大多经营不善濒临亏本，镇里为何不去整合资源、盘活存量，而非要盯着这块仅存的文化阵地？其次，办超市是方便群众，搞文化更是在服务群众啊，为什么一定要打瞎一只眼睛去补另一只眼睛？最后，镇里美其名曰做'置换'，实则是明目张胆地搞抢夺，编织一个美丽的谎言愚弄百姓。镇里这样扼杀文化，完全和上级的指示精神背道而驰！"

他思路清晰、逻辑缜密，理讲得头头是道。陈国强甘拜下风道："你捏住半边嘴也说得过我，我争不赢你，也辩不过你。但是，请你理解一下镇里的难处好不好？毕竟从上到下都是围绕'发展经济'这根指挥棒在转。发展经济靠什么？靠招商引资。你是搞文化工作的，根本不了解目前招商引资的压力和难度。而今老板好不容易看中文化站这块地，答应投资，镇里肯定得像八金八宝一样护着，对老板提的要求当然无条件地满足。所以，为了经济发展，只能牺牲这块文化阵地了。"

周宏明听不得这话，听了就来气，为什么受伤的总是弱小的文化？他索性放肆开来，一针见血地责问道："发展经济就一定要伤害文化吗？既不是高科技项目，又不是高税收项目，也不是高就业项目，镇里为什么非得要引进？说到底，就是一个畸形的政绩观在作怪。另外，还有私利捣鬼。我听说胡镇长的舅弟入股了，还承接了项目的建设工程。"

"那不是你操心的事，工程总要有人做，谁做不一样。"陈国强制止道。

"但是这种风气我看不惯！"他一字一句地回击道。人搞文化工作久了，养成了硬不硬、臭不臭的那副德性，清高孤傲得看不惯这、看不惯那的。

"你呀，别像五四青年那样愤世嫉俗、冲动激昂好不好？话说三分，点到为止。"陈国强拿手指着他，真心诚意地提醒道，"八号要举行奠基仪式，镇里想先把老板稳住，不能让别的乡镇给挖走了。我希望你以大局为重，积极配合！"

"你让我怎么配合？两天之内既要找地方又要搞搬迁，怎么搞得妥帖？"他不满地顶撞道。

"打眼儿挖窟窿也要两天之内搞定！听我的。"陈国强带着命令的口气道。

"要是我不听呢？"他踩着尾巴问。

陈国强漫不经心地笑笑，断言道："不听我的，归你吃亏。不是我小瞧你们这些文化人，用嘴壳子坐而论道还行，付之行动，很难成事。何况，以你目前的能力和实力，根本撼动不了镇里的决定。"

虽然在心里极不认同，但他没有表露出来，因为他要给陈国强留一点儿面子。

# 四

他立马给县文化执法大队的关大队打通电话，希望他们过来处理一下。关大队笑着推诿道："我说起来是个大队，实际上手下只有十来个人，这些天所有人都投到创建'全国卫生城市'中去了，根本派不出人。要说按属地管理原则，你还是向你们镇派出所报案吧。"

想想关大队说得也是，除人员少、装备差外，他们执法手段还弱，即便是来了，也不见得拿捏得住他们。他对龚小海道："你以一个村民的身份跟派出所报案吧。"

　　龚小海拿出手机拨通110，忙音，再拨，还是忙音。过了一会儿再拨，依旧是忙音。拨了几十遍，总是忙音。

　　"莫打了，别指望他们。"他当机立断地布置道，"等会儿我俩买票进去，只要看到有色情表演，我们就出来。你到时见机行事，跟我做好配合。"

　　"配合没问题。"龚小海答应下来，转而担忧地哆嗦道："我听说他们请了当地的几个'拐子哥'守场子，会不会出啥事呀？"

　　单枪匹马应对突发状况，对他而言还是首次。他不怕与他们讲道理，就怕他们行横使蛮。他的心里也有些打鼓。但他立刻镇定下来。开弓没有回头箭，既然箭已出囊，那就得又稳又准地发射出去。他打气道："我们是正当正义之举，难道还怕他们？"声音说得很大，既是在给自己鼓劲，也是在给龚小海壮胆。

　　九点钟，两人花一百元买了两张票进入，手机被守门检票的人收走，搁在小屉柜里，发给他们每人一个塑料圆号牌，带着橡皮圈，可以箍在腕上。

　　前两个节目是惊险刺激的高空杂技表演，倒也赢得了不少掌声。第三个节目是女子钢管舞表演，开始还算正常，可逐渐往后，女子身上的衣服慢慢褪去，越来越少，当只剩乳罩和丁字裤时，他想节目应该收场了，没想到高潮还在后头。直至女子一丝不挂，赤身裸体地暴露在观众面前。

　　他拉上龚小海走到出场口，用塑料牌换回手机。

　　他给龚小海耳语一番。

　　他让人把马戏团团长请了出来。

　　不一会儿，团长站在他的面前，身后跟着两个满脸横肉、充满煞气的保镖。

　　"你是谁呀？"团长先发制人地问道。

"我叫周宏明，是镇里的文化管理员。"他自报家门道。

"文化管理员是个什么东西？"团长嗤之以鼻问道。

"是个狗屁！"后边的一个保镖吊儿郎当地应和道。

"哈哈哈……哈哈哈……"三个人肆无忌惮地浪笑着。

绝对不能让他们牵着鼻子走，必须主动出击！他声色俱厉地警告道："你们马戏团涉嫌色情表演，必须马上停演！"

"有吗？拿出证据来！"团长伸出手，摊在他的面前，厉声警告道，"你可不要血口喷人。"

"诬陷是要付出代价的！"后边的一个保镖恶狠狠道。

"多管闲事可要吃闷亏的！"另一个保镖凶巴巴道。

"没有证据，我敢找你们的麻烦吗？"他底气十足地质问道。扫视过三人的面色，他指着胸前的徽章，低声问："知道这是什么吗？"

团长瞟过一眼道："什么破玩意儿？！"

他煞有介事、扬扬得意道："这是一个微型摄像头。它已经把你们的全部节目抓拍下来了。"

两个保镖走上前，一人擒住他的一只手，团长用手捏住他的下巴，牙齿咬得咯咯响，吼叫道："你想找死吧！"

"哎哟！"他嚎叫一声。两个小青年把他的两只胳膊往上扳，胳膊有被折断之感。他叫嚷道："放开我！我这把快要散架的老骨头，怎么搁得住你们这样用力？"

"你识趣点儿，赶紧交出东西！不然——"团长使劲捏着他的下巴，怒瞪双眼威吓道。

"迟了，暗道机关我已经取下，派人送出去了。"他机智答道。

"唉——"团长十分沮丧地叹了口气，懊恼无比地对两个保镖呵斥道，"你们是怎么照场子、守摊子的？一群饭桶，废物！还架着他干吗？赶快给我松开。"迅即"变脸"换了一副面孔，哭丧着脸哀求道："周大人，请您网开一面放过我们。我们一年到头四处漂泊，没赚到钱。马上要过年了，就加了点儿荤，想给这些演员发点儿过年钱。我向您保证：今后再也不敢了！"

周宏明对站在远处的龚小海喊道："龚小海，执法大队和派出所组成的联合执法组什么时间到？"

龚小海跑过来，回答道："他们正在集结，估计马上到。"

团长双手合十，作揖求情道："我们立刻整改，保证不再进行色情表演。求您行行好，放我们一马！"

想到马戏团一年四季在外讨生活也挺不容易的，加上自己运用一点儿小伎俩就收服了他们，超预期地达到了目的。差不多了，得见好就收。他松下口气说："希望你们改邪归正，调整节目。如若再接到你们搞色情表演的举报，我们会新账旧账一起算。"

"行，行，我们坚决遵规守纪，端正表演。"团长唯唯诺诺地表过态后，又涎着脸问，"能不能把您抓拍的视频交给我们毁掉？"

"不可不可。"他嘻嘻笑道，"那个是对你们的'紧箍咒'。只要你们以后规范表演、正当经营，这个咒我们就不会再念。"

团长嗯嗯直点头。

"龚小海，赶紧通知张所长和关大队，就说这边已做妥善处理，让他们的人不要来了。"他向龚小海眨眨眼睛，声高嗓大地指示道。

龚小海走到一边，装模作样地打电话去了。

他坐上车，沁出的冷汗湿透了内衣，贴在后背，凉飕飕的，高度紧绷的那根弦总算松弛下来，人吁出一口长气，身体才有了彻底的放松。

赵医生发来短信，提示他要记得输液，他的心里涌过一阵感动。几乎在同一时间，女儿诗雅也发来微信："爸，保重身体，记得输液。"两个孩子似乎商量来着，同时发来关怀信息，让他感觉特别温馨。他准备顺路到镇卫生院去打吊瓶，但韩素珍的电话突然打进来，告诉他说"文史博物馆"被一帮小青年给砸了。

"文史博物馆"是他的独创，由他自费而建，凝聚了他十几年的心血。为了收集资料、复制文物，他跑遍全国各个村镇，收集当地文史资料、民间文物，这个馆是他倾其所有、费尽心思为社会所做的一个"公益"，是和他的生命同等重要的"宝贝"。开馆十多年来，接待近二十万参观者，其中有近半数是中小学生。此外，省里、市里、县里都有领导来参观过。博物馆已经成为一个文明象征，居然被人公开打砸？他的肺都快气炸了！

下了车，直奔进去，看到橱窗玻璃被砸破，报纸和简介被撕碎，嵌放在黑绒布上的各式各样的物件散落一地。百余平方米的馆内，稀烂不堪、狼藉一片。

他弯腰捡起破碎的物品归置到一块儿，然后双膝跪地，捂脸痛哭，伤心不已，豆大的老泪从指缝间沁出，潸潸下滴。他情不自禁地号啕道："这可是我的命根子呀！"

韩素珍、王丽平等几人把他从地上扶起来，再把他架到椅子上坐下。看到他面红耳赤、眼睛发直，韩素珍倒了一杯热水递给他，满是怜惜道："老周，事已至此，你千万千万要注意自己的身体。"

他接过杯子，狠狠地摔在地上。昨晚和陈国强谈过话后，妻子又劝了他半夜，让他息事宁人，顺从镇里的决定。那样，既可保住站长职位，又能顾及文化人的颜面，对社会也有个交代。他虽然没有明确表态，但心里已经基本认同。今天早上，要不是去处理马戏团的事，他准备到镇上跑一跑，找找地方实施搬迁。可是，顷刻之间，却发生了让他无法接受的事态。他声嘶力竭道："这件事不能就此罢休！"

崔莺子靠近他，小心劝慰道："我们又能怎样？你没看到那帮小青年进来时，大口拉气地直呼你的大名，我说你不在，他们就发疯似的恶吼：为什么还不搬迁？为什么还不行动？那样子好像要吃人啦！不容我作解释，他们就掏出钉锤、匕首之类的凶器，猛砸乱刺。他们如此疯狂、如此嚣张，还不是倚仗着胡镇长的舅弟在幕后撑腰。他们人多势众、有权有势，周站长，你就不要拿着鸡蛋碰石头，明摆着吃眼前亏了。"

"窝都被端了，我能咽下这口气吗？"他一字一字地反问道。

"唉——"韩素珍叹息道，"谁也咽不下这口气，但我们又能怎样？大前天我们组织些老姊老妹们去县里上访，前天和昨天晚上，就有成群结队的小青年到我家、丽平家，还有莺子家发警告，要我们别掺和进去，不然，就对我们家里人怎样怎样。"

"如果你们怕了，就滚开，老子豁出这条老命跟他们拼了！"他整个人仿佛变了一副模样，不再是一介柔弱书生。人走到这一步，也是现实的逼迫。他曾是个行路没脚走、树叶怕砸头的胆小鬼，遇到问题绕道走，碰到矛盾就缩头。他一直觉得，文化人应该文静、雅致、谦让，与争吵无关，与世俗无染，与暴力无沾，偏隅求安，不扰世事，躲进小楼自得其乐。然而，面对今天残酷无情的现实，想到平日里弱小的文化被轻慢、被欺凌的场景，他终于悟得：再不能这样懦弱、退让和隐忍了，必须反击！

"我们毕竟是帮姑娘婆婆，哪里见过这种阵势？何曾受过黑恶分子上门威胁？心里肯定有些害怕的。"王丽平心有余悸道。

"你们不用怕，有事往我身上推。"他一改往日的软弱，豪情冲天、敢作敢当道。

"我们怎么能做这种事呢？即便有事，咱们一块儿扛！"韩素珍捏紧拳头，号召道。

几双手紧紧地攥在一起。

"后天就是元月八号，在广场上要举行超市项目奠基仪式。那班小青年走时留下话了，让我们尽快搬离。他们明天下午三点再来检查。"崔莺子转告道。

来吧，老子等着！只有打赢明天下午的阵地保卫战，后天的奠基仪式才有可能延期或取消。否则，坚守几十年的这块文化阵地真要丢失易主、另作他用了。想到这里，他的心里如火烧火燎一般，急得不行。他招呼几个人围拢来，密谋起明天下午三点的阻击之战。

商量完后，他对崔莺子交代道："把纪念馆内收捡一下，所有物件包括图书、报纸、像章、塑像、唱片、书笺、宣传画等存放起来，'雷锋纪念馆'是我余生的寄托，我还要继续办下去！"

# 五

和韩素珍、王丽平、崔莺子几个人在一块儿谋划明日下午三点的应对之策，除了要多组织一些跳广场舞的阿姨大妈，也并没有讨论出一个制胜绝招来。光靠这帮姑娘婆婆能成事吗？显然不行，她们至多只能给你声势上的支持，而要赢得这场阵地保卫战，得有一剑封喉的独门绝技。

第一次靠的是"智"，通过江主任的余威和影响，保下了这块阵地。第二次靠的是"计"，用近乎下三烂的手段成功降服马镇长，保住了这块阵地。这一次所面临的环境更险恶，情况更复杂，继续沿走老路，肯定是死路一条。江主任已经作古，显然此路不通。胡镇长不像马镇长那样有"疼脚"捏在手上，可以一招致命。虽然传讲胡镇长的舅弟承揽了建设工程，但是手上没有掌握其真凭实据，再说这种事情多了去了，即便告发也难告得出门。退一万步讲，倘若告出了门，县里查处该案，那也是水过几秋，只怕这块阵地早就改名换姓了。那又有什么意义？

知己知彼，百战不殆。镇里不仅打着"发展地方经济，方便群众购物"的冠冕堂皇的理由，还引领着老百姓的舆论偏向，而且网罗着老板以及想从项目建设中逐利获益的社会人士，可谓阵容齐整、声势浩大。反观自己这方，可谓孤家寡人、单兵作战，虽有一大帮大妈大婶助阵，但她们能起到的作用甚小。两相对比，实力明显处于劣势。走寻常路、出常规牌只能束手就擒，唯有抓其"软肋"，出其不意地给他们一个措手不及，方可觅得一线生机。

雇用黑恶分子协调项目征地搬迁，就是他们的致命"软肋"。虽然这在很多地方的项目建设中已成惯常，只要不出人命、只要不闹出大事，派出所只会睁一只眼、闭一只眼，鲜少过问。即使出警，也只是走走过场，拉拉偏架。但无论怎么说，这是违法乱纪的勾当，是摆不上台面的东西。唯有揭开黑幕，上级追查起来，不要说一个胡镇长，就是十个胡镇长也挡不住。

所以，他想借机弄出点儿动静，并且把这个动静闹得大一点儿。只有闹出了大动静，舆论就会加入进来。舆论参与进来，社会反响就大。社会反响一大，领导就会重视。领导重视了，必定出面干预。这样一来，阵地才有可能保住。

如何弄出动静来呢？考虑了一夜，他也未能想出个周全之策。

早上上班后，他刚走进办公室，赵医生的短信接踵而至："周叔，记得到卫生院去输液。"这个赵医生，真是个细心娃。他赶紧回复道："谢谢你，周叔记得！"便发了过去。

他放下手机，一个大胆的设想从脑中划过。

　　他很是得意，为自己能够想出这等妙招而暗喜。然而这种喜悦一闪而过后，更加沉重的顾虑压进了心底。要是现场把酒一喝，突发脑出血，一命呜呼怎么办？用性命固然可以挽回阵地，但是，换取的代价未免也太过巨大、太过沉痛了吧。为了一块文化阵地，如果把命搭进去，扔下还未出嫁的女儿，丢下相守大半生的妻子，何苦来哉？五十岁的人了，黄瓜打锣去了大半头，妥协一次，做回懦夫，当个"逃兵"，再也不当什么站长，再也不理这摊子烂事，凭你身上的特长和技艺，赚点儿小钱，过过那种本分安稳、波澜不惊的小日子，那该多好呀！

　　这种念头只在脑海里停驻片刻，一阵鞭打般的拷问迅即占据了整个大脑。

　　难道就这样眼睁睁地看着坚守几十年的这块宝地丢失吗？就这样漠视那帮小土匪肆无忌惮为所欲为吗？就这样忍气吞声地看着苦心经营的"文史博物馆"被公然砸毁吗？是可忍，孰不可忍！

　　大妈大婶们视你为她们的主心骨，眼巴巴地看着你为她们守住阵地。你如果临阵脱逃，对得起她们吗？

　　独断专行的胡镇长，事先不给通气，电话故意不接，几天避而不见，视你这个文化站长软弱可欺，谅死你就是阴沟里的一条小泥鳅，怎么翻也鼓不起多大的泡泡。士可杀，不可辱！你为什么不学那乌龙搅水，掀起一波滔天巨浪，让他见识见识懦弱的文化人的惊人能量？

　　他不再纠结、不再犹豫，他决定孤注一掷！

　　赵医生说了，突发脑出血，只要抢救及时，生命可以保住。如果能够把各项预备工作做到位，应该在可控范围。他瞅一眼胸前的徽章，感觉它能保佑他化险为夷。爷爷活了四十五，父亲活了四十八，老天已经让你多活了几年，够本了。

中午，他自掏腰包请韩素珍、王丽平、崔莺子等几人在隔壁小餐馆里吃饭。席间，三个女人分头汇报了上午她们联系人员的情况。他算了一下，下午广场上将有五百人左右。他思虑良久，慎重地叮嘱道："所有人员一定要服从指挥、听从调度。大家聚集在广场跳舞，只是向镇里发出'百姓有呼声，民意不可违，阵地不能丢'的诉求。切切不可演变成为无组织、无纪律的游行集会，更不可借机闹事，变成为群体性事件。一旦聚集性质变了，不仅阵地保不住，恐怕我们几个人还要惹上麻烦。你们一定要头脑清醒，认真组织，管好队伍。"

"你放心，我们都是姑娘婆婆，不会去打、不会去砸、不会去闹，保证做到井井有条。"韩素珍当即表态道。

"只是那帮小青年来了怎么办？要不要报警？"崔莺子突然问道。

"不用报警，我来对付他们！"他蛮有把握道。

"那就是一帮土匪，你单枪匹马怎么奈得何他们？"王丽平极为担忧道。

"我需要他们配合，你们不用操心。"他自信满满道。接着他还是不放心地啰唆道："我现在最为担心的还是你们组织起来的这帮大妈大婶，切切不能乱来，坏了我的大计。要充分体现出跳舞的人应有的那份文明涵养和整体素质。"完了，他指着崔莺子道："你要把摄像头拍摄的所有视频保留好，包括昨天上午的。政府不会放纵那帮为非作歹之徒！"

"喂，周站长，我怎么感到你好像变了一个人，似乎在安排后事。"王丽平玩笑道。

"哪里哪里？"他笑着敷衍过去，赶紧提议道，"咱分头行动去吧。"

他来到农资市场，走进一家农药专卖店，花钱买了一瓶 350 克的甲胺磷农药，搁进包里。接着，他又来到一家副食商店，买了一瓶 100 克的小瓶"毛铺苦荞酒"。

他走到僻静无人处，取出农药瓶，打开瓶盖，把农药全部倒掉，然后回到单位，用洗洁精把瓶口及瓶内进行清洗，再把 100 克酒灌进瓶内。

他把塑胶瓶揣到胸前，走进办公室，拿出手机，先打开发件箱，写道："赵医生，我头痛欲裂，浑身无力，呼吸急促，恐是犯病了，请带着救护车迅速赶到镇文化站来救我。快！快！周叔。"然后，他把这段文字存进草稿箱。接下来，他打开微信，点开女儿诗雅的微信头像，写下了这段话：

　　诗雅，当你看到这段微信，爸爸可能生命垂危，也可能离开人世。请你一定要将我以下的文字通过网络发布出去：
　　镇政府强取豪夺文化阵地办超市，老站长捍卫阵地勇斗黑恶致昏死。

写完这一切，他的眼前一片模糊。他在心里默念道：诗雅，别怪爸爸偏执。为了保住这块阵地，爸只能剑走偏锋，拿生命冒一次险了。不过，赵医生会及时来救我的，他是一个值得信赖的好小伙！爸心里很坦然。诗雅，照顾好自己！照顾好妈妈！

两点四十分，他点击"发送"，把那段长长的微信发了出去。紧接着，他又把存在草稿箱里的短信发给赵医生。为保险起见，他都分别发送了两次。之后，他断然关掉手机。

他来到"正冠镜"前，用梳子梳理了凌乱的头发，又正了正衣服。

离三点还有十分钟，他从柜子里取出小提琴，想想那个时候，他每天都要拉上一曲，什么《云雀》《圣母颂》等十大名曲被他拉了个遍；《梁祝》是他的最爱，他也多次模仿吕思清演绎过这部作品，沉湎其中，如痴如醉。他喜欢小提琴宽广的音域，强有力的穿透力及无与伦比的艺术感染力。此时此刻，他全然没有演奏一曲的那份心情，只能抚琴长叹，唏嘘不已。

三点钟，他走下楼梯，来到大门口，抬头望望天空，密布几日的阴云逐渐散去，太阳光射了出来，天空终于放晴！他喜欢阳光，喜欢明亮。再看看广场上，几百名大妈大婶在韩素珍等人的引导下，正井然有序地跳着广场舞，他看得满心欢喜。

十几个小青年手持木棍闯了进来，为首者凶神恶煞地指问道："姓周的，镇里明确规定了时限，为什么还不搬迁？"

"这是文化的地盘，这是老百姓的活动阵地，我们不用搬迁，更不会搬迁！"他从容淡定、掷地有声道。

"老不死的，你个搞文化的，就是个'软蛋'，居然还敢与我们对抗？我看你是活得不耐烦了。"为首者气急败坏，然后大手一挥，发号施令道，"给我砸，砸得越烂越好！"

何曾遭过这种侮辱？何曾受过这等轻视？血咕咕直往上涌。周宏明呼地从怀里掏出塑料瓶，旋开瓶盖，举着瓶子，厉声威吓道："谁敢砸，老子就喝掉农药，死给你们看！"

十几个小喽啰霎时愣住了，不知该如何是好。为首者缓缓走过来，探头在瓶子前耸耸鼻子闻了闻，冷笑一声，大声爆料道："弟兄们，没有农药味。老狗日的，想吓唬咱们。"

他怒目而视面前的这班小土匪，仰起头，将瓶口对准嘴巴，咕噜咕噜地将瓶中白酒一气喝完。

痛心、愤懑、憋屈……奔涌在血管之中，加上酒精的强烈刺激，他突然倒下了……

几天以后，当他艰难地睁开眼睛，看到病床两边站着好多人，妻子、女儿、赵医生、韩素珍、王丽平、崔莺子。听说他醒过来了，站在外围的胡镇长拉着陈国强挤到床边，痛心疾首道："周站长，您有想法、有要求直接给我们提，何必要玩命啊？多危险哪！喜的是您醒过来了，不然，我们——我们——"说着说着，他还假惺惺地滴出几点眼泪。

他不想看到这虚情假意的场景，又慢慢地闭上了眼睛。